KB123690

로크미디어가
유혹하는
재미있는 세상

천하무적
윤가장

천하 무적 운가장 4

2023년 6월 9일 초판 1쇄 인쇄
2023년 6월 14일 초판 1쇄 발행

지은이 운천룡
발행인 강준규

기획 이기헌 왕소현 임동관 박경무 강민구 조익현
책임편집 금선정
마케팅지원 이원선

발행처 (주)로크미디어
출판등록 2003년 3월 24일
주소 서울시 마포구 마포대로 45 일진빌딩 6층
Tel (02)3273-5135 **Fax** (02)3273-5134
홈페이지 rokmedia.com **E-mail** rokmedia@empas.com

ⓒ 운천룡, 2023

값 9,000원

ISBN 979-11-408-0924-0 (4권)
ISBN 979-11-408-0920-2 04810 (세트)

차례

제一장   7

제二장   91

제三장   139

제四장   205

제五장   271

제一장

일개 경비 무사마저도 이러한 마음을 지닌 것을 보자, 천룡은 진심으로 이곳을 도와주고 싶어졌다.

"정말 마음에 드는 곳입니다. 벌써 마음이 편안해지는군요."

천룡의 말에 경비 무사가 자신의 문파 칭찬을 받아 기분이 좋은지 더욱 친절하게 그들을 안내했다.

"일단 여기에 계십시오. 제가 문주님께 연통을 넣도록 하겠습니다."

"알겠습니다."

문 앞 현판에 접객당(接客堂)이라 적혀 있는 방으로 들어간 일행이었다.

"여기는 정말 좋은 사람들이 있는 곳 같다. 여기는 정말 마음이 편안해지는 곳이야."

"천의문주가 성인이라고 불릴 정도로 정이 많고, 덕을 많이 쌓아서 그렇죠? 오죽하면 사람들이 천공의선이라고 부르겠습니까? 그걸 여기 사람들도 닮은 것 아니겠습니까?"

"내 기억을 찾는 것을 떠나서 여기는 진심으로 도와주고 싶다."

천룡의 말에 다들 고개를 끄덕였다.

그때 문이 열리며 천의문주가 환한 웃음을 지으며 들어왔다.

"이거 손님들을 모셔 두고 오래 기다리게 해서 정말로 죄송합니다. 어느 분이 운가장주님이신지?"

"아, 접니다. 처음 뵙겠습니다. 운가장주 운천룡이라고 합니다. 초대해 주셔서 정말 감사드립니다."

"하하, 저야말로 반갑습니다! 천의문주 관천, 운 장주님께 인사드립니다. 인연이란 게 따로 있나요? 이렇게 만나는 것이 인연이지요. 머무시는 동안 내 집이라 생각하고 머무시길 바랍니다."

"배려에 감사드립니다."

그렇게 한참을 서로 인사를 하고 안부를 물었다.

"그런데 어떠한 일로 저를 찾으셨습니까? 어디 딱히 아픈 곳이 없어 보이시는데?"

"제가 기억을 잃어서 혹시 찾을 방법이 있지 않을까 하고 찾아왔습니다."

"아…… 기억이라……."

천룡의 병명을 듣자 관천은 난감한 표정을 지으며 하얀 수염을 쓰다듬었다.

"솔직히 말하자면 기억 상실은 되돌릴 방법이 없습니다. 고대로 충격 요법을 쓰기는 하지만 그건 너무 위험성이 크고, 침이나 약재로 머리의 사기를 몰아내는 방법도 있지만……. 그 역시 장담을 할 수 있는 방법이 아닙니다. 약간의 효능을 볼 수는 있지만, 기억이 완전히 돌아온다는 보장은 없지요. 그저 하늘에 맡기고 자연적으로 돌아오길 바라는 수밖에요."

"그렇군요."

"도움이 되어 드리지 못해서 죄송합니다. 그래도 여기까지 오셨으니 약간의 처방은 해 드리겠습니다."

"감사합니다. 보답이라고는 뭐하지만 오면서 조방의 말을 들어 보니 약재 수급 때문에 곤란하시다고 들었습니다. 저희가 약간의 도움이 될 수도 있을 것 같은데요."

"하하, 말씀만으로도 감사합니다. 하나 저희가 지금 부족한 약재는 고급 약재들이라 쉽게 구할 수 있는 약재들이 아닙니다."

"어떠한 약재들이 필요한 것인지요, 혹시 압니까? 저희가 도움을 줄 수 있는 약재일 수도 있지 않습니까?"

"이것 참…… 하아, 알겠습니다. 사실 가장 부족한 것은 산삼과 하수오입니다. 하수오는 일백 년 이상 자란 놈이 필요하지요. 이제 아시겠습니까? 왜 이렇게 약재를 구하지 못하는지."

관천이 한숨을 쉬며 기대는 딱히 하지 않고 말을 해 주었다.

"아하, 그러니까 오래된 산삼과 오래된 하수오가 필요하다는 말씀이시군요? 알겠습니다. 내일 한번 찾아보고 오지요."

천룡 일행의 말에 관천은 고맙기도 했지만 치기 어린 모습이라 생각했다.

'허허허, 귀하게 자라서 그런지 세상 물정을 모르나 보군.'

그러다 문득 저들은 자신을 위해 한팔 걷어붙이는데, 너무 부정적으로 생각했다는 마음이 들었다.

'아니다! 그래도 저렇게 열정을 가지고 도와주려 하는 것이 어디냐. 관천아, 언제부터 그런 마음으로 사람을 바라보았느냐.'

천룡을 잠시나마 부정적인 마음으로 바라본 것을 스스로 자책하며 관천은 감사한 마음을 담아 천룡에게 포권을 하였다.

"손님을 초대해 놓고 염치가 없군요. 그럼에도 부탁을 드리겠습니다."

그 모습에 무광과 사제들은 감탄했다.

-우와. 역시 남다르군.

-그러게 말입니다. 저는 저기서 비웃을 줄 알았는데…….

-사부가 괜히 맘에 든다고 한 것이 아니었네요. 정말 존경심
이 싹트게 만드는 양반입니다.

"이왕 이렇게 된 거 오늘은 손님분들과 거하게 한잔해야겠
습니다. 하하하, 여봐라! 오늘 저녁에 이분들을 모시고 연회
를 열 것이니 준비하도록 하여라."

그렇게 하인에게 명령을 내리고는 천룡을 바라보며 말했
다.

"저희 천의문이 의문으로도 유명하지만, 백선주라는 술로
도 유명합니다. 오늘 가주께 내 그 진가를 보여 드리지요. 하
하하."

"오, 그렇습니까? 감사합니다. 이거 입이 호강하겠군요."

그러면서 둘이 뭐가 좋은지 하하하 거리며 계속 대화를 나
누었다.

사실 천룡의 젊은 모습을 본다면 누구라도 자연스레 말을
놓고 하대를 했을 것이다.

하지만 관천은 시종일관 변하지 않고 정성스럽게 천룡을
대했다.

그 모습이 제자들과 수하들에게 감명 깊은 모습으로 다가
왔다.

관천은 모를 것이다.

자신이 지금 하는 이 행동들이 훗날 멸문의 화를 면하는 복으로 돌아온다는 것을 말이다.

"장주님과 저의 나이는 차이가 나지만 마치 오랫동안 만난 지기를 본 기분입니다. 하하하, 기분이 매우 좋군요."

"저도 그렇습니다! 하하, 처음에 문주님을 뵐 때부터 남 같지 않았습니다. 마음이 매우 편안하고 좋았습니다."

"자, 자! 그러지 말고 어서 자리를 이동합시다. 오늘 아주 거하게 마셔 봅시다! 하하하!"

천의문에서의 하루가 이렇게 지나가고 있었다.

❧

조용한 방 안에 촛불 몇 개만이 일렁이며 어둠을 걷어 주고 있었다.

일렁이는 불빛 사이로 두 명의 인영이 대화를 나누고 있었다.

"지급(地級) 단환 제작은 잘되어 가고 있겠지?"

"예! 현재까지는 차질 없이 진행되고 있습니다."

"그래. 우리의 대계가 얼마 남지 않았다. 최대한 서둘러야 한다."

"네! 안 그래도 중원 전역에서 약초란 약초는 다 쓸어 오고 있습니다."

"부족한 것은 없느냐?"

"저, 지금 단환 재료는 부족함이 없는데…… 문제는 천급(天級)입니다. 워낙에 특수한 재료들이 들어가서 구하는 데 애를 먹고 있습니다."

"흐음…… 천급에 들어가는 재료 중에서 가장 부족한 재료가 무엇인가?"

"네! 일백 년 이상 되는 산삼과 일백 년 이상 되는 하수오, 천년독각사의 피, 그리고 공청석유입니다."

상대방의 입에서 나온 재료들은 정말로 쉽게 구할 수 없는 것들이었다.

"중원 전역에 있는 것들을 최대한 모은다고 모았지만, 아직도 많이 부족합니다."

"천급 단환은 매우 중요하다. 그것이 있어야 우리 교의 무력이 과거의 무력을 능가할 수 있다. 그 단환 하나하나가 엄청난 고수를 만들 수 있는 뿌리가 된다. 알고 있겠지?"

"네! 매우 잘 알고 있습니다."

"일단 있는 재료로 최선을 다해 보도록! 재료들은 내가 따로 구해 보겠다."

"명!"

그리고 손짓으로 나가 보라는 표현을 하고 자신의 자리에서 생각하기 시작했다.

'일단 구한다고 말을 해 놓기는 했지만…… 어디서 이걸 구한다?'

책상을 손가락으로 톡톡 치면서 고민을 하더니 이윽고 자리에서 일어나 어디론가 향했다.

그가 향한 곳은 거대한 대전이 있는 곳이었다.

대전 안으로 들어가니 권태로운 표정을 지으며 호랑이들을 쓰다듬고 있는 은발의 남자가 누워 있었다.

"오, 방염! 자네가 이 시간에는 어쩐 일인가?"

"네, 교주님! 쉬시는데 방해를 드려 죄송합니다. 보고를 드려야 할 것이 있어서 이렇게 왔습니다."

"하하하, 이 사람아 우리 사이에 뭘 또 그렇게 딱딱하게 행동을 하는가?"

혈천교의 교주 은마성과 군사 방염이었다.

교주는 과거 담무광으로 인해 혈천교가 망할 뻔한 뒤로 두 개의 성격을 가지게 되었는데, 지금은 온화한 성격의 은마성이 누워 있었다.

방염이 자리에 엎드려 보고하려 하자, 은마성이 손을 흔들어 제지했다.

"뭘 그렇게 급하나? 이왕 온 김에 나랑 술이나 한잔하세. 심심하던 차에 마침 잘 왔네."

잠시간의 시간이 지나 주안상이 차려지고, 은마성이 따라주는 술을 공손히 받는 방염이었다.

"그래. 무슨 일인가?"

자신의 잔을 들어 방염이 따라 주는 술을 받으며 물었다.

"아, 예. 혈마신대(血魔神隊)를 위한 혈사신단(血死神丹)의 제조 문제로 찾아뵙습니다."

"그런 건 자네가 알아서 해. 일일이 나에게 보고할 것 없네. 이 혈천교는 자네가 이끄는 거나 다름이 없네."

그 말에 방염은 화들짝 놀라며 엎드려 말했다.

"교주님! 그런 말씀은 거두어 주십시오!"

그 모습에 은마성은 시큰둥한 표정을 지으며 말했다.

"하아, 뭘 그걸 그렇게 경기를 일으키며 반응을 하나? 쯧쯧, 알았으니 일어나게."

그리고 술을 한 잔 음미하며 물었다.

"그래. 무엇이 문제인가?"

"재료 수급에 약간 문제가 생겼습니다. 하여 교의 무인들을 좀 차출하려고 합니다."

"그런 사소한 문제는 그대가 처리하면 될 일 아닌가? 무사들을 차출하는 것까지 나에게 일일이 보고할 필요는 없네."

"저, 장로급의 무인이 필요합니다. 그자들은 제가 어찌할 수 있는 자들이 아니라서……."

방염의 말에 은마성의 눈이 반짝 빛이 났다.

"오호? 장로급이 필요한 문제인가? 그렇지. 그거는 자네가 어찌할 수 있는 부분이 아니지. 그래. 누가 필요한가?"

"노구강 장로가 필요합니다."

"노구강이라…… 하긴 원로가 되어서 하는 일도 없는 놈이니……. 비록 약해졌지만 아직은 쓸 만한 놈이지. 네놈이 하자는 대로 하려면 그놈이어야겠군."

"그, 그렇습니다."

"무엇을 하려고 하는 것이지?"

"천의문…… 그곳을 좀 털어 보려고 합니다."

"오호, 조심하게! 알지? 걸리면 우리랑 상관없는 거?"

"네!"

"그래. 장로에게는 내가 따로 전해 놓지. 자, 자. 이제 술이나 마시세."

그러면서 방염의 잔에 술을 가득 따라 주는 은마성이었다.

"그나저나 처음에 알아보라던 것은 여전히 알아보고 있겠지?"

"아, 교주님께서 처음에 저에게 명한 것 말씀이십니까?"

"그래."

"여전히 찾지 못하고 있습니다. 정말로 존재하는 자입니까?"

"나도 모른다. 하지만 찾아야 한다. 반드시 무슨 일이 있어도 말이다."

은마성이 자신을 임명하고 처음으로 명한 것이 바로 한 사람을 찾으라는 것이었다.

그것이 바로 자기들이 존재하는 이유라고.

그때도 그렇고 지금도 이해가 되지 않는 군사였다.

그리고 그동안은 교를 정비하느라 정신없어서 잠시 잊고 있었다.

'그동안 까맣게 잊고 있었군. 다시 전담하는 애들을 꾸려야겠어.'

교주가 준 술을 홀짝거리며 생각하는 군사였다.

그와 동시에 궁금증이 일었다.

'도대체 그가 누구길래 그자에 관한 이야기만 나오면 저리도 긴장하신단 말인가. 그리고 자신도 잘 알지 못하는 자를 찾으라니……. 알 수가 없구나. 알 수가 없어.'

천룡은 자신의 일행을 데리고 이른 아침부터 태악산(太岳山) 자락에 올랐다.

이곳의 지리를 잘 모르는 그들을 안내하기 위해 천의문에서 한 명의 무사를 같이 딸려서 보냈다.

"산세가 보기 보단 험하니 다들 조심하시기 바랍니다."

"우와, 여기 경치 죽인다!"

"그러게 말입니다. 저 화려한 산세를 좀 보십시오."

천의문의 무사가 하는 말은 귓등으로 듣는 둥 마는 둥 하며 산의 경치를 구경하는 천룡 일행이었다.

그 모습에 따라온 무사가 속으로 비웃었다.

'쳇! 그럼 그렇지. 딱 봐도 귀티가 잘잘 흐르는구먼. 무슨 약초를 캔다고. 그냥 태악산 구경이 하고 싶다고 말하면 될 것이지.'

천룡 일행의 옷차림은 누가 봐도 약초를 캐려고 온 사람들이 아니었다.

'저런 옷을 입고 약초를 캐러 간다고 했을 때부터 알아봤다, 이놈들아. 쳇! 부잣집 도련님들 비위나 맞춰 줘야 하는 신세라니.'

비단 경장에 영웅 건까지 두른 천룡을 보고는 무사가 속으로 투덜거렸다.

"와, 장주님! 저기 보십시오! 운무가 아주 많이 끝내주게 펼쳐져 있습니다. 저쪽에 뭔가 있지 않을까요? 딱 봐도 사람 손을 타지 않은 것 같은데요."

호위무사로서 임무를 충실하게 행하고 있는 제자들이었다.

그 모습이 어찌나 정성스러운지 무사가 눈을 반짝였다.

'그래도 나쁜 사람은 아닌가 보네. 호위무사들이 자신의 주인을 저리도 거리감 없이 대하는 것을 보니, 좋은 주인인가 보구나.'

무광을 비롯해 제자들이 편하게 천룡을 대하자 그것을 지켜보던 무사는 천룡을 아주 좋은 사람, 그렇지만 세상 물정을 잘 모르는 사람으로 정의를 내리고 있었다.

그러면서 호위무사가 가리키는 장소를 바라보았다.

딱 봐도 지세가 너무 험해서 사람이 갈 수 있는 장소가 아니었다.

"저곳은 너무 위험할 것 같으니 눈으로만 바라보시지요. 괜히 가셨다가 크게 다치실 수도 있습니다."

왠지 관광 안내원이 된 기분이었지만, 그래도 존경하는 문주님의 손님이 아니신가.

최대한 안전하게 모시고 돌아가야 했기에 신경을 많이 쓰는 무사였다.

"저런 곳에 영초가 자라고 있지 않겠습니까? 딱 봐도 음산한 것이 영물도 살고 있을 것 같은데?"

여전히 무사의 말은 귓등으로도 안 듣는 무광이었다.

무사의 이마에 힘줄이 솟았다.

그때 천룡이 말했다.

"그래. 다들 흩어져서 찾아봐라. 그리고 아까 산 입구에서 다시 만나는 것으로 하자."

"네!"

대답과 동시에 말릴 새도 없이 뿔뿔이 흩어지는 사람들이었다.

"아! 저기…… 안 돼……."

천의문 무사가 뒤늦게 말리려 했지만 이미 사람들은 사라지고 눈앞에 없었다.

무사는 당황해서 옆에 있는 천룡을 바라보며 말했다.

"저분들은 약초를 캔 경험들이 있으신 분들입니까?"

무사의 물음에 천룡은 미소를 지으며 고개를 가로저었다.

"그럼, 약초에 대한 지식이 넘쳐 나십니까?"

역시 고개를 저었다.

"그러면 왜?"

무사는 이해가 되지 않았다.

무사의 궁금증에 천룡이 답했다.

"일종의 수련이랄까요? 겸사겸사 약초도 발견하면 캐는 것이지요. 너무 걱정하지 마세요. 저래 봬도 한가락 하는 애들이니 어디서 맞고 오진 않을 겁니다."

"그게 아니라……."

'이게 뭔 개소리야? 수련을 무슨 약초 캐는 거로 해? 아니 그것보다 약초에 대해 아냐고!'

"자, 자! 우리도 이동합시다. 해가 지기 전에 하나라도 캐야지 않겠습니까?"

"네? 저희도요? 그…… 장주님께서는 약초에 대해 좀 아십니까?"

역시 천룡은 고개를 가로저었다.

"근데 어찌?"

"감이랄까? 느낌으로 아는 거죠. 하하하."

'뭐라는 거야! 이 미친놈이! 아……! 그래서 진료 받으러 왔나?'

무사는 자기 생각을 수정했다.

착하고, 부하 직원을 생각하고, 맘씨는 좋지만 약간 정신이 이상한 사람으로 말이다.

'불쌍한…… 쯧쯧. 호위무사들도 고생이군.'

무사는 한숨을 쉬며 천룡을 따라나섰다.

그런데 천룡은 막 걷다가 아무 풀이나 막 뽑으면서 망태기에 담는 것이었다.

역시 제정신이 아닌 것이 분명했다.

"그렇게 아무 풀이나 막 뽑아서 넣으시면 안 됩니다!"

무사가 말리기 위해 소리쳤지만, 천룡은 웃음을 지어 보이며 답했다.

"이 풀들에서 무언가 특별한 기운이 느껴져서요. 혹시 압니까? 약초일지?"

'하아…… 오늘 정말 피곤하다. 그래, 너 하고 싶은 거 다 해라. 제정신이 아닌 사람에게 내가 지금 뭘 하는 건지. 나도 모르겠다.'

그런 무사의 마음을 아는지 모르는지 천룡은 신이 나서 숲속을 파헤치고 다녔다.

"오오, 이건 좀 더 기운이 강렬하네! 오오옷! 이것도 나름 기운이 정갈하군!"

망태기에는 정체를 알 수 없는 풀들이 쌓이고 있었다.

그러다가 갑자기 움직임을 멈추더니 부들부들 떨고 있었다.

무사는 혹시나 독사에게 물린 것이 아닌가 싶어서 빠르게 천룡이 있는 곳으로 달려갔다.

천룡 앞에 다다르자 그의 얼굴은 환희로 가득 차 있었다.

'뭐야? 이상한 독초라도 먹었나?'

"왜, 왜 그러십니까?"

무사의 물음에 천룡이 절벽 위를 가리키며 말했다.

"저기 위에 완전 노다지입니다! 우와! 이런 강렬한 기운이라니!"

천룡의 손가락이 향한 곳을 바라보니, 자신의 경공으로는 어림도 없는 높이의 절벽이었다.

이제 자신이 무림 고수라고 착각까지 하나 보다.

'정신이 이상한 자들은 가끔 이렇게 정신 착란 증세를 보인다더니 사실이구나.'

"하하하, 장주님. 저긴 저도 무리입니다. 거기다가 올라가기엔 너무 가파르고 위험합니다. 다른 곳으로 가시죠."

"아닙니다! 저기로 꼭 가야 합니다. 저 혼자 갔다 올게요. 여기서 기다리고 계세요."

천룡이 엄청나게 흥분한 말투로 얘기하자 무사가 눈을 감고 고개를 저으며 말했다.

"네? 하하, 다시 한번 말씀드리지만 저긴 너무 높고 장주님같이 귀하게 자라신 분은 삼척(三尺)만 올라가도 힘들어서 떨어지십니다. 그러니…… 어라?"

설명을 하다가 인기척이 안 느껴져서 눈을 떠 보니 앞에 있어야 할 천룡이 보이지 않았다.

설마 하는 마음에 절벽 위를 바라보니, 천룡이 날아오르고 있었다.

"맙소사! 미친! 뭐야, 저게? 인간이 저런 경공을 한다고? 지, 진짜로 엄청난 고……수였어?"

너무 놀란 나머지, 바닥에 넘어진 채로 천룡이 사라지는 것을 바라보기만 했다.

"……내가 요즘 몸이 허한 것 같더니……. 태악산의 귀신에게 홀렸나?"

믿기지 않은 장면을 봐서 그런지 현실 도피를 하는 무사였다.

그렇게 한참을 멍하니 천룡이 사라진 곳만 바라보는데, 무언가 빠른 속도로 떨어지고 있었다.

슈우우우우웅ㅡ!

"우와와악!"

놀란 나머지 팔로 얼굴을 가린 채 몸을 웅크렸다.

"의외로 겁이 좀 많으시군요?"

갑자기 들려오는 말소리에 실눈을 뜨고 보니, 천룡이 헤실헤실하며 웃고 있었다.

"정녕…… 사람이시지요?"

"네?"

"귀신…… 아니고 사람 맞으시지요?"

"하하하, 많이 놀라셨구나. 저 사람 맞습니다. 보십시오! 이렇게 많이 캐 왔다고요. 이거 산삼인 거 같은데……."

천룡이 보여 주는 풀뿌리의 모양이 자신이 아는 산삼과는 많이 달랐다.

그리고 자신은 약초에 대해 아는 바가 거의 없었다.

천의문에 몸담았다고 모든 사람이 다 약초에 대한 지식이 해박한 것은 아니기 때문이었다.

그래도 아니라고 말하면 무슨 짓을 당할 것 같은 공포 때문에 무사는 고개를 끄덕이며 맞다고 말해 주었다.

"이로써 조금이라도 도움이 되겠죠? 다행이다."

그 말에 무사는 긴장이 풀리는 것을 느꼈다.

천룡의 말에 천의문의 걱정이 담겨 있는 것이 느껴졌기 때문이었다.

그 모습에 두려움이 사라진 무사는 사실을 말해 주기로 마음을 먹었다.

"저, 장주님. 제가 방금은 너무 놀라서 제대로 못 봤습니다. 자세히 보니 아닌 것 같습니다. 죄송합니다."

"네에? 그럴 리가 없는데? 전에 캐 본 천년산삼보다 더 진한 기운이 느껴지는 애들인데요?"

천년 산삼을 캐 봤었단다.

그냥 산삼도 보기 힘든 판에 무려 천년이나 먹은 산삼이라니.

"그래도 이건 아닌 것 같습니다."

"그래요? ……그래도 캔 건 아까우니 들고 가죠."

"네. 그러시지요."

시무룩해하는 천룡을 보니 더욱 마음이 풀렸다.

이제 천룡이 뭘 해도 그러려니 하기로 마음을 먹었다.

다시 생각해 보니 이자는 자신은 상상도 못 할 엄청난 고수였다.

왠지 편한 분위기에 자꾸 그 사실을 잊어버리고 있었다.

'이상하네? 엄청난 고수가 분명한데…… 그러면 내가 엄청나게 긴장하고, 조심해야 하는데……. 왜 긴장이 안 되지?'

자기도 모르게 알 수 없는 천룡의 매력에 빠져들고 있는 무사였다.

어느덧 해가 뉘엿뉘엿 기우는 산에 모닥불이 피어오르고 있었다.

그곳에는 오늘 온종일 약초를 캐기 위해 흩어졌던 천룡 일행이 모두 모여 있었다.

"아! 재밌었다. 그치?"

"네! 장주님!"

"이렇게 오래간만에 야영도 하네. 거기에 천명이가 구워 주는 멧돼지라니…… 옛날 생각난다."

"하하하, 저도 그렇습니다. 이렇게 다시 멧돼지를 구워 드리는 날이 오다니……."

살짝 감정이 동했는지 말을 하다가 멈추는 천명이었다.

그것을 느꼈는지 무광이 잽싸게 끼어들며 말했다.

"근데 아…… 장주님! 천명이가 해 주는 멧돼지 구이가 그렇게 맛있었다면서요?"

"응! 내가 진짜 다른 건 모르겠는데 그건 잊히지 않더라. 진심 그것 때문에 뛰쳐나올 뻔?"

"와, 그 정돕니까? 천명아, 어서어서 구워 봐라!"

"하하하, 네! 제 멧돼지 구이가 그 정돕니다! 거의 다 되어 가니 조금만 기다리시지요."

그 모습에 천의문 무사는 노릇노릇 구워지는 멧돼지를 보며 군침을 삼키고 생각했다.

'어렸을 때부터 같이 이렇게 붙어 다녔나 보다. 얼마나 맛있길래 폐관 수련 중에 뛰쳐나오고 싶었을까?'

천룡이 뛰쳐나오고 싶었다는 말을 폐관 수련 중에 나오고 싶었다는 것으로 또 마음대로 해석하는 무사였다.

"다들 오늘 많이 수확했냐?"

"네!"

"어때? 조금 느껴지는 게 있어?"

"네! 정말 이게 엄청 신경을 많이 써야 하고, 또 세밀하게 느껴야 하니까 감각이 엄청 활성화되는 것 같아요."

"맞습니다. 와! 이게 느껴지기 시작하니까 새로운 세상이 열리네요. 역시 여기 오길 잘한 것 같습니다."

"수련도 하고, 곤경에 처한 사람도 돕고! 일석이조네요!"

"아니지! 수련도 하고 어려움도 돕고 멧돼지도 먹고 아버…… 장주님과 이렇게 같이도 있고! 일석사조다!"

다들 한껏 달아오른 분위기에 취해 왁자지껄하면서 떠들어 댔다.

"아, 이런 분위기에 멧돼지 고기에…… 술이 없는 게 너무도 아쉽구나!"

무광의 한탄에 조방이 조용히 자신의 봇짐을 풀었다.

그리고 당당하게 양손 가득히 무언가를 들어 올렸다.

"아쉬워하지 마십시오! 여기! 준비해 왔습니다!"

"오오오오! 너 이 새끼! 이쁜 새끼!"

"우와와! 넌 인마, 앞으로 이쁨 적립이다! 하하하."

"넌 특별히 내가 수련 봐 주마!"

천의문 무사 역시 조용히 마음속으로 외쳤다.

'우오오오! 저분이 천의문에 계신 동안은 나에게 최고의 귀빈이시다!'

이윽고 노릇노릇하게 구워진 고기가 배분되고 각자에게

한 병씩 나눠 준 술병과 함께 저녁 식사가 시작되었다.

"우와와! 고기에 육즙이 그대로 살아 있다! 뭐, 뭐야? 이 거!"

"아니, 그냥 고기를 구웠을 뿐인데…… 엄청나네요!"

"크아아아아! 이거 술과 함께 먹으니 천하일미가 따로 없습니다!"

다들 천명이 구워 준 멧돼지 구이를 극찬하며 저녁 만찬을 즐겼다.

"하하하, 다들 제가 만든 음식을 맛있게 드시니 정말로 기분이 좋네요. 장주님, 어떠세요? 예전의 그 맛인가요?"

천명의 말에 천룡이 입에 가득 들어간 고기를 우물거리며 답했다.

"우웅, 마시써! 예저느 그마시다!"

천룡이 입가에 기름기를 잔뜩 묻혀 가면서 정신없이 먹자, 천명이 엄청 행복한 표정을 지으며 맛있는 부위를 더 떼어 내 천룡에게 가져다주었다.

그리고 그 모습을 바라보며 속으로 말했다.

'이렇게 다시 사부님께 고기를 구워 드릴 날이 오게 해 주셔서 정말로 감사합니다.'

벌컥- 벌컥벌컥-!

"크아아아! 후아! 뭐 하냐? 너도 어서 먹어라. 나 먹는 거 그만 보고."

천룡은 고기를 입에 어찌나 많이 몰아넣었는지 술로 억지로 넘기고, 자신을 바라보는 천명에게 말했다.

"하하, 네!"

그리고 언제나 그랬듯 소소한 이야기들을 하며 지금, 이 순간을 즐기는 일행이었다.

그렇게 태악산의 첫날밤이 지나가고 있었다.

이튿날 아침.

일행은 다시 사방으로 흩어져 약초 찾기에 나섰다.

그러나 조방은 천룡 옆에 있었다.

"오늘은 주군 곁에 있겠습니다!"

"아직 힘든가?"

"송구합니다. 저는 아직 실력이 안 되어서…… 차라리 주군 옆에서 보필하는 것이 더 나을 것 같습니다."

"흐음, 하긴 아직은 좀 무리겠다. 그래, 그럼 그렇게 해."

"네! 감사합니다. 주군."

"오늘은 좀 더 깊숙이 들어가 볼까요?"

천룡이 천의문 무사에게 물었다.

"깊이요? 어느 정도를 말씀하시는지?"

그러자 천룡이 어느 한 방향을 가리키며 말했다.

"저기요. 저기 어제 애들이 말한 곳!"

그곳은 어제 무광이 말한 안개가 짙게 낀 계곡이었다.

누가 봐도 절대 들어가서는 안 될 분위기가 물씬 풍겨 왔다.

꿀꺽-!

천의문 무사의 목울대가 올라갔다 내려왔다.

"저, 저기를요? 딱 봐도 들어가면 안 될 것 같은데요?"

"아닌데? 딱 봐도 어서 들어오라고 손짓하는데요?"

"네?"

'미친놈아! 그거 저승사자야! 가면 안 돼!'

그 말이 목구멍까지 올라왔다.

"……꼭 거기에 가셔야겠습니까? 다른 곳도 아직 안 가 본 곳이 많은데요?"

무사의 말에 천룡은 고개를 가로저으며 안개가 짙게 낀 계곡만을 바라보았다.

"보아하니 나 들어가라고 어제 애들이 저기는 안 들어가는 것 같더라고요. 날 생각하는 애들 마음을 생각해서라도 들어가야지요."

'아니야. 걔들도 무서워서 안 간 거야…….'

역시 속으로 말하며 울상을 지었다.

'하아, 그래. 어제 보니 장주님의 무공은 엄청났어. 그래! 믿자! 보아하니 호위무사 무공도 엄청 강한 것 같은데.'

결국, 결심을 하는 무사였다.

"네, 좋습니다! 가시죠!"

"하하하, 조방! 가자!"

"네!"

그렇게 세 사람은 산 깊숙한 곳에 있는 안개 속으로 들어 갔다.

한 치 앞도 보이지 않을 정도로 짙게 낀 안개 속에서 천룡 은 신나 있었다.

"와! 한 치 앞도 안 보인다는 말이 이것이구나! 뭐가 나올 까? 기대된다!"

그렇게 말하며 걸어가는데 걷기도 힘든 험난한 길이 계속 이어졌다.

그렇게 한참을 걷다 보니 무언가 이상함을 느꼈다.

"어라? 저거 아까 본 건데?"

"네! 주군 아까 똑같은 바위를 지나쳤었습니다."

"그치? 흠, 이거 좀 뭔가 이상한데?"

"네? 그럼 어찌합니까? 저희 갇힌 겁니까?"

무사는 천룡의 말에 화들짝 놀라서 물었다.

"뭐 별거는 아닌 거 같긴 한데…… 일단 가 보죠."

"별거 아니라니요! 세상에…….

"이런 오지에 펼쳐진 신기한 길이라면 뭔가 중요한 게 있 다는 뜻 아닐까요? 오히려 더 두근두근하는데요?"

오히려 더 신이 나는 천룡을 보고 무사는 좌절했다.

'역시 따라오는 게 아니었어…… 흑.'

축 처진 몸을 억지로 움직여 천룡의 뒤를 따라가는 무사였
다.

그렇게 또 한참을 걸었다.

역시나 아까 보았던 바위가 다시 나왔다.

그러자 천룡이 가만히 서서 사방을 둘러보기 시작했다.

그리고 고개를 들어 하늘을 바라보았다.

"기운이 사방팔방에서 휘몰아치고 있어서 쉽게 감이 잡히
지 않네? 일단은 이곳이 어딘지 눈으로 보는 게 좋겠어."

안개가 한 치 앞도 보이지 않을 정도로 짙게 낀 이곳에서
어찌 본단 말인가?

천룡의 말이 전혀 이해되지 않았다.

"일단 이 안개를 좀 걷자."

"네?"

마치 자고 일어나 이불을 걷는다는 식으로 너무나도 쉽게
말하는 천룡이었다.

하지만 이어서 천룡이 한 행동은 무사를 경악하게 만들었
다.

천룡의 양손으로 누가 봐도 엄청난 기운이 모이기 시작했
다. 사방팔방에 퍼져 있는 안개들이 요동치며 휘몰아치기 시
작했고, 천룡은 손안에 기운을 하늘 위로 쏘아 보냈다.

그리고 공중에서 엄청난 기파가 터지면서 사방으로 퍼졌
다.

퍼어어어어엉-!

엄청난 강풍이 일행을 덮쳤고, 무사는 몸을 움츠리며 강풍에 최대한 맞섰다.

눈을 뜰 수 없을 정도의 강풍이 지나가고 살포시 눈을 뜨자 말도 안 되는 풍경이 펼쳐졌다.

그렇게 짙게 끼어 있던 안개들이 천룡을 중심으로 거대한 구멍이 난 것처럼 퍼져 있었기 때문이었다.

그리고 여러 곳에서 이 안개들이 뿜어 나오고 있었다.

"역시 내 예상이 맞았네."

"이, 이게 뭡니까! 저, 저 바위가…… 길이…… 우, 움직입니다!"

"주군! 이, 이게 무슨……?"

잠시 후, 땅이 요동치기 시작했다.

그 흔들림 속에서 천룡은 태연하게 말했다.

"우리 지금까지 계곡 땅이 아니라 어떤 생물체 위에 있었네. 이 안개는 그놈들이 뿜어내는 것이고……. 아마 이런 식으로 사람들이나 동물들이 들어오면 지치게 만들어서 잡아먹는 것 같다."

천룡과 일행이 계속 빙빙 돌았던 이유가 바로 이것이었다.

"진이 아니라, 이놈들이 계속 우리를 못 빠져나가게 길을 변형한 거였어. 생물 같기도 해서 긴가민가했는데…… 이렇게 크면 진이라고 오해할 법도 하네. 와! 정말 크다!"

"세상에 이렇게 큰 동물이 있다고요?"

다들 엄청난 크기에 놀라고 있을 때 뿜어 나오던 안개가 일순 멈추더니 앞에서 거대한 바위가 움직이기 시작했다.

쿠쿠쿠르르르르-!

쿠쿵-!

땅이 갈라지며 무언가 길쭉한 것들이 올라오고 바위가 부서지고 하늘의 빛을 가리며, 거대한 동물의 머리가 모습을 드러냈다.

머리의 모습이 마치 세간에 널리 알려진 용(龍)의 머리와 같은 모습이었다.

그리고 몸을 격하게 흔들며 몸 위에 있던 바위와 흙들을 떨쳐 내고 본신의 모습을 드러내기 시작했다.

멀리서 보면 산이 움직이는 것 같은 착각을 일으키게 할 정도였다.

천룡은 무사를 잽싸게 낚아채서 그 동물과 거리를 벌리며 지켜봤다.

꾸으아아아아아아아앙-!

거대한 입이 벌어지며 기괴한 소리를 내기 시작했다.

제 모습을 모두 드러낸 동물의 모습은 머리는 용머리고, 몸은 거북이었다. 다리는 길었고, 꼬리는 도마뱀의 꼬리였다.

그 모습을 본 무사는 덜덜 떨며 무언가를 중얼거렸다.

"마, 맙소사……. 정말로…… 실제했단 말인가? 정말로?"

"저게 무엇인지 압니까?"

천룡의 말에 무사는 사색이 되어 고개를 끄덕였다.

"이, 이 산에는 전설이 있습니다. 산속 어딘가에 천년 묵은 용이 살고 있다고……. 목격자들이 하나같이 말한 내용이 바로 저 모습입니다. 용의 형상을 한 동물이 있다고……."

긴 잠에서 깬 것인지 아직 몽롱한 얼굴을 하고는 하품을 길게 하는 동물을 바라보며 계속 말을 이어 나갔다.

"용의 머리를 한 거북이라 하여, 사람들은 그 동물을 귀룡 (龜龍)이라 불렀다 합니다. 아무도 그 실체를 본 적이 없지만 요…… 아, 이제 본 사람이 생겼네요."

무사의 말을 이어받아 조방이 무언가 생각이 난 듯 말했다.

"아! 그러고 보니 저도 들었습니다! 귀룡이라는 전설의 동물이 있다고……. 그리고 저 녀석은 몸이 붉고 덩치가 큰 것을 보니 귀룡 중에서도 가장 크고 오래 살았으며, 가장 강하다는 혈귀룡(血龜龍)입니다!"

그때 자신에 대해 말하는 것을 들었는지 혈귀룡이 거대한 몸을 들어 올리며 포효했다.

쿠아아아아아아아아아앙-!

공기의 파동이 울릴 정도의 포효였다.

그 소리에 산에 있던 모든 새와 동물들이 사방으로 도망가기 시작했다.

"어, 엄청난 양의 기입니다! 주군! 피하십시오! 저 녀석은 제가 막고 있겠습니다!"

"가긴 어딜 가? 너는 아직 쟤 상대가 안 돼."

천룡이 신이 난 얼굴을 하고선 혈귀룡을 계속 바라보았다.

혈귀룡이 천룡 일행을 바라보며, 사람만 한 크기의 붉은 혓바닥을 날름거리고 있었다.

먹잇감으로 인식한 것이다.

먹잇감으로 인식된 천룡은 혈귀룡의 엄청난 모습에 흥분하고 있었다.

"귀엽게 생겼는데…… 길들여서 키울까?"

천룡의 입에서 나온 소리에 조방과 무사는 경악하며 고개를 격렬하게 저었다.

"주, 주군! 노, 농담이시죠?"

"자, 장주님! 농담은 그만하시고 어서 도망가자고요!"

"왜? 귀엽잖아?"

저게 귀엽다고?

저걸 키운다고?

집이 아니라 작은 성만 한 크기의 괴물을?

아마 모르긴 몰라도 사방에서 난리가 날 것이다.

자신을 집에서 키우는 개 정도로 생각하는 것을 느꼈는지, 혈귀룡이 화난 것처럼 입을 크게 벌리고 천룡 일행을 향해 몸을 돌려왔다.

쿵- 쿵-!

크르르르르르-!

"허헉! 오, 옵니다! 으아악!"

천룡은 그 와중에도 어찌 길들일지 고민하고 있었고, 조방
은 서둘러 자신의 무기인 창을 꺼내 들고 상대할 준비를 하
고 있었다.

무사는 다리가 풀렸는지 주저앉아서 팔로 머리를 감싸고
웅크리며 덜덜 떨고 있었다.

뿌아아아악-!

그때 무언가 터지는 소리가 들렸다.

뭔가에 맞았는지 혈귀룡의 머리가 휘청거리고 있었다.

뻐억-!

이번엔 몸이 밀려났다.

푸화학-!

그리고 혈귀룡의 온몸에서 피가 터져 나왔다.

혈귀룡이 네 갈래로 갈라지며, 흉신악살의 표정을 짓고 있
는 세 사람의 모습이 보였다.

"놀랐네! 이게 누구를 건드리려고!"

"건방진 거북이 새끼가 감히!"

"사부! 괜찮으세요?"

다들 약초 채집을 하던 도중에 혈귀룡의 기와 울부짖음을
듣고 다급하게 달려온 것이었다.

그리고 천룡을 향해 입을 벌리고 돌진하는 모습을 보이자, 분노하여 이 꼴로 만든 것이었다.

"야! 죽이면 어떡해!"

천룡이 버럭 대며 화를 냈다.

"네? 저, 저희는 아버…… 장주님이 걱정이 돼서…….."

"아! 키우려고 고민하고 있었는데!"

"저걸요? 어디서요? 설마, 장원에서요?"

천룡의 말에 다들 황당한 표정을 지으며 놀랐다.

"안 되나?"

"안 되죠! 모르긴 몰라도 저거 밖에 데리고 나가서 키우는 순간, 무림 공적 돼서 사방팔방에서 공격 들어올 겁니다."

"맞아요! 그냥 미련을 버리세요. 저걸 키우는 것 자체가 평범한 삶을 사시는 거랑 거리가 멀어요."

"그래? 쩝. 나름 귀여웠는데."

아쉬워하는 천룡과 안심하는 다른 사람들과 달리, 천의문 무사는 경악과 충격 속에 정신을 차리지 못하고 있었다.

'저걸 저렇게…… 쉽게? 잡는다고? 저걸? 전설의 영물을? 이 인간들 정체가 뭐야!'

자신도 느끼지 않았던가.

저 괴물이 내뿜는 엄청난 기운을 말이다.

자신의 문주가 와도 승패를 장담할 수 없을 것 같은 기운이었다.

아니, 저걸 잡으려면 칠왕십제가 힘을 합해야 할 것 같았다.

그런데 저들은 마치 야생토끼를 발견해서 키울까 고민을 하고, 그것을 뭐 하러 키우냐며 죽이는 인간들과 같이 아무렇지 않게 행동하고 있었다.

심지어 저걸 잡으려고 고생한 흔적도 없었다.

솔직히 말하면 한 방에 죽인 거나 다름이 없었으니까 말이다.

그때 한 곳에서 환호성이 들려왔다.

"찾았다! 하하하하, 그럼 그렇지! 없을 리가 없지!"

그 소리에 다들 고개를 돌려 보니 태성이 엄청 즐거운 표정으로 무언가를 들고 달려오고 있었다.

"사……! 자, 장주님! 여기! 여기! 내단(內團)이 있어요! 오오! 영롱한 거 보소!"

태성의 손에 오색 빛이 영롱하게 빛나는 동그란 알 모양의 물체가 들려 있었다.

딱 봐도 엄청난 영기를 뿜어내고 있었다.

전설 속에 나오는 절세 영약을 직접 눈앞에서 목격하고 있는 무사였다.

"이 정도면 거의 만년삼왕(萬年蔘王)이나 인형설삼(人形雪蔘)급인데요?"

"에이, 그거보다 더하지! 야, 이 내단에서 나오는 기운만

흡수해도 얻는 내공이 장난이 아닐 건데. 최소 이갑자(二甲子)
는 얻지 않을까?"

"이갑자보다 더할 거 같은데요? 제대로 흡수만 한다면 내
공으로 배 터질지도. 그냥 물 쓰듯이 써도 남아돌겠네요."

그 말에 다들 침을 꿀꺽 삼키며 내단을 바라보았다.

그들의 눈에 무언가를 향한 욕심이 깃들었다.

그 모습에 무사는 절망했다.

자신이 본 이들은 하나같이 경지를 짐작조차 할 수 없는
초고수들이었다.

그런 고수들 눈에 욕심이 깃들었다.

무사는 이제 저들이 저걸 가지고 싸우겠다고 생각했다.

백주홍인면(白酒紅人面) 황금흑사심(黃金黑士心).

'술을 마시면 얼굴이 붉어지는 것처럼 선비가 돈을 알면 마
음이 검어진다.'고 눈앞에 무림인들이 그토록 원하는 보물이
있는데 그걸 가만히 놔두겠는가?

그것도 내공이 무려 이갑자, 아니 그 이상 늘어나는 인세
(人世)의 보물이었다.

아니나 다를까 천룡을 바라보는 수하들의 눈빛이 심상치
않았다.

'아아, 좋은 분이었는데……. 저리도 강한 수하들의 눈에
욕심이 깃들었으니 장주님도, 나도 여기서 살아 나가긴 글렀
구나.'

무사의 염려처럼 일이 벌어지려는지 천룡의 일행이 일제히 천룡을 향해 접근했다.

그들의 표정은 진지했다.

그의 상상 속에 일들이 현실이 되자 무사는 눈을 감았다.

'크흑! 어머니 불초 소자 먼저 갑니다.'

이제 장주의 몸에서 피가 분출되는 소리가 들릴 것으로 생각했다.

그런데 그 뒤에 들려오는 소리는 자신의 상상과 전혀 달랐다.

"장주님! 여기요! 이거 드세요!"

"네! 이거 딱 봐도 몸보신하기에 최상입니다!"

"어서 드세요! 저희가 보는 앞에서 드세요!"

이게 무슨 소리란 말인가?

실눈을 뜨고 보니 천룡에게 먹이려고 용을 쓰고 있었다.

'뭐지? 그거 영약이야! 당장 무림에 내놓으면 사방에서 서로 차지하겠다고 아귀다툼을 열 정도의 보물이라고! 그렇게 서로 먹이려고 하지 마!'

눈앞에 벌어진 현실이 믿기지 않는 무사였다.

혈귀룡의 내단을 서로 먹으려고 하는 것이 아니고, 서로 먹이려고 하는 것이었다.

그것도 단 한 사람에게 말이다.

"아이 씨! 야! 생으로 이걸 어떻게 먹어! 난 필요 없으니까

니들이나 나눠 먹어라."

"장주님! 저희가 어찌 먹습니까? 그리고 생으로 먹어야 효과가 있다니까요?"

"빨리 식기 전에 드세요."

"아! 안 먹는다고!"

그걸 또 먹기 싫다고 생떼를 부리는 장주였다.

'아니, 미친놈아! 거기서 편식을? 먹기 싫으면 차라리 날 줘! 날 주라고!'

서로 양보하는 미덕을 지금 저 사람들은 보여 주고 있었다.

부처가 있다면 저들일까?

'하하하, 내가 세속에 너무 찌들어 있었구나. 세상은 이리도 아름다운 것을…….'

그 모습을 보자니 득도해서 열반할 것 같은 기분이 들었다.

그렇게 한참을 내단을 먹느냐 마느냐로 실랑이하다가, 천룡이 마지막에 해결책을 내놨다.

"야, 그냥 천의문에 줘! 거기 주면 사람 구하는 데 뭐라도 해서 쓰겠지. 에이! 비린내."

귀찮은 것을 떠넘기는 듯한 말투로 짜증을 내며 말하는 천룡이었다.

그러고는 품속에서 도라지를 꺼내 질경질경 씹는 천룡이

었다.

도라지에게 밀린 혈귀룡의 내단이었다.

천룡의 말에 다들 엄청나게 아쉬워하며 마지못해 고개를 끄덕이는 모습이었다.

'……이제 나도 모르겠다. 사람들은 알까? 혈귀룡의 내단을…… 저리 다루는 것을 말이야. 세상에 혈귀룡의 내단이…… 저런 취급을 받았다고 하면 내 말은…… 믿지도 않겠지…….'

무사는 몰랐다.

이제 시작이라는 것을 말이다.

"어라? 저기 보세요! 저기에 구멍이 있는데요?"

태성의 손이 가리키는 방향을 보니 혈귀룡이 있던 자리였다.

거기에 돌로 된 동굴 입구가 보였다.

"오호? 이거 뭔가 기연 같은 게 나올 분위기인데요?"

"기연? 오, 그거 재밌겠다! 가 보자!"

그 모습에 무사는 생각했다.

'이제는 기연이냐? 그리고…… 기연을 얻으러 가는데 그렇게 관광을 하러 가는 것처럼 행동하지 마……. 기연 얻으러 가는데 재밌다는 표정 짓지 마. 아…… 슬프다.'

무사가 봐도 동굴은 심상치 않아 보였다.

딱 봐도 기연 냄새가 풀풀 풍기고 있었다.

일행이 서둘러 동굴 속으로 들어갔다.

어두컴컴한 길을 따라 한참을 내려가니 거대한 공동이 나왔다.

천장에는 알알이 박혀 있는 야명주들이 빛을 내뿜고 있어서 안을 환하게 밝혀 주고 있었다.

그 공동 안에는 수많은 보물이 쌓여 있었다.

"오오! 금과 은, 그리고 각종 보화가 잔뜩 있다!"

그리고 너무도 자연스럽게 보물들을 손으로 집었다.

그러자 천장에서 화살 비가 쏟아져 내렸다.

함정이 발동한 것이다.

보물을 건드리면 발동하는 것이었다.

티티티티팅- 티티티티티팅-!

마치 우산을 쓴 듯이 화살들은 일행에게 접근조차 못 하고 사방으로 튕겨 나갔다.

무사가 너무도 놀라 일행을 보니 일행은 전혀 신경을 쓰지 않고 보물들을 감상하는 데 집중하고 있었다.

'괴, 괴물들!'

강기막을 얼마나 넓게 그리고 강력하게 펼쳐 놨는지 화살이 천장에서 쏘아지자마자 튕겨 나가고 있었다.

다른 함정들 역시 강기막을 뚫지 못하고 박살이 나고 있었다.

처음에 화살 비가 내려올 때만 해도 긴장했는데, 긴장한 자신이 너무 멍청하게 느껴졌다.

마지막에 나온 엄청난 독 함정은 조방의 강력한 화염에 전부 불태워졌다.

"함정은 대충 다 파괴한 것 같네요. 나중에 그냥 담아 가기만 하면 될 것 같네요. 여기 있는 보물들이면 운가장 운영비는 걱정 안 해도 될 것 같은데요?"

"엇! 장주님 여기 신검이! 이거 장주님한테 딱 어울립니다!"

"우와! 이거 금강불괴 정도의 위력을 낸다는 전설의 금강호신갑(金剛護身鉀) 아닌가? 장주님! 이거 입으세요."

뭘 발견하든 전부 천룡에게 바치는 사람들이었다.

그 모습에 무사는 천룡이 존경스럽게 느껴졌다.

'도대체 얼마나 수하들에게 인덕을 쌓아야 저런 충성심을 보인단 말인가? 대단하신 분이다.'

그가 보기엔 수하들은 그 어떤 것에도 욕심이 보이지 않았다.

오로지 자신들의 장주만을 생각하며 장주만을 위해 행동했다.

자신이 모시는 분도 인덕이 높아 수하들이 잘 따르지만 저렇게까지 하진 않았기 때문에 더욱더 경이롭게 다가왔다.

함정을 다 파괴하고 들어간 동굴의 끝 벽에는 깊게 새겨진 글귀가 있었다.

―모든 유혹을 뿌리치고 온 연자여, 그대의 그 올곧은 마음이면 나의 모든 것을 넘겨주어도 될 것 같구나. 이 안에 나의 모든 것을 두었다. 부디 좋은 곳에 그 힘을 써 주길 바란다.

―염천제(炎天帝) 위엽(威葉)

그 글귀를 본 무사는 제일 먼저 이런 생각을 했다.

'아니에요. 유혹에 다 넘어갔습니다. 넘겨주지 않아도 당신의 모든 것들이 저들 손에 다 넘어갔다고요.'

그리고 글귀 마지막에 적힌 별호를 보고 경악했다.

"염천제! 맙소사! 고금제일인(古今第一人)!"

천의문 무사는 이곳이 어떤 곳인지를 깨닫고 놀라서 자빠졌다.

더는 놀랄 것이 없을 것이라 자부하고 왔건만, 그 결심은 오래가지 못했다.

그 모습에 천룡이 자신의 일행을 보며 물었다.

"누구야, 유명한 사람이야?"

그 말에 무광이 답해 줬다.

"아…… 대략 오백 년? 오백오십 년? 암튼 뭐, 그 정도 전에 절대자라고 불리던 사람이에요."

엄청 대수롭지 않은 듯이 얘기하는 무광이었다.

그걸 태성이 받아서 덧붙여 주었다.

"이 양반이 무공을 쓰면 주변의 모든 것이 녹아내렸다고 전해지죠. 암튼 열양지기 무공 쪽은 이 양반이 항상 최고로 꼽힙니다."

그들의 얘기에 천의문 무사는 피를 토하는 심정이었다.

'아니야! 열양지기 무공 쪽이라니! 모든 무공 통틀어서! 최고의 자리에 항상 꼽힌다고! 전설의 화룡지체셨다고!'

너무도 답답했다. 소리치고 싶었다.

하지만 여기서 속에 있는 저 소리를 꺼내는 건, 저들의 말에 반박하는 것이기에 참았다.

무사는 여기서 무사히 나가고 싶었기 때문이었다.

물론 속병과 화병은 얻겠지만…….

"근데 고금제일인? 엄청 강했나 보네?"

"에이, 사람들이 이런 거 엄청나게 부풀려서 떠들기 좋아하잖아요. 뭐 그 당시에 이 양반을 상대할 사람이 전혀 없었던 것도 있고, 소문에는 삼 초식을 넘긴 상대가 없다나? 암튼 뭐 전해 내려오면서 좀 과장되거나, 아님, 그 시절 사람들이 약했거나 둘 중 하나겠죠."

'과장 아니라고…… 하아. 염천제시여, 죄송하지만 여기 인간들은 유혹을 뿌리치고 온 것이 아닙니다. 다 때려 부수고 왔어요…… 금은보화 싹 쓸어 갔다고요……. 불쌍하신 분. 하필이면…….'

무사는 그저 속으로 저승에 있을 염천제를 위로할 뿐이었다.

비석을 지나자 돌문이 보였고, 그 안으로 들어가자 사방에서 한기가 뿜어 나오고 있었다.

"아니, 무슨 열양기지를 쓰던 양반이 빙정(氷晶)을 여기에다가 뒀대?"

"책자랑 이 안에 든 영약을 오랫동안 보관하려고 그런 것 같은데요?"

그 방 안에는 책자와 작은 상자가 보관되어 있었다.

『아수라염천공(阿修羅炎天攻)』
『염화신단(炎火神團)』

책자와 상자에는 그것이 무엇인지가 적혀 있었다.

"아수라염천공이네? 오, 이건 좀 센데?"

"염화신단도요! 와, 이게 실제로 존재하는 거였네요."

"그러면 여기는 정말로 염천제가 만든 곳이라는 거네요."

"왜, 탐나냐?"

"에이! 사형도 참! 이런 걸 왜 탐내요."

"우리한테는 필요도 없는 거네요."

이제 이런 대화를 들어도 그러려니 하고 넘어가는 무사였다.

무광과 사제들이 대화하고 있을 때, 천룡이 책자를 집어 들었다.

"이건 나도 알고 있는 무공이다. 특이한 무공이지. 일반인
은 익히지도 못해."

그러면서 조방을 바라보며 책자를 던졌다.

"네 것이다."

조방은 갑자기 날아오는 책자를 다급하게 잡으며 천룡의
말에 화들짝 놀랐다.

"네? 주, 주군! 그게 무슨 말씀이십니까?"

그리고 염화신단이 들어 있는 상자도 들어서 조방에게 주
었다.

"이거도 너 먹어라."

"주, 주군! 안 됩니다! 이 귀한 걸 어찌 제가 먹습니까? 그
런 명은 거두어 주십시오!"

조방이 엎드리며 간곡하게 외쳤다.

그 모습을 보던 천의문 무사는 어처구니가 없었다.

이제는 놀랄 힘도 없었다.

자신만 혼자 다른 세상에 있는 것 같았다.

고금제일인의 무공과 그 무공을 빠른 시간 내에 익힐 수
있게 해 주는 영약.

염천제는 저것이 세상에 나오면 강호에 엄청난 파장이 일
것으로 생각해서 이렇게 힘들게 숨겨 놓았는데, 저자는 그
걸 무슨 공진단 던져 주듯이 자신의 수하에게 던져 주고 있
었다.

그걸 또 수하는 절대로 안 된다며 결사반대를 하고 있었다.

"먹어! 나랑 애들은 그런 거 안 먹어도 강하고 건강하니까."

'그걸 건강이랑 연관 짓지 마……. 건강보조제 아니라고!'

피눈물이 날 것 같은 무사였다.

화병이 날 것 같았다.

그러한 천룡의 말에 조방은 이 크고 하해와 같은 은혜를 어찌 갚아야 할지 몰라 눈물만 흘리고 있었다.

그런 조방의 어깨를 두드리며 천룡이 말했다.

"네가 나에게 하는 모든 것이 나에게 기쁨이다. 그러니 그런 얼굴 하지 마."

한마디 한마디가 감동이었다.

그리고 오늘 심적으로 충격을 많이 받아 핼쑥한 얼굴로 서 있는 천의문 무사를 보며 말했다.

"무사님 많이 피곤하신가 보다. 우리 이만 나가자."

"네! 여기 보물들은 애들한테 연락해서 다 가져가라고 할게요."

"응. 그건 너희가 알아서 하고, 이제 나가자. 습한 곳에 너무 있었더니 옷이 축축해서 기분이 별로다."

다른 이가 발견을 했다면, 세상에 또 다른 염천제가 탄생했거나 아니면 무림에 거대한 폭풍이 불었을 기연.

이렇게 허무하게 사라지고 있었다.

꒰꒱

며칠 뒤.

관천은 천의문 마당에 펼쳐진 수많은 풀들을 바라보며 아연실색을 하고 있었다.

"이, 이건! 맙소사!"

"왜 그러십니까? 혹시 저희가 잘못 가져온 것인가요?"

천룡의 물음에 관천이 고개를 격하게 좌우로 저으며 말했다.

"그, 그게 아니고…… 이, 이걸 직접 캐셨다고요? 정말로?"

"네……. 맘에 안 드시면 다시 갔다 올까요?"

그 말에 관천이 천룡의 팔을 붙잡으며 말렸다.

"아, 아닙니다! 아니에요! 이것이면 충분합니다!"

관천이 이렇게 놀라는 것은 천룡 일행이 약초라고 캐 온 것들이 하나같이 영초가 아닌 것이 없었기 때문이었다.

정말 구하기도 힘든 약초들이 온 마당을 가득 채우고 있었기에 이렇게 경악을 하는 것이었다.

"저, 저건! 설마!"

그중에 유달리 두꺼운 삼을 보더니 달려가 그것을 집는 관천이었다.

"꺼어어어! 이, 이건 마, 만년하수오?"

그리고 고개를 돌려 망태기에 잔뜩 들어 있는 삼을 발견하였다.

설마 하는 마음과 에이 아니겠지라는 마음으로 떨리는 다리를 억지로 움직이며 다가갔다.

그런데 맞았다.

"끄어어…… 천년삼……. 저렇게 많……."

하도 많기에 처음에는 도라지인 줄 알았다.

정말 하늘이 허락한 사람에게만 모습을 보인다는, 그래서 구하기 힘들다는 천년산삼이 지금 망태기에 가득 담겨 있는 걸 보고 있는 관천이었다.

입이 어찌나 크게 벌어졌는지 침이 뚝뚝 떨어지고 있었다.

분류를 하는 의원들도 이 엄청난 광경에 넋이 나간 상태라 제대로 일을 못 하고 있었다.

"반응을 보니 저희가 제대로 캐 온 것은 맞나 보네요."

무광의 말에 다들 고개를 끄덕이며 뿌듯해했다.

'뿌듯해하지 마……. 아니…… 이게 뿌듯한 거로 끝날 일이냐? 이 괴물들아!'

같이 따라갔던 무사는 저들이 여기저기 쑤시고 다니며 대충 캔 풀들이 사실 엄청난 약초들이었다는 사실을 듣고 지금 돌아 버릴 지경이었다.

자꾸 여기저기에서 무슨 일이 있었냐고, 저들이 어떻게 저 풀들을 캐 왔냐고 묻는데, 그것을 제대로 말해 주기가 애매했다.

직접 본 자신도 믿지 못할 일이 산더미 같은데, 이들이 그것을 믿어 줄 리가 없지 않은가.

설명을 해 줄 수 없으니 답답했다.

문주인 관천은 지금 이 상황이 현실이라는 것이 믿기지 않았다.

별 기대도 안 하고 보냈는데, 그들이 가져온 것은 보물들이었다.

솔직히 산삼 한 뿌리만 캐 와도 대성공이라고 생각을 했는데, 이들은 한 뿌리가 아니라 망태기에 가득 담아서 왔다.

그러고는 이것밖에 못 캐 와서 미안하다는 표정을 짓고 있으니, 관천으로서는 어이가 없었다.

"그, 그러니까 이걸 그냥 눈에 보이는 대로 캐 온 것이라고요?"

관천의 물음에 천룡이 고개를 끄덕였다.

"네! 산에 가니까 널린 게 이런 거던데?"

"……"

산에 이런 게 널려 있을 리가 없잖은가.

어떤 산에 이런 게 널려 있단 말인가?

할 말을 잃은 관천은 그저 마당에 펼쳐진 약재들만 바라보

제一장 53

았다.

"아, 맞다! 참, 이거!"

천룡은 깜박했다는 말과 함께 품 안에서 무언가를 꺼냈다.

염천제의 동굴에서 가져온 작은 보석함에 담겨 있는 물체.

"이것도 그냥 여기서 쓰세요. 산에서 잡은 놈 몸에서 나온 거예요."

그 안에는 오색 빛이 영롱하게 빛나는 동그란 알 모양의 물체가 들어 있었다.

딱 봐도 심상치 않은 물건이었다.

관천이 침을 꿀꺽 삼키며 물었다.

"이게…… 뭡니까?"

이제 묻는 것도 두려웠다.

"혈…… 뭐랬지?"

"혈귀룡요."

"아, 혈귀룡! 그래! 하하, 그 동물 안에 있던 내단인데 쓸 만한 거 같아서요."

"혀, 혈귀룡! 혈귀룡이라니! 그게 사실입니까? 아니……. 내가 지금 꿈꾸고 있나? 혈귀룡이 거기서 왜 나와?"

꿈이어야 했다.

꿈이 아니고서는 이런 일이 일어날 수 없는 것이었다.

혈귀룡의 내단이라니.

이게 다른 사람들 귀에 들어간다면 천의문에 수많은 무인들이 쳐들어올 것이다.

혈귀룡의 내단이 아니어도, 지금 마당에 깔린 저 엄청난 양의 영초들만 해도 침입을 충분히 받을 수 있었다.

그런데 이자는 무엇인가?

이것을 아무렇지도 않게 내밀고 있지 않은가?

"이, 이걸 왜 저에게?"

궁금했다.

어찌 이걸 자신에게 내미는 것인지 너무도 궁금했다.

"음…… 저는 필요 없어서요. 여기 있으면 뭐라도 만들어서 아픈 사람 치료하는 데 쓰지 않겠어요? 그래서 드리는 건데?"

그렇게 말하며 환하게 웃는 천룡이었다.

그 모습에 관천의 마음이 넘어가 버리고 말았다.

'아아아! 이분은…… 그래! 관음보살(觀音菩薩)이시구나! 신이었어! 세상을 구하려고, 그리고 우리를 구하려고 내려오신 신!'

그렇게 생각을 하니 이 모든 것이 이해되었다.

신께서 직접 약초를 캐 오셨는데 그것이 평범할 리가 없지 않은가.

관천은 마음이 편해졌다.

모든 것을 받아들이기로 한 것이다.

"알겠습니다! 이것은 제가 잘 간직하고 있다가, 이것이 꼭 필요한 이에게 쓰도록 하겠습니다."

'나의 신이시여!'

천룡이라는 울타리에 한 사람이 추가되는 순간이었다.

그렇게 관천이 감동하고 있을 때였다.

─야! 어찌 우리 가는 데마다 뭔가가 자꾸 오는데?

─그러게요? 이번엔 쫌 강한데요?

─응…… 이건 내가 아는 놈인데…….

─그래요?

─응……. 제발 아니길 바라야지……. 내가 아는 그놈이면…… 좀 심각한 상황이거든.

─네? 무황을 심각하게 만드는 사람이라…….

그렇게 전음으로 대화를 나누고 있을 때, 한 곳에서 목소리가 들려왔다.

"허허허허, 이거 참 우리가 오는 줄 어찌 알고, 우리한테 필요한 약재들을 이렇게 꺼내 놓았구려."

관천과 사람들은 말이 들리는 곳을 향해 일제히 고개를 돌렸다.

그곳에는 붉은색 도복을 입고 한쪽 눈이 없는 노인이 미소를 지으며 서 있었다.

"누, 누구냐!"

"지나가는 과객이라 하면…… 안 믿겠지요?"

그 말이 끝남과 동시에 수많은 복면 무리가 담을 넘어와 착지하고 있었다.

하나같이 엄청난 고수로 보였다.

'복과 화는 동시에 온다더니…… 일단 저분들을 먼저 대피시켜야겠다.'

관천은 천룡에게 다가가 말했다.

"어, 어서 피하십시오. 필시 좋은 이유로 온 자들이 아닐 것 같습니다. 여기는 우리가 최대한 막을 테니 도망가십시오!"

그리고 어딘가로 지풍을 날렸다.

퍼어어엉-!

쐐애애애애애-!

퍼퍼퍼퍼펑-! 퍼펑-! 퍼퍼펑-!

지풍을 맞고 무언가가 터져 나가며 하늘에 폭죽이 수놓아 졌다. 천의문에 위기가 닥쳤을 때 비상임을 알리는 위기 폭 죽이었다.

사방에서 천의문을 수호하는 무사들이 모여들기 시작했다.

그 모습에 침입한 노인이 수염을 쓰다듬으며 말했다.

"허허허, 이렇게까지 환영을 안 해도 되는데…… 부담이 되는구려. 천의문주, 저기 바닥에 있는 약재들만 모두 나에게 넘기면 내 그냥 돌아가리다. 어떻소? 나의 제안이…….."

"닥치시오! 우리는 불의와 절대 타협하지 않을 것이오!"

"이런 쯧쯧, 사람을 살리는 자들이 어찌 이리 생각이 없단 말이오. 지금 나는 그대들을 살리기 위해 말을 한 것인데, 그대들은 지금 죽겠다고 하고 있으니……. 반대가 아니오?"

"크으윽!"

노인의 말에 반박할 내용이 생각나지 않았다.

"다시 한번 묻겠소. 어떻소, 넘기시겠소? 아니면…… 이 자리에서 모두 죽으시겠소?"

마지막에 죽겠냐는 물음은 아주 강력한 살기를 뿜으며 말했다.

온몸이 저리는 살기를 맞으며, 관천은 천룡 일행을 살폈다.

그들이 피했는지 보기 위함이었다.

그런데 이게 웬걸 그들이 아직 그대로 남아 있었다.

다급했다.

저자는 자신도 상대하기 힘든 초고수.

빨리 저들을 대피시켜야 했다.

"어, 어찌! 어서 피하라고 하지 않았소!"

왜 저들이 아직도 남아 있다는 말인가.

관천이 천룡 일행을 보며 피하라고 하는 말을 들은 노인이 고개를 저으며 말했다.

"저들에게 피하라고 하는 것은, 내 제의를 거절한다는 뜻이로군."

그러면서 고개를 저으며 손을 흔들었다.

노인의 행동에 지켜보던 복면인들이 일제히 달려들었다.

퍼퍼퍼퍼퍽―!

그때 조방이 창을 휘두르며 정면에 나서며 선두의 복면인들을 날려 버렸다.

쿠당당탕탕―!

공격에 날아간 복면인들과 갑작스러운 공격으로 인해 움직임을 멈춘 복면인들이 일제히 조방을 쳐다보았다.

"조용히 물러간다면 공격을 하지 않겠소."

"크하하하하하! 그렇지. 그렇지. 이 정도 문파에 한 수 재간이 있는 놈이 없을 리가 없지."

조방의 등장에 노인은 크게 웃으며 즐거워했다.

군사가 자신에게 이런 일을 시켰을 땐 정말 기분이 상했다.

하지만 주군의 명이기에 꾹 참고 나선 것이었다.

그저 가볍게 일을 끝내고 바깥세상의 술이나 한잔하려 했었다.

그런데 뜻하지 않은 곳에서 즐거움을 줄 존재가 나타난 것이었다.

"아해야, 너의 이름은 무엇이더냐?"

"흥! 그대들에게 알려 줄 이름 따위는 없소! 다시 묻겠소. 지금이라도 이곳을 조용히 떠난다면 나도 창을 거두겠소!"

"크크크하하하하하! 재밌다, 재밌어! 일단 실력부터 보자꾸나. 그런 말은 진정한 힘을 가진 자만이 내뱉을 수 있는 법이란다.”

그러고는 복면인들에게 말했다.

“저 아이를 잡아 와라. 내 직접 가지고 놀아야겠다.”

그 말에 일제히 조방을 향해 달려드는 복면인이었다.

관천은 갑작스레 나타나 자신들을 도와주는 조방이 너무도 고마웠다.

그리고 도망가지 않고 자신들과 함께해 준 천룡과 그 일행을 보며 자기 생각이 틀리지 않았음을 알게 됐다.

“조방 대협! 도와주셔서 고맙소! 애들아! 조방 대협을 최대한 도와라!”

“우와와와!”

천의문 무사들이 조방을 돕기 위해 움직이려 할 때, 거대한 폭음이 들렸다.

콰아아아앙-!

작은 버섯구름이 피어오르며, 사방에 바닥 잔해가 튀어 올랐다.

자욱했던 먼지가 가라앉자 조방을 향해 공격을 들어갔던 자들의 모습이 보였다.

온몸이 걸레짝이 된 것처럼 갈기갈기 찢어진 채로 쓰러져 있었다.

“오호, 역시나 한 수 재간이 있었구나?”

그 모습을 흥미롭게 지켜보는 노인이었다.

복면인들은 잠시 당황했으나 정신을 차리고 다시 조방에게 달려들었다.

조방은 창을 옆구리에 붙이고 발창(拔槍) 자세를 취했다.

그리고 그의 몸이 서서히 부풀었다가 일순간에 창 쪽으로 하얀 빛무리가 흘러 들어갔다.

모든 준비가 끝났는지 힘차게 앞으로 내질러지는 창이었다.

"백화백연창(白火百聯槍)!"

슈라라라라라라라라라라라라-!

하얀 광명과 함께 수백 개의 빛줄기가 달려오는 복면인들에게 쏘아져 날아갔다.

퍼퍼퍼퍼퍼퍼퍽-!

퍼퍼퍽-!

"커어어억!"

"크억!"

"커컥!"

투투투투두두두툭-!

수십에 달하는 복면인들이 일거에 짚단 쓰러지듯이 쓰러졌다.

"세상에! 저런 무공이라니!"

조방의 무공에 관천은 감탄했다.

그리고 노인은 분노했다.

"으드득! 재롱이 과하구나!"

노인의 말에 조방이 웃으며 대꾸했다.

"상대방의 실력도 가늠하지 못하는 주제에 말은 많으시구려?"

"그 주둥아리부터 뜯어내고 나서 이야기하자꾸나……."

그리고 순식간에 조방의 앞으로 고속 이동하여 복부를 노렸다.

파파팍―!

노인의 공격을 창대로 막으며 거리를 벌린 조방은 다시 말했다.

"거기는 주둥이가 아닌데? 주둥이 위치도 모르시오?"

노인의 얼굴은 이미 시뻘게져서 터지기 일보 직전이었다.

너무 열이 받은 것인가?

그의 손에서 시퍼런 불길이 생겨났다.

"나로 하여금 이 무공을 다시 쓰게 하다니……. 인정하마. 이제부터 진심으로 상대를 해 주지. 영광으로 알고 죽어라. 나의 지옥염화수(地獄炎火手)에 죽는 것을 말이다."

"하하. 좋소. 와 보시오!"

"죽어라!"

빨갛게 달궈진 손이 조방을 향해 날아갔다.

"흥! 선풍열창(旋風熱槍)!"

몸을 한 바퀴 돌리며 창을 휘두르니 뜨거운 열기로 이루어진 회오리바람이 생겨났다.

불기둥 같은 회오리는 조방의 몸 전체를 뒤덮은 채 맹렬하게 휘몰아쳤다.

그리고 빠른 속도로 휘두르던 창을 앞으로 뻗었다.

그러자 회오리바람은 주변의 모든 것을 태우면서 노인을 향해 빠른 속도로 나아갔다.

"이까짓 재주로 날 막을 수 있을 것 같으냐?"

노인의 손에는 시뻘건 수강이 맺혔다.

그리고 자신을 향해 다가오는 불의 회오리를 향해 휘둘렀다.

바람을 반으로 갈라서 소멸시키고 지면을 박차고 날아가 조방의 앞까지 고속으로 접근했다.

"몸이 타들어 가는 지옥의 고통이 무엇인지 보여 주마!"

퍼어억-!

노인의 시뻘건 손바닥이 조방의 복부에 정확하게 꽂혔다.

치이이이익-!

무언가 타들어 가는 소리가 들리고, 노인은 회심의 미소를 지었다.

"크크크큭! 끝났다! 이 불길은 네놈의 오장육부를 모두 태우고 너의 뼈와 살을 모조리 재로 만들 때까지 사라지지 않을 것이다!"

그 모습에 모든 천의문의 무사와 관천은 비명을 질렀다.

"아! 안 돼! 뭣들 하느냐! 어서 조방 대협을 구해라!"

하지만 아무도 나서지 못하고 있었다.

둘의 상황이 조금 묘했기 때문이었다.

"어째서? 어째서? 아무런 반응이 없는 것이냐!"

고통스러워하며 바닥을 뒹굴고 있어야 할 조방이 멀쩡히 서 있자 놀란 나머지 거리를 벌린 노인이 소리쳤다.

손바닥 자국 부위만 타들어 간 옷을 바라보며 조방이 입술을 핥고는 말했다.

"방금 거 기분 좋았어."

"뭐?"

조방의 말에 노인이 어리둥절한 표정으로 조방을 바라보았다.

"뭔지 모르지만…… 방금 당신의 공격, 기분이 좋았다고."

"이, 이런 미친놈이?"

"다시 한번 해 봐."

"오냐! 이번에는 진짜로 화끈한 것을 보여 주마!"

"지옥염천강(地獄炎穿强)!"

무엇이든 녹일 것 같은 화염강기가 조방을 향해 쇄도했다.

화르르르르르르륵-!

그때 조방의 몸에서 거대한 용의 형상이 모습을 드러냈다.

거대한 화룡은 노인의 화염강기를 순식간에 흡수해 버렸고, 그 충격에 노인은 저 멀리 날아갔다.

콰다다다당탕-!

그리고 뒹굴면서 눈이 찢어질 듯이 커지며 경악을 금치 못
했다.

"마, 맙소사! 화룡……. 화룡이라니! 서, 설마! 화룡지체?
화룡지체란 말이냐!"

노인의 울부짖는 듯한 말에 조방이 고개를 끄덕이며 답해
줬다.

"잘 아네? 맞아. 화룡지체."

"그, 그럴 수가…… 어찌…… 너 같은 놈에게……. 어
찌…….."

망연자실한 표정으로 조방의 몸에서 넘실거리는 화룡의
형상을 바라보는 노인이었다.

관천 역시 놀랐다.

"화, 화룡지체라니! 그것이 정말로 존재하는 것이었다니!"

의원으로서 호기심이 샘솟듯이 올라왔지만, 일단은 참아
야 했다.

같이 다녔던 무사 역시 경악했다.

'맙소사! 염천제와 같은 화룡지체라니! 가만…… 그럼 저
사람이 염천제의 비급과 영약을 가져간 게 우연이 아니란 말
인가?'

반면 노구강은 잠깐 사이에 폭삭 늙은 자신의 손을 바라보
며 말했다.

"화룡지체라니…… 나로서는 절대로 이길 수 없는……. 허허허허, 어찌하여 하늘은……. 우리를 허락하지 않는 것인가…… 어찌하여……."

그리고 조방을 바라보며 말했다.

"역시 중원은 무시할 수가 없구나……. 어디서 무엇이 튀어나올지 알 수가 없으니……."

그렇게 중얼거리는 노인을 향해 조방이 다가갔다.

제압하기 위함이었다.

"그렇다고 나를 어찌할 수 있다고는 생각지 마라. 나의 목숨은 오로지 그분 것이니……."

노인의 입에서 검은 피가 흘러나오기 시작했다.

자진한 것이었다.

"주, 중원이여…… 지금…… 이 평화를 즐기거라, 크크크큭……."

털썩-!

그 말과 함께 조용히 바닥으로 쓰러지며 숨을 거두는 노인이었다.

그 순간 사방이 조용해졌다.

전투가 끝나고 조방의 몸에서 나왔던 화룡도 사라졌다.

"주군! 명하신 대로 처리했습니다!"

적막을 깨며 곧바로 천룡에게 부복하면서 보고를 하는 조방이었다.

"고생했다."

천룡의 한마디에 감격한 표정을 짓는 조방을 보며 천의문 사람들은 천룡을 다른 시선으로 쳐다보았다.

말로만 듣던 화룡지체는 정말 명불허전이었다.

정말로 전설로 내려져 올 법한 신체가 맞았다.

그런 화룡지체를 수하로 둔 사내.

그리고 그 수하의 절대적인 충성을 받는 사내.

경이로운 시선으로 바라보는 사람들이었다.

그 모습을 매우 뿌듯해하며 즐기는 무광과 사제들이었다.

—이제 슬슬 아버지도 명성이 쌓이기 시작하시겠지?

—그럼요! 흐흐흐. 강호에 명성이 자자하게 퍼질 겁니다.

—근데…… 사부님이 평범하게 살고 싶다 하지 않으셨습니까? 이러면 안 될 텐데?

—낭중지추(囊中之錐)라 했어. 우리가 숨긴다고 숨겨질 일이 아니야. 미래를 대비하는 거지.

—그렇긴 하지만…….

—근데 저놈들은 어디서 온 놈들일까요?

—아까 대사형이 아는 놈이라고 하지 않았나요?

—아는 놈 맞아.

안다는 말에 다들 무광을 바라보며 집중했다.

—안다고요? 누군데요?

—염화마제(炎火魔帝) 노구강(老求强)……. 혈천교의 호법이다.

-네?

무광의 말에 다들 꿀 먹은 벙어리가 되었다.

나와선 안 될 이야기가 나온 기분?

-이 이야긴 다음에 하고 일단 여기 정리부터 하자.

-그런……! 하아…… 네!

"자, 자! 어수선하니 정리부터 하시죠."

무광이 관천에게 권하자 관천이 고개를 끄덕였다.

그리고 손뼉을 치며 자신의 문도들에게 명했다.

"모두들 장내를 정리하라!"

그리고 천룡 일행을 데리고 안으로 들어갔다.

꧁

천룡은 자신의 일행과 함께 방금 있었던 일에 대해 논의를 하고 있었다.

"그러니까 오늘 온 자들이 그 혈천교라는 놈들이었다?"

"네! 언젠가는 나올 것이라는 걸 짐작하고 있었지만, 제 예상보다 빠르네요."

"그자들이 이곳은 왜 왔을까?"

그 물음에 천명이 답했다.

"아무래도 약초를 강탈하러 온 것 같았습니다. 요즘 일어나는 약초 품귀 사태가 아무래도 그들과 연관이 되어 있는 느낌이 듭니다."

"왜 그렇게 생각하지?"

천룡의 물음에 천명은 과거 자신이 경험했던 수상한 일들을 얘기했다.

"새외(塞外:만리장성의 바깥)에 약왕문이라는 거대 의문이 있습니다. 그곳도 정체를 알 수 없는 자들에게 자신들의 비전 단약 제조법과 수많은 영약을 강탈당하고 멸문에 가까운 피해를 보았다는 소식을 들었습니다. 그동안 잊고 있었는데, 오늘 보니 그자들과 같은 세력이 아닌가 싶습니다."

"저들이 이렇게 약재들을 모으고 있다는 것은 중원으로 나올 날이 머지않았다는 뜻이겠죠."

"음…… 혈천교라는 사실을 여기 문주에게도 알려 줘야 할까?"

"그건 좀…… 이 사실이 퍼진다면…… 중원 일대에 큰 혼란이 올 것입니다. 당분간은 말하지 않는 것이 좋을 것 같습니다."

"아까 보니 호법이라는 자가 그다지 강해 보이지 않던데? 정말로 저런 놈들한테 죽을 뻔했어?"

천룡이 가장 궁금한 것은 바로 노구강의 무력이었다.

아무리 생각해도 무광의 무력에 비해 현저히 낮은 수준인데, 과거에 중원을 공포에 떨게 했다는 사실이 믿기지 않았기 때문이었다.

"그 부분은 저도 잘 모르겠습니다. 오늘 보니 현저하게 약해져 있더군요. 아마도 저와 싸움으로 인한 부상이 그를 저렇게 만든 것일 수도 있고, 노환으로 인해 약해졌을 수도 있겠죠."

"그 당시에는 강했다 이거지?"

"네! 그 당시에는 정말 강했습니다. 저자가 지나간 곳은 불지옥이 펼쳐졌으니까요."

무광의 말에 천룡이 고개를 끄덕이며 심각한 표정이 되었다.

"문제는 여기군. 우리가 떠나면 이곳이 위험하겠어."

천룡의 말에 다들 고개만 끄덕일 뿐 이렇다 할 방법은 얘기하지 못했다.

이곳에 무한정 있을 수는 없었기 때문이었다.

이곳에 온 목적이 생각난 무광이 천룡을 바라보며 입을 열었다.

"아버지, 어찌 좀 기억나는 것이 있으세요?"

무광이 조심스레 물어오자, 천룡이 고개를 저으며 말했다.

"애석하게도……. 하긴 그 긴 시간 동안 기억이 나지 않던 것이 그리 쉽게 돌아올 리가 없겠지. 그래도 괜찮다. 기억이 돌아오지 않는다고 해서 내가 아닌 것은 아니니까."

천룡의 말에 다들 환한 미소를 지으며 좋아했다.

여기까지 왔는데 기억에 관한 단서를 못 찾으면 의기소침

하실까 걱정했는데, 다행히 그런 것 같지는 않아서 미소 짓는 것이었다.

그렇다는 것은 이제 이곳에 계속 있을 필요가 없다는 소리다.

하지만 쉽게 떠날 수 없었다.

"하아, 쉽게 떠날 수 없다는 게 문제네요. 혈천교 놈들 분명 다시 올 텐데요."

"문제는 그게 언제가 될지를 모른다는 것이죠."

"우리 운가장에 터가 좀 남아 있나?"

"운가장에요? 터는 아주 많이 남아 있죠. 혹시 몰라 주변 땅은 다 샀거든요. 흐흐."

무광의 말에 천룡은 눈을 반짝이며 자기 생각을 말했다.

"그래? 그럼 혹시 그쪽으로 가지 않겠냐고 물으면 이들이 따라 줄까?"

천룡의 말에 다들 회의적인 표정을 지으며 고개를 저었다.

"죽으면 죽었지…… 그러진 않을 겁니다. 이곳이 곧 천의 문이니까요. 그것도 천년에 가까운 역사를 지닌, 저들의 혼이 묻힌 장소. 장소를 옮기는 것은…… 아마도 따르지 않을 겁니다."

"나는 이들이 위기에 빠지는 것을 두고 볼 수 없다……. 무슨 방법이 없을까……."

뚜렷한 방법이 생각나지 않았다.

"그럼 잠시만 대피를 하고 있다가 나중에 해결이 되면 다시 오는 것으로 하는 건?"

"그러지 마시고 일단 천의문주를 불러서 대화해 보시는 건 어떨까요? 저희끼리 백날 의논해 봐야 천의문에서 싫다고 하면 무슨 소용입니까."

"하긴 네 말도 일리가 있다. 문주와 직접 이야기를 해야겠다."

귀신도 제 말을 하면 온다더니 천의문주 관천이 문을 열고 들어왔다.

"죄송합니다. 생각보다 일이 꼬여서 좀 늦었습니다."

"일이 꼬이다니요? 무슨 일이 있었습니까?"

"하아…… 오늘 온 자들은 도대체 뭐 하는 자들인지 모를 일입니다. 그렇게 독하게까지 해야 하는지…….."

"왜요? 포로로 잡은 놈들이 반항이 심합니까?"

"……반항이 아닙니다."

"네?"

관천은 잠시 머뭇거리더니 심각한 표정으로 답했다.

"다…… 전부 다…… 자결했습니다."

"…….."

관천의 말에 일순간 정적이 흘렀다.

그에 분노한 무광이 책상을 후려치며 일어났다.

쾅-!

"그놈들이 그렇다고요! 천하의 쓰레기 새끼들! 사람 목숨을 우습게 아는 개자식들!"

무광의 말에 관천이 화들짝 놀라며 물었다.

"저들에 대해…… 아십니까?"

관천의 말에 무광이 아차 싶었는지 자리에 살포시 앉으며 말했다.

"아, 아닙니다. 저도 모르게 흥분을 해서 그만……."

"하아, 사람을 구하는 의원으로서 정말 오늘은 최악의 날이군요."

관천이 한숨을 쉬며 자리에 앉았다.

그리고 앞에 놓인 술병을 통째로 들고 마셨다.

"크으으으으! 그나저나 걱정입니다. 저들이 다시 올 것이 분명한데……."

관천이 술이 묻은 입 주변을 닦으며 말하자, 천룡이 조심스럽게 입을 열었다.

"저, 문주님. 제가 제안을 하나 드려도 될는지……."

"예! 언제든 말씀만 하십시오. 은인께서 말씀하시는데 제가 어찌 허투루 듣겠습니까?"

"하하…… 그, 저희랑 같이 가지 않으시겠습니까?"

"네?"

"문주님 말씀대로 언제 다시 그들이 올지 모르는 상태 아닙니까? 다시 그들이 오면 이곳을 지킬 수 있다고 자신하십니까?"

"하아. 맞는 말씀입니다. 하지만 어찌합니까? 이곳이 곧 내 전부인 것을요……."

역시나 무광이 말했던 대로 이곳을 떠날 생각이 없어 보였다.

"그럼 잠시만 피해 있는 것은 어떻습니까? 뻔히 보이는 위험을 눈앞에서 맞이하는 것은 멍청한 짓이라 생각합니다."

천룡이 간절한 눈빛을 보이며 관천을 설득하려고 애썼다.

그 모습에 관천이 웃음을 지으며 말했다.

"말씀은 고맙습니다. 하지만 그것은 힘들겠군요. 저희는 이곳에서 천년에 가까운……."

천룡이 관천의 말을 끊으며 버럭 댔다.

"그놈의 천년! 천년! 아니, 죽으면 그 천년의 세월을 누가 알아줍니까? 살아야 천의문의 명맥도 유지하지요! 다 죽으면 누가! 그것을 알아주냔 말이야!"

너무도 화가 난 천룡이 크게 소리치며 관천을 나무랐다.

그 모습에 관천은 놀란 나머지 천룡을 멍하니 바라보았다.

다른 이들 역시 이런 천룡의 모습에 놀란 듯 커다랗게 변한 눈으로 바라보고 있었다.

그때.

찌잉—!

-죽으면 다 끝이라고! 이 병신아! 혼자만 고고한 척하지 말란 말이다! 혼자만!

"크윽!"
갑작스럽게 떠오른 기억에 천룡이 비틀거렸다.
"아, 아버지!"
"사부님!"
"사부!"
"주, 주군!"
"은인!"
모두가 벌떡 일어나 걱정스러운 얼굴로 천룡을 바라보았다.

-그깟 대결이 뭐라고⋯⋯. 그깟 명예가 뭐라고⋯⋯. 그깟⋯⋯ 약속이 뭐라고⋯⋯. 죽을 것을 알면서 간단 말이냐⋯⋯ 이 병신아⋯⋯.
-미안하다⋯⋯ 미안해⋯⋯. 천의(天醫)라고 불리면 뭐 하냐! 등신같이⋯⋯ 친구 하나를 못 구하는데⋯⋯. 미안하다! 천룡아⋯⋯ 미안해.
-가가! 가지 마세요! 제발⋯⋯.
-가야 한다. 나만이⋯⋯ 오로지 나만이 그를 만족시킬 수 있다. 그를⋯⋯ 막을 수 있다. 미안하다. 관홍아. 미안하구

나. 가연아.

기억 속에 처음 보는 자가 의원복을 입고 자신을 나무라고 있었고, 자신은 그런 의원의 말을 무시하며 어딘가로 가려 하고 있었다.

순식간에 몰려오는 수많은 기억에 천룡은 식은땀을 흘리며 고통스러워했다.

그리고 어느 정도 안정이 되자, 긴 심호흡을 하고선 자리에 다시 앉았다.

"아버지……."

"사부님……."

다들 걱정이 가득한 얼굴로 천룡을 바라보고 있었다.

"괜찮다. 갑자기 기억이 몰려와서……. 역시 여기도 나와 인연이 있었던 곳이다."

"네? 정말입니까?"

"응……. 천의(天醫) 관홍(關洪)…… 그가 내 친구였다."

"네? 그, 그게 무슨 말씀이십니까? 그분이 돌아가신 것은 삼백 년이나 지난 일인데……."

심하게 동공이 떨리는 상태에서 무언가 생각이 난 듯 무광과 나머지 사람들을 둘러보며 물었다.

"아, 아까 분명히…… 들었습니다. 저분을 아버지라고 하시는 것을……. 그리고 사부님이라고 하시는 것을요. 그, 그게 무슨…… 뜻입니까?"

관천의 물음에 다들 난감한 표정을 지으며 쉽사리 입을 열지 못했다.

그에 천룡은 이제 사실을 말해야겠다고 생각하며 입을 열었다.

"죄송합니다……. 저 아이들은…… 제 수행 무사들이 아니고, 제자들입니다."

고개를 들어 관천과 눈을 마주치며 계속 말했다.

"제 나이는 정확하게 모릅니다. 아까 말대로 수백 년을 넘게 살아왔으니……. 분명 제 기억에 그 관홍이라는 사람이 친구로 남아 있으니, 사실일 겁니다."

"그, 무슨 말도 안 되는……."

어찌나 당황했는지 자리에서 벌떡 일어나 뒷걸음질을 치는 관천이었다.

"제가 기억을 찾으러 왔다고 했었죠? 바로 이것 때문입니다. 전에 짧게나마 나온 기억에 이곳이 보였거든요. 그래서 찾아온 것입니다."

"……"

"믿지 않는군요."

"……그걸 지금 진심으로 믿으라고 하는 말씀입니까? 늙지도 않고 수백 년을 살아왔으며, 저의 먼 선조님과 친구라는 그 말을요?"

관천의 말에 천룡이 쓴웃음을 보였다.

하기야 자신이어도 믿지 못할 이야기가 아닌가.

"아버지 말이 사실이네! 왜 믿지를 않는가?"

보다 못해 무광이 나섰다.

그런 무광을 바라보며 관천이 물었다.

"그쪽도 다른 신분이 있으신 게요?"

"그래……. 나는 담무광이라고 하네."

무광의 말에 관천은 아무 말도 하지 않았다.

"……무황이라도 된다고 말씀하시는 게요?"

이미 불신의 눈빛이 가득했다.

이런 상태에서는 무엇을 말해도 진실이 들리지 않을 것이다.

"혹…… 나에게 무슨 뜻이 있어……. 접근하신 거요? 어쩐지…… 영약을 뒷산에서 나물 캐듯이 캐 왔을 때 눈치를 챘어야 했거늘……."

의심이 확신으로 바뀌고 있었다.

"뭔가 큰 오해를 하는 것 같은데…… 그게 아니고……."

관천은 점차 천룡 일행과 거리를 벌렸다.

"증거를 대시오. 그대들이 정녕 진짜라는 증거를……."

이래서였다.

일일이 설명하고 그러는 것에 너무도 지쳤기에 신분을 속이고 온 것이었는데, 일이 꼬이고 만 것이다.

"지금 당장 증거를 댈 방법이 없군……."

관천이 '그러면 그렇지'라는 얼굴로 입을 열려고 할 때였다.

"문주님! 명왕께서 찾아오셨습니다!"

갑작스러운 방문객.

관천이 놀란 표정으로 물었다.

"명왕? 장천? 그 친구가?"

"네! 지금 뒤에 오고 계십니다."

그렇게 보고하는 수하의 뒤로 명왕 장천이 모습을 드러냈다.

"아니! 오래간만에 찾아왔더니 이게 뭔 난리인가? 자네 괜찮은 것인가? 밖이 난리가 났더군! 괜찮은 거야?"

한눈에 봐도 걱정이 가득 담긴 눈빛이었다.

명왕이라는 든든한 지원군이 나타나서일까?

친한 친구의 등장은 조금 전까지 올라오던 모든 부정적인 마음을 녹이고 있었다.

"고맙네. 다행히 별일 없이 무사히 넘겼네."

"다행이야! 정말 다행이야! 자네에게 무슨 일이라도 생긴 줄 알고 얼마나 놀랐는지……."

안도의 한숨을 쉬며 계속 안부를 묻는 명왕이었다.

그런 친구의 모습에 관천은 자기도 모르게 웃음을 지었다.

"정말로 괜찮네. 저기 저분들이 도와주셔서 무사히 위기를 넘겼네."

그러면서 자연스레 천룡 일행을 가리켰다.

만약 저들의 말이 사실이라면 명왕이 그 사실 여부를 가려 줄 것이라 믿었다. 천하의 모든 정보가 모이는 하오문의 수장이 아니던가.

명왕이 그들을 보자 살짝 놀라는 표정을 지었다. 그 모습에 관천은 정말로 유명한 자들일 수도 있다고 생각했다.

그런데 웬걸 명왕은 그들에게 포권을 하며 감사 인사를 하는 것이 아닌가.

"정말로 큰 은혜를 입었습니다. 감사드립니다."

"자네 저들이 누군지 모르는가?"

명왕은 뜨끔한 표정을 지으며, 고개를 좌우로 흔들었다.

그러자 관천이 천룡 일행을 바라보며 말했다.

"천하의 하오문주도 모르는 이들을 나에게 믿으라는 말이오? 은인들 이제 장난은 적당히 하시지요."

기세등등하게 말하는 관천이었다.

"야! 너 이 새끼 제대로 아는 척 안 해? 지금 우리가 누군지 제대로 알려 줘야 할 판에 모른 척을 하면 어떡해! 분위기 파악 안 할래?"

무광이 삿대질하며 큰소리로 나무라자, 관천의 안색은 창백해졌다.

저들이 지금 삿대질을 하는 상대는 명왕이었다.

천하무적
운가장

명부의 왕이라 불릴 정도로 자신의 적이라고 생각되면 일 말의 자비 없이, 가차 없이 잔혹하게 죽이는 자, 그가 바로 명왕 장천이었다.

비록 자신에게 말도 안 되는 소릴 해서 틀어졌지만, 저들 이 은인이라는 것은 사실이었다.

사실 지금 이렇게 하는 것도 왠지 자신을 놀리는 기분이 들어 그냥 심통을 내는 것이었다.

정말로 저들에게 해를 끼칠 마음은 조금도 없었다.

다급하게 장천을 말리려고 몸을 돌리는 순간, 관천은 믿을 수 없는 광경을 목격하게 된다.

"앗! 그렇습니까? 정체를 숨기는 것이 아니고 밝혀야 한다 고요? 분명 저한테 천의문에 가서는 정체를 숨기고 활동하신 다고…….."

천하의 명왕이 억울한 듯이 변명을 하고 있었다.

"눈치가 없어! 눈치가! 어휴! 이보게! 관천 이제 됐는가? 장천아, 설명 좀 해 줘라. 우리가 누군지."

무광의 말에 명왕이 관천을 바라봤다.

"어디까지 들었는데?"

언제 걱정했냐는 듯이 시큰둥한 표정으로 묻는 명왕의 모 습에 당황한 관천이 더듬거리며 답했다.

"……방금 말씀하신 분이 무황……이시라고."

"제대로 들었네. 그게 뭐?"

"……사실이라고? 진짜?"

"그 옆에 앉아 계신 분은 검황님, 그리고 저기 붉은 머리를 하고 계신 분은 사황님."

장천의 입에서 나오는 것들이 하나같이 경천동지할 내용이었다.

무광 역시 장천의 남다른 인맥에 놀라 물었다.

"근데 천의문주가 네 친구였어?"

"네……. 예전에 절 치료해 준 인연으로 친구가 됐습니다."

"그것보다…… 너 문파에 일 있다고 가지 않았어?"

그 말에 장천의 서운함이 폭발했는지 쉴 새 없이 말했다.

"일이야 있었죠! 저 없을 거니까 일 생기면 연락 달라고 말을 해 주고 와야 하니까요! 그리고 주군 곁에 있으려고 쉬지 않고 뛰어왔죠! 주군! 너무하십니다! 저만 쏙 빼놓고 가시다니요……. 정말 섭섭합니다."

장천의 입에서 나온 단어는 관천의 두 눈을 튀어나오게 했다.

다급하게 장천의 팔을 붙잡으며 물었다.

"뭐, 뭐라고? 방금 뭐라고?"

"주군?"

"……저분이……? 언제부터?"

"좀 됐지? 저기 미안한데 내가 주군이랑 잠시 할 얘기가 있거든."

그리고 관천을 뒤로하고 다시 천룡을 향해 몸을 돌리는 장천이었다.

너무도 놀란 나머지 다리의 힘이 풀려 바닥에 쓰러지듯이 앉는 관천이었다.

'주군이라니……. 천하의 명왕에게 주군이 있었다니…….'

이제 더는 놀랄 힘도 없었다.

심지어 천룡에게 섭섭하다며 입이 댓 발 나온 표정을 짓고 있지 않은가.

그런 장천을 천룡을 당연하다는 듯 달래 주고 있었다.

"미안하다. 근데 너는 하오문주잖아? 그래서 하오문 간다기에 바쁜 줄 알고……."

그 말에 장천이 가슴을 두드리며 말했다.

"주군! 제가 전에 말씀드렸잖습니까! 저는 무력 담당이며 하오대형이라고요. 실제로는 하오문을 운영하는 사람은 제 마누라라고 말씀드렸잖습니까. 그리고 명색이 제가 문주인데 그래도 말은 하고 와야죠. 그래서 갔다 왔는데…… 저만 빼고 다 가셨더라고요……. 목적지를 알고 있었기에 망정이지……."

마지막 말을 하며 어깨를 축 늘어뜨리며 울상을 짓는 장천이었다.

복받쳐 오르는 서러움을 꾹 참는 표정이었다.

그 모습에 천룡은 왠지 마음이 짠해졌다.

그래도 자신이 좋다고 따라온 사람인데, 너무 무신경했다는 생각이 들었다.

천룡은 진심으로 사과했다.

"알았어. 미안해. 다음부터 꼭 데려갈게! 응? 화 풀어라."

"네…… 주군. 처음하고 달리 이제 저도…… 주군의 믿음직한 수하라고요……."

그 모습을 보던 무광이 장천의 등을 두드리며 말했다.

천룡의 그러한 행동에 서서히 표정이 풀어지며 기분 좋은 모습을 보이는 장천이었다.

'하아, 내 주변에는 왜 이런 어린아이 같은 애들만 모이는 거지?'

장천을 달래 주며 드는 생각이었다.

그 모습을 보던 무광이 조용히 나서서 말했다.

"아버지께 그만 투정 부리고 네 친구 좀 챙겨라. 저기 저거 봐라. 정신 나갔네."

무광이 가리킨 곳을 바라보니 관천이 정신 나간 얼굴로 이곳을 쳐다보고 있었다.

'쟤도 달래 줘야 하나?'

사방이 천룡이 어르고 달래 줘야 할 이들뿐이었다.

"조방, 가서 찬물 좀 가져올래?"

천룡의 말에 조방이 잽싸게 나가서 찬물을 떠 왔다.

관천은 조방이 내민 찬물을 벌컥벌컥 마시고 난 뒤에도 멍한 얼굴로, 앉아 있는 천룡 일행을 바라보았다.

"이제 좀 정신이 들어?"

"아직도 안 믿겨? 더…… 설명해야 하나?"

무광의 말에 격하게 고개를 좌우로 흔드는 관천이었다.

"그럼 정신 차리고 여기 와서 앉아."

잠시간의 시간이 흐르고 어느 정도 마음이 안정되었는지 관천이 자리에서 일어나 포권을 하며 인사를 올렸다.

"소생! 과, 관천! 뒤늦게나마 은인들께 인사 올립니다. 제, 제가 은인들을 오해한 점 진심으로 사죄드립니다!"

"괜찮습니다. 앉으세요."

천룡의 말에 관천은 고개를 급히 저으며 말했다.

"은인! 말씀 낮춰 주십시오! 감당하기 어렵습니다! 거기에 제 선조님과 친구분이시면 제가 한참 어린 조손입니다."

그러고는 직각으로 숙이고는 일어나지 않았다.

그 모습에 천룡은 깊은 한숨을 쉬며 말했다.

"하아, 알았어……요. 일단…… 자리에 좀 앉아……."

"넵!"

잽싸게 대답을 하고 자리에 앉는 관천이었다.

"다시 말하지…… 오늘 습격한 인물들은 정말 위험한 인물들이야. 그래서 이곳과 이곳 사람들을 보호하기 위해선 잠깐 운가장으로 피신하는 것을 나는 추천해. 전적으로 문주의 권한이기에 물어보는 거야."

천룡의 말에 관천이 고개를 숙인 채 눈동자만 살짝 올리며 대답했다.

"저, 일단…… 쉽지 않은 일입니다. 저 말고도 여기 사람들을 설득하려면……. 그런데 그들이 누구길래 위험하다고 하시는 겁니까? 알고 계신다는 말이지 않습니까."

생각해 보니 아까부터 계속 위험하다고 하는 것이 오늘 습격한 이들의 정체를 아는 것 같았다.

무언가 찝찝하고 계속 천룡 일행이 의심이 갔던 부분이 바로 이것이었다.

천룡은 조용히 한숨을 쉬고는 무광을 바라봤다.

"이 부분은 네가 설명해라. 나는 그들을 잘 모르니……."

무광이 고개를 끄덕이며 입을 열었다.

"혈천교다."

"……?"

관천이 두 눈을 아무 말 없이 깜박이더니 자신의 귀를 후볐다.

그리고 다시 물었다.

"네?"

"혈천교라고!"

그 말에 옆에 있던 장천도 덩달아 놀라 벌떡 일어났다.

"그, 그게 무슨 말입니까! 갑자기 거기서 혀, 혈천교가 왜 나옵니까!"

"장천 말이 맞습니다! 아무리 저희가 안 간다고 말했어도, 그렇게 무서운 협박을 하시다니요!"

이들은 무광이 말을 안 듣는 자신들을 놀리는 것으로 생각했다.

그러지 않고서야 저렇게 무서운 말을 서슴없이 내뱉지 않았을 것이니 말이다.

하지만 그들의 바람은 이어지는 무광의 말에 산산조각이 났다.

"아까 그 노인이 혈천교 호법이다. 염화마제(炎火魔帝) 노구강(老求强). 과거에 나의 무극번천장을 맞고 자취를 감춘 놈이었는데…… 오늘 멀쩡한 모습으로 나타났다."

"여, 염화마제! 염화마제라니!"

"그 괴물이 오늘 온 자란 말입니까?"

무광은 고개를 끄덕이고 계속 말을 이어 나갔다.

"아무래도 너희 약초와 영단을 노리고 온 것 같다. 그런데 그 일을 호법이 맡았다. 그 말은 그들에게 지금 여기 천의문에 있는 약재들이 꼭 필요하다는 소리야. 매우 중요하다는 거지."

"그, 그런……."

"그런데 실패를 했어……. 자! 이제 다음에 저들이 어찌 나올 것 같나? 다시 오늘처럼 말로 먼저 협상을 할 것 같은가? 아니지. 일단 다 죽이고 가져갈 것이다."

무광의 말에 관천의 얼굴은 점차 시커메져 갔다.

　아까 농인 줄 알았던 말이 전부 사실이라는 소리가 나오고 있으니 말이다.

　생각보다 사태가 심각했다.

　그저 사람을 늘려서 방비하는 수준으로는 턱도 없는 상황이었다.

　"그리되면 멸문이다. 아버지께서 너희에게 마음이 간다고 하셨지. 그 이유가 과거에 친구분이 여기 문주이셨고, 그래서 너희를 살리려고 지금 저 말씀을 하신 거다."

　"그, 그러면 여기서……."

　"여기서 그들이 올 때까지 너희를 지켜 달라고? 언제 올 줄 알고? 그것보다 너 양심이 있냐? 응?"

　관천은 고개를 숙였다.

　자신이 생각해도 어이가 없는 부탁이었다.

　면목이 없었다.

　자신도 모르게 속물이 되어 버린 것이었다.

　'나 같은 놈이 무슨 천공의선이냐…… 빌어먹을…….'

　관천의 꽉 쥔 두 주먹에서 한 줄기 피가 흘러내렸다.

　생각해 보니 지금 자신은 단지 명예와 다른 사람의 눈 때문에 버티려 한 것이었다.

　정말 쓸데없는 짓이었다.

　말 그대로 죽으면 끝인 것을 말이다.

사람을 살리는 것을 업으로 삼는 자가, 자신의 식구들을 다 죽이는 길로 갈 순 없었다.

거기에 자신의 문파 역시 과거 혈천교에 당한 이력이 있지 않은가.

다시 그러한 재앙이 또 와선 안 되었다.

관천은 굳은 표정으로 주먹을 꽉 쥐고 일어나며 말했다.

"알겠습니다! 제가 기필코 전부 설득을 해서 운가장으로 가겠습니다. 잠시 동안 염치 불고하고 신세를 지겠습니다. 잘 부탁드립니다."

그렇게 말을 하고는 깊게 읍을 하며 감사의 인사를 올렸다.

관천의 말에 천룡은 그제야 마음이 놓인 듯 환하게 웃으며 관천을 일으켜 세웠다.

"일마간의 시간이 될지는 모르겠지만, 그동안 잘 지내보자. 기억 속에 있는 내 친구의 후손이면, 남도 아닌데 말이지."

"가, 감사합니다."

제二장

"뭐라? 실패? 아니…… 그럴 리가 없을 텐데?"

혈천교 군사 천뇌마제(天惱魔帝) 방염(龐念)은 이른 아침부터 날아온 보고를 들으며 머리를 감쌌다.

"도대체 어디서 잘못되었을까? 그자라면 충분히 감당할 수 있는 일이었는데?"

군사가 머리를 감싸며 괴로워하다가 수하에게 말했다.

가뜩이나 나이가 들어 머리도 잘 안 돌아가는 판인데 자꾸 일이 꼬이고 있었다.

"지금 당장 현장에 있던 놈을 이리로 데려와!"

좀 더 자세한 상황을 듣기 위해, 보고를 올린 당사자를 직접 호출했다.

잠시 후 보고를 올린 자가 들어와서 부복했다.

"그래. 그때 상황을 좀 더 자세히 말해 보아라."

"네! 저는 장로님의 명에 따라 멀리서 천의문 상황을 주시하고 있었습니다."

그러면서 당시에 있던 상황을 세세하게 설명했다.

"뭐라? 뭐가 나와?"

"네! 용의 모습을 한 불기둥이었습니다!"

"용이라고? 용의 모습을 한 불기둥?"

"네! 그렇습니다. 마치 살아 있는 것처럼 너울거리고 있었습니다!"

군사는 그 소리를 듣고 한참을 생각했다.

그리고 기억 속에서 무언가를 끄집어 내며 경악을 했다.

"이런! 미친! 화룡지체! 하필이면……."

보고를 받고는 망연자실하며 의자에 털썩 주저앉는 군사였다.

"나가 보라……."

수하를 내보내고 군사는 다시 머리를 감싸고 생각에 빠졌다.

'왜 하필! 거기에 화룡지체가 있단 말이냐! 왜, 왜! 하필!'

명백한 실수인가?

아니다.

자신은 모든 상황을 계산해서 노구강이라는 인물을 보낸

것이었다.

그런데 거기에 화룡지체가 있으리라는 것을 누가 생각한단 말인가?

"많고 많은 변수 중에…… 하필이면 노구강의 천적이라니……."

전혀 예상조차 하지 못한 변수였다.

불안했다.

이것은 좋지 않은 징조였다.

무언가 꼬여 가고 있는 느낌이 들기 시작했다.

군사는 처음부터 다시 모든 것을 점검해야겠다고 생각하고 있었다.

콰앙-!

앞으로의 일에 대해 몰두하며 고민하고 있을 때, 갑자기 누군가가 군사의 문을 박차고 들어왔다.

깜짝 놀라 고개를 들어 보니 노구강과 함께 과거 사대 호법이라 불리던 장로 세 명이 들어온 것이었다.

한눈에 봐도 좋은 일로 온 것은 아니었다.

"네놈이렷다…… 우리 막내를…… 사지로 몰아넣은 것이?"

온몸에 살기를 풀풀 풍기며 한 걸음씩 군사 쪽으로 걸어오는 자, 멸검마제(滅劍魔帝) 적사벽(赤獅碧)이라 불리던 남자였다.

"오, 오해요! 일단 진정하고……!"

"닥쳐라! 이놈!"

쿠르르르르릉─!

분노에 찬 일갈에 군사전 전체가 흔들렸다.

"네놈이 우리를 꾸준히 견제해 온 것을 내가 모를 줄 알았더냐? 그래도…… 교주님을 위해서, 교를 위해서 참아 왔거늘……. 이따위로 보답을 해?"

적사벽의 말에 뒤에 있던 둘 역시 고개를 끄덕이며 격하게 동의하고 있었다.

빙극마제(氷極魔帝) 주극량(州極量).

뇌령마제(雷令魔帝) 사마현(司馬炫).

지금이라도 이들이 바깥세상에 나간다면 무력으로 세상을 호령할 수 있는 강자들이었다.

"나, 나도 예상치 못했던 상황이었소! 제발 내 말을 먼저 들어주시오!"

군사의 말에 뒤에 있던 주극량이 적사벽에게 말했다.

"형님, 죽일 땐 죽이더라도 일단 말을 들어 보고 죽이죠?"

"그래? 그렇지. 그래 어디 한번 지껄여 봐라."

그러고는 앞에 있는 의자에 털썩 앉는 그들이었다.

온몸이 식은땀으로 범벅이 된 군사는 그들에게 상황을 설명했다.

혈천교 서열 이 위였지만, 그래도 이들은 원로인 데다가 교주와도 친분이 두터웠기에 함부로 대할 수 없었다.

물론 무력도 이들에게 상대가 되지 않았다.

"화룡지체? 아니⋯⋯. 그 사기적인 신체가 세상에 나왔다고? 정말? 당신 지금 이 상황을 빠져나가려고 거짓을 지어낸 것은 아니지?"

말도 안 되는 소리가 나오자 방 안을 꽉 채웠던 살기가 순식간에 소멸하였다.

"맙소사! 화룡? 화룡지체라니. 화룡지체면⋯⋯ 저하고도 상극입니다. 형님."

빙극마제의 말에 뇌령마제 역시 고개를 끄덕이며 말했다.

"저는 상극까진 아니지만, 전설이 사실이라면 제 공격은 전혀 먹히지 않는 신체입니다."

"끄응! 그게 정말이오? 사실이냐고!"

"나도 미치겠소! 갑자기 그런 미친 신체가 나올 줄 누가 예상이나 하겠소?"

군사의 말에 다들 아무 소리 못 하고 있었다.

그만큼 화룡지체는 전설이었고, 사기적이었다.

세상에 등장할 때마다 그 시절 최강자로 항상 들어가는 신체였다.

말 그대로 노구강이 재수가 없었다.

하지만 이대로 있을 수 없었던 적사벽이 군사에게 간절히 애원했다.

"우리를 보내 주시게. 직접 가서 천의문 그놈들 사지를 찢어 놓은 다음에 화룡지체를 찾겠네. 찾아서! 그놈의 목으로 동생을 위로해야겠네."

"보내 주시게!"

"그럴 순 없소!"

"무슨 말인가? 막내는 보내고 우리는 안 된다니!"

"외람된 말씀이지만, 세 분이 모두 나가서 난리를 친다면 중원이 이상함을 느끼고 경계를 할 것이오. 타초경사(打草驚蛇)의 우를 범하지 않기 위함이지요."

"조용히 천의문만 지우고 오겠네. 그것도 안 되는가?"

그 말에 군사가 고개를 저으며 말했다.

"이미 한 번의 습격으로 인해 온 중원의 시선이 쏠려 있는 상태입니다. 그런데 다시 그곳을 가다니? 아니 될 말씀이오."

아까의 죽일 듯한 기세는 모두 사라지고 지금은 군사에게 제발 내보내 달라고 애원을 하는 세 사람이었다.

"제발 조금만 참으시오. 대업이 멀지 않았소."

"그것을 기다리다가 우리 울화통이 먼저 터지겠어!"

"맞아! 우리 막내는 지금 저승에서 울부짖고 있을 텐데!"

아무리 달래도 이들은 요지부동이었다.

뭣하면 그냥 나가서 다 때려죽이고, 박살을 낼 기세였다.

이들을 달래기 위한 가장 좋은 방법을 사용해야 했다.

"자꾸 이러시면…… 나도 어쩔 수 없소!"

"어쩔 수 없어? 지금…… 그거 우리한테 하는 말이야?"

"봐주니까 아주 끝도 없이 기어오르는구나!"

분노한 그들의 몸에서 너울거리는 아지랑이가 피어올랐다.

아지랑이의 기세가 어찌나 강한지 공기의 파동이 일기 시작했다.

쩌저적-!

나무판자를 깔아 만든 바닥이 찢어지기 시작했다.

그때 군사가 품 안에서 무언가를 꺼냈다.

붉은색 무언가가 출렁거리는 구슬이 손잡이에 달린 단검이었다.

"혀, 혈영검(血靈劍)! 그, 그게 어찌 네 손에?"

"교주님이 주셨습니다. 명을 어기는 자에게 보이시라고……. 어찌하시겠습니까? 제가 명령을 내려야 속이 시원하시겠습니까?"

혈영검이 손안에 있는 자의 명령은 절대적이다.

바로 교주를 상징하는 검이기 때문이었다.

그것을 어기는 자는 교주가 직접 나서서 처단하기에 누구보다 더 절대적이었다.

"아, 알겠소. 우리가 너무 흥분을 했나 보이. 물러가겠네."

"군사 부탁이네! 나중에 중원 진출을 한다면, 그 화룡은 우리에게 꼭 넘기게."

그들이 혈영검을 보고 물러날 기미가 보이자 속으로 안도의 한숨을 쉬며 말했다.

"알겠습니다. 꼭 약속드리지요."

"고, 고맙네. 다들 돌아가세!"

자리를 박차고 나가는 세 사람을 보며 군사의 눈빛은 차갑게 가라앉았다.

'아직도 자신들이 강한 줄로 착각하는 멍청이들. 끌끌끌. 기다리거라. 원하는 만큼 싸우다가 뒈지게 해 줄 터이니.'

표독한 눈빛으로 그들이 나간 문을 바라보며 웃는 군사였다.

한때는 오는 사람 한 명 없어 한산했던 천룡표국.

지금은 이곳에 표행을 의뢰하기 위해 많은 사람이 찾고 있었다.

국주 유가연은 성에서 나온 관리를 만나고 있었다.

관리는 가져온 물건을 매우 조심스럽게 내려놓고 있었다.

"이것인가요? 의뢰하실 물품이?"

"그렇소. 이것을 항주에 계신 이왕야께 전달해 주시면 되오."

"네에? 이, 이왕야요?"

"그렇소. 직접! 반드시 직접 전달해 주셔야 하는 물건이오."

"제, 제가요?"

"아니! 왕야께 올리는 것인데 어찌 밑의 것들을 시켜서 전달하시려 한단 말이오!"

비단옷을 입은 관리의 호통에 유가연의 목이 자라처럼 움츠러들었다.

"직접 가 주시오! 이것이 조건이오. 안 된다면 지금이라도 말씀하시오. 다른 표국으로 가겠소."

다른 표국에 양보하기엔 보수가 엄청났다.

관리의 말에 유가연이 침착한 얼굴을 하며 말했다.

"알겠어요. 의뢰 물품부터 확인하지요."

그러자 관리가 고개를 저었다.

"안 되오. 절대로 열린 흔적이 있어서는 안 되오. 아시겠소?"

"그렇지만 이것이 무엇인지 저희가 확실하게 알아야 합니다. 그럼 그 물건이 확실하다는 것을 이곳에 정확하게 명시를 해 주셔야 합니다."

그러면서 봉인을 할 종이와 서류를 건넸다.

봉인 종이 안에 물품을 확실하게 받고 전달했다는 내용과 수결을 할 수 있는 여백이 있었다.

서류 역시 그것이 정확하게 명시되어 있었다.

관리는 그런 유가연의 말에 웃으며 서류와 봉투에 이왕야
께 상납하는 보검이라 적은 후에 관인(官印)을 찍어 주었다.

"이제 되었소?"

"네!"

"그럼 의뢰를 받는 것이오?"

"네. 의뢰는 접수되었습니다."

"우리의 조건도 역시 받아들인 거지요?"

"그렇습니다. 제가 직접 전달하겠습니다."

　그 말에 안심하였는지 고개를 끄덕이며 추가 조건을 말해
주었다.

"하하, 의뢰를 받으셨으니 이번 일을 무사히 마쳤을 시에
추가 보수도 말을 해 드리지요."

"네? 추가 보수요?"

"그렇소. 이 일에 무사히 성공할 시 섬서에 있는 모든 관청
에서 표물을 보낼 일이 있을 때 무조건 이곳을 이용하겠소.
그리고 후에 또다시 큰 보상이 있을 것이오."

　들어 보니 정말로 큰 건이었다.

　다시 한번 의욕을 불태우는 유가연이었다.

　모든 말을 다 한 뒤에 자리에서 일어나 나가는 관리였다.

　나가던 중에 다시 한번 경고하는 관리였다.

"의뢰는 받아들였으니 내 한마디만 더 해 드리지요. 꼭! 반
드시 꼭! 직접 전달해야 하오! 혹시라도 분실이 되거나…….

제대로 전달이 되지 않았을 땐…….”

유가연을 싸늘한 시선으로 쳐다보며 말했다.

“그때는 각오해야 할 것이오. 그러니 최선을 다하시오.”

그리 말하고 관리가 나갔다.

관리가 나가자 유가연은 관리가 의뢰한 물건을 다시 한번 요리조리 세심하게 살펴보았다.

“이상 없네. 하아, 결국, 또 나가야 하는 건가?”

그리고 수심이 깊은 얼굴을 했다.

“운 가가 얼굴도 얼마 못 봤는데…….”

다시 천룡과 떨어져 있어야 하는 생각이 밀려오자 급 우울해지는 유가연이었다.

그래도 힘을 내자며 작은 주먹을 움켜쥐고 다짐하고는 이번 표행에 대해 상세하게 계획을 짜기 시작했다.

어둠이 짙게 내린 호수 한가운데에 배 한 척이 떠 있었다.

환한 불빛을 뿌리며 천천히 호수를 떠다니고 있는 거대한 배.

배 안에는 무사들이 잔뜩 긴장한 채로 사방을 경계하고 있었다.

무사들을 지나치고 복도를 지나쳐 안쪽 깊은 곳으로 들어

가니, 많은 사람이 원탁에 앉아 무언가를 심각하게 의논하고 있었다.

"천룡표국을 이대로 두고 보실 것이오?"

"맞소! 보잘것없는 것들이 천검문에 붙어서 기세등등한 꼴이라니……."

"천검문에서 얼마나 지원을 해 줬는지, 천룡표국의 표사들은 중원 제일이라는 소문까지 나고 있소!"

"우리는 벌써 열 군데가 넘는 거래처를 빼앗겼소. 이대로 두고 보실 참이오?"

"심지어 우리가 보낸 가입 추천서에 대한 답변도 없었소이다! 이게 우리를 무시하는 행동이 아니면 뭐란 말이오!"

"맞소! 이 기회에 아주 혼을 내야 합니다!"

다들 천룡표국에 대해 성토를 하며, 각자 저마다 분노를 토해 내고 있었다.

탕탕탕-!

"조용! 조용!"

수염이 얼굴의 절반을 차지하고 있는 사내가 원탁을 강하게 두드리자, 모두가 떠들던 것을 멈추고 사내를 쳐다보았다.

"모두의 불만은 내 잘 알고 있소이다! 하나, 천검문이 그들을 감싸겠다고 나선 이상 함부로 어찌할 수가 없단 말이오! 그러니 불평불만만 말하지 말고 대책을 말씀하시오! 대책을!"

장내가 조용해졌다.

"대책만 내놓으라고 하면 다들 꿀 먹은 벙어리가 되시오? 에잉!"

이들은 중원에서 표국을 하는 자들의 모임, 바로 중원 표국 연합이었다.

지금 책상을 내리치며 이들에게 호통을 친 이는 조합의 대표인 기린표국(麒麟鏢局)의 표국주 변성이었다.

이들이 모인 이유는 바로 천룡표국 때문이었다.

정확히는 천룡표국의 빠른 성장이 이들의 이익을 갉아먹어 들어가고 있었기 때문이었다.

빠른 성장과 더불어 엄청나게 강해진 무력까지…….

그로 인해 이들은 위기감을 느끼고 있었다.

이곳에 이렇게 늦은 시간에 모인 이유도 천룡표국의 성장을 차단하여, 현재 자신들이 가지고 있는 기득권을 유지하기 위함이었다.

후발 주자가 무서운 속도로 자신들을 위협하며 따라오자, 여태 그랬던 것처럼 처리하기 위해서였다.

하지만 천룡표국은 지금까지와 다르게 천검문이라는 든든한 뒷배가 자리하고 있었다.

그랬기에 함부로 나서지 못하고 이렇게 고민만 하는 것이었다.

회의가 열리고 한참의 시간이 지나도 뾰족한 수가 나오지 않았다.

그때 누군가가 조용히 손을 들고 의견을 제시했다.

"저, 이건 어떻습니까?"

"오, 제천표국주! 그래. 가감 없이 말씀해 보시오!"

"천룡표국이 클 수 있었던 가장 큰 이유는 바로 유가연, 그 여자의 역할이 매우 크다고 생각합니다."

"그렇지!"

"천룡표국의 정신적 지주인 그녀를 처리하면 어떻겠습니까?"

"……이보시오! 답답하구먼! 아니! 그게 쉬우면 우리가 이러고 있겠소? 실컷 말할 때 뭘 들었소? 저 천검문이 그들을 보호하고 있다고 누누이 말하고 있지 않소!"

"천검문이 보호할 수 없는 곳이라면요?"

"그게 무슨 말씀이시오? 계책이라도 있는 것이오?"

제천표국주라 불린 자의 말에 기린표국주 변성이 몸을 앞으로 내밀며 관심을 표했다.

"천검문의 영역 밖에서 그녀를 처리하면 되지 않겠습니까? 예를 들면…… 장강(長江)이라든가……. 거기 수로채(水滸砦)의 호걸들이 정말 호쾌하다던데……. 하하하, 그냥 그렇다는 말입니다. 하하하."

제천표국주의 말에 다들 같이 웃으며 말했다.

천하무적
윤가장

"그렇죠! 거기 채주가 또 그렇게 호탕하다고 합디다! 돈만 준다면 무엇이든 해 준다지요?"

"문제는 그녀를 어떻게 그곳까지 가게 하느냐는 거지요. 그녀가 움직이게 하려면…… 방법이 있습니까?"

"제가 왜 장강 이야기를 했겠습니까. 최근에 전해 들은 사실이 있습니다. 그것을 들었으니 이런 얘기를 하는 것이지요."

"그것이 무엇이오?"

"어서 말해 보시오."

사람들이 집중하기 위해 몸을 앞으로 숙이자, 제천표국주가 조용히 입을 열었다.

"실은 제가 천룡표국에 세작을 심어 놓았습니다. 그 세작에게서 정보가 들어왔지요."

"오, 대단하시오. 언제 그런 준비를 다 하시었소."

"하하하, 그 세작의 정보에 의하면 조만간 이왕야께 전달할 물건을 가지고 표행을 떠난다고 합니다. 아무래도 왕야께 가는 물건이다 보니 국주가 직접 움직이는 모양입니다."

"이왕야?"

"네! 이왕야는 현재 항주에 계십니다. 항주까지 빠르게 가기 위해선 한 가지 방법밖에 없죠."

"장강!"

"그렇습니다. 이제 감이 오십니까?"

기린표국주는 고개를 끄덕이며 말했다.

"좋소! 어디 한번 진행해 봅시다. 많은 돈이 깨지긴 하겠지만 그건 차차 다시 원상 복귀시키면 될 일. 이대로 다 같이 망하는 것보단 낫겠지요."

"저도 찬성입니다!"

"저도 찬성합니다."

그렇게 기린표국주가 찬성의 의사를 던지자, 너도나도 찬성한다는 표현을 했다.

거기에 제천표국주가 혹시라도 실패했을 경우 다음 작전까지 말해 주었다.

그 내용에, 대표인 기린표국주 번성은 크게 웃으며 그 뜻을 반겼다.

"하하하하하하! 과연! 과연! 대단하십니다. 이중으로 함정을 파 놓을 생각을 하시다니. 좋소! 결정합시다! 어떻소?"

"좋습니다! 방금 그 의견에 대찬성입니다!"

"다만 시일이 좀 걸립니다. 그러니 그동안 이 일이 새어 나가지 않도록 철저하게 대비하셔야 할 겁니다."

"당연하지요! 아무렴!"

"그럼 방금 안건으로 결정되었소! 다들 돌아가셔서 좋은 소식 기다리고 계시오! 하하하하!"

욕심이 가득한 그들의 모임은 이렇게 끝을 맺었다.

홀로 남은 기린표국주는 사람들이 모두 돌아간 것을 확인하자 자신의 수하를 불렀다.

"혹시 모를 상황에 대비해야겠다."

"어떠한 상황을 말씀하시는 겁니까?"

"천룡표국이 우리가 파 놓은 덫을 빠져나갔을 때!"

차가운 눈빛을 번뜩이며 자신의 손에 있는 술을 단숨에 목구멍으로 넘기는 표국주였다.

"그들이 설마 장강수로채를 이기고 빠져나갈 리가 있겠습니까? 빠져나간다 해도 두 번째 함정까지 피하는 건 힘들 텐데요."

"세상일은 모르는 것이다. 우리가 사는 이 강호에선 확신은 금물이지. 항상 명심하도록."

"죄, 죄송합니다! 생각이 짧았습니다."

"되었다! 아무튼, 천룡표국이 이 일을 알았을 때를 대비해야지. 고수를 초빙하든, 무사 수를 늘리든 그것은 자네가 알아서 하고."

"네! 알겠습니다!"

수하가 나간 후에도 한참을 생각하며 밤을 보내는 표국주였다.

천룡을 따라 상락으로 이사를 온 천의문 사람들.

기존의 천의문은 봉문을 선언했다.

그리고 상락에선 다른 이름으로 의문을 열었다.

초지의문(初志醫門).

처음에 세운 뜻을 잊지 않겠다는 뜻으로 초심으로 다시 시작하고자 지은 이름이다.

의문이 문을 열고 얼마 지나지 않아 수많은 사람이 물밀듯이 찾아왔다.

천의문이었던 것은 비밀로 하고 문을 연 것이니 사람들이 알 리도 없었는데 사람들이 몰려온 것이다.

생긴 지 얼마 되지도 않은 의문에 사람이 이렇게 몰리자, 처음에는 의아했는데 곧 그 이유를 알게 되었다.

이곳에 있는 의원들이 담합해 그동안 사람들에게 폭리를 취하고 폭정을 행했다.

관천은 그 얘기를 듣고 분노했다.

의원이 환자의 고통을 인질로 장사를 하다니.

그래서 오는 사람 막지 않고 전부 저렴한 가격에 치료를 해 주었다.

그랬더니 이 지역 의원들이 보낸 이들로 보이는 왈패들이 하나둘씩 의문으로 와 행패를 부리기 시작했다.

처음에는 적당히 구슬리고 힘도 사용해서 돌려보냈다.

왈패로는 안 되는 것을 알았는지 본격적으로 무인들을 고용해서 보내기 시작한 것이다.

의문에서 그자들과 싸우는 것도 하루 이틀이지 이제 지쳐 가고 있었다.

"하아."

"뭘 한숨을 그리 쉬냐?"

깊은 한숨을 쉬는 관천에게 천룡이 물었다.

"답답해서요."

"무슨 일 있어?"

"네. 요새 의문에서 행패를 부리는 놈들이 늘어서요. 쫓아 내고 또 쫓아내도 다시 찾아오네요."

"뭐? 그런 미친놈들이 있단 말이야?"

"아무래도 이 지방 의원들이 단합해서 보내는 것 같은 데……. 심증만 있고 물증이 없으니 그들한테 따지지도 못하 겠고."

그리고 다시 한숨을 쉬는 관천이었다.

옆에서 듣고 있던 무광이 고개를 갸웃거리며 물었다.

"너 무공 꽤 세잖아. 날려 버리면 안 되는 거야?"

"네? 제가 의원이라는 걸 잊으신 거 아니죠? 의원이 사람 을 어찌 상하게 합니까."

"전에 천의문 때는 어찌 해결했는데?"

"천의문에서 저렇게 행패를 부리면 주변에 있는 무인들이 알아서 밟아 주었죠. 거기서 행패 부리는 건 곧 죽을 만큼 맞 겠다는 소리니까."

관천의 말에 태성이 손뼉을 치며 말했다.

"아! 그러면 되겠네."

다들 태성을 바라보며 그게 무엇이냐는 눈빛으로 바라보았다.

"하하. 의선, 제가 해결해 드리겠습니다."

"어떻게요?"

"일단 지하나 뭐 사람 눈에 안 뜨이는 곳에 방 좀 만들어 주시겠습니까?"

"방요? 네, 마침 지하 창고가 있긴 한데. 거기면 되겠습니까?"

관천의 말에 태성이 고개를 끄덕였다.

그리고 말했다.

"행패 부리는 놈들은 그쪽으로 보내세요. 특별 치료라고 아리따운 여인이 추궁과혈을 해 준다고."

"네? 아리따운 여인이라니요. 거기다가 추궁과혈이라니....... 저희는 의방입니다! 어찌 그런 저질스러운 짓을 한단 말입니까?"

"하하, 제 얘길 잘 들으세요."

그리고 자신의 계획을 사람들에게 설명해 주는 태성이었다.

"이야, 기가 막히는데?"

"그죠? 어떠세요?"

"저, 정말 그래도 될까요?"

"에이, 저만 믿으세요. 하하."

불안한 눈빛으로 태성을 바라보는 관천이었다.

며칠 후, 태성의 말대로 지하 공간을 깨끗이 비우고 그곳에 태성이 보낸 이들이 자리를 잡았다.

절묘한 타이밍에 무사들이 행패를 부리기 위해 등장했다.

"아이고! 어제 여기서 침 맞은 곳이 이렇게 되었네. 이거 어쩔 거야? 엉?"

그들은 멍이 든 한쪽 팔을 내밀며 말도 안 되는 억지를 부리기 시작했다.

"저희가 언제 침을 놔 드렸습니까? 그리고 어제는 오지도 않으셨습니다."

"뭐야? 내가 지금 없는 말을 지어서 한다는 거야?"

"이 집 이거 안 되겠네! 순 돌팔이 아냐!"

"다 뒤엎어 볼까? 엉?"

그러면서 약초 더미를 발로 차고 약탕기들을 자신들이 차고 있는 칼집으로 휘두르며 깨드리기 시작했다.

퍼석-!

쨍그랑-!

그 모습에 진료를 받던 사람들이 두려움에 구석으로 도망갔다.

"이 병신들이 이런 돌팔이한테 치료를 받고 있어? 어서 안

꺼져? 니들 내가 구해 주는 거야. 고마워해야지."

말도 안 되는 소리를 지껄이며 구석에 있는 환자들까지 겁박하기 시작했다.

그 모습에 관천이 옆에 있는 수하에게 고개를 까닥였다.

그러자 수하가 손을 비비며 행패를 부리는 무사들에게 다가갔다.

"저, 저기 무사님들!"

"뭐야!"

"저희가 잘못했습니다. 너그러이 용서해 주시길 바랍니다."

"그래? 말로만? 우린 말로 하는 사과는 받지 않아."

"하하, 당연히 말로만 하면 성의가 없는 사과입죠. 저, 잠시만 이리로."

그러면서 무사들을 구석으로 데리고 가는 수하였다.

"저희가 무사님들에게 사죄하는 뜻으로 특별 진료를 준비하였습니다. 한번 받아 보시겠습니까?"

"특별 진료?"

"네! 아리따운 여인이 직접 해 주는 추궁과혈과 진료입니다."

수하의 말에 다들 솔깃한 표정으로 헛기침을 하며 말했다.

"흠흠, 그, 그래? 그, 그럼 성의를 봐서 한번 받아 볼까?"

"감사합니다. 무사님들."

"정성을 봐서 특별히 받아 주는 거야. 알았어?"

"그럼요. 여부가 있겠습니까? 자, 이리로 오십시오."

그러더니 전각 뒤에 지하로 통하는 계단으로 안내했다.

"아니, 뭐야? 특별 진료라더니 이런 칙칙한 곳으로 들어가라는 거야?"

"아휴, 무사님들도 참. 특, 별, 진, 료니까 아무도 없는 조용하고 음침한 곳이어야 하지 않겠습니까?"

수하의 말에 다시 헛기침하며 말했다.

"험험, 알지. 알고말고. 그, 그래 여기로 들어가면 된다 이거지?"

"그렇습니다. 대신 저는 같이 들어가지 못합니다."

"뭐야? 우리를 지금 여기로 몰아넣고 문을 잠그려는 건 아니지?"

무식하게 생긴 놈들이 의심도 많았다.

"그럴 리가 있겠습니까? 그랬다간 무사님들께서 저를 가만두시겠습니까?"

"그렇지. 가만 안 두지."

"그거 보십시오. 그러니 안심하고 들어가서도 됩니다."

"알았네. 자네만 믿고 들어가 봄세. 자, 다들 들어가자고."

이미 표정은 헤벌쭉해진 무사들이었다.

계단을 내려가 긴 복도를 지나고 나니 촛불 몇 개만 켜 놓은 어둡고 커다란 방이 나왔다.

그런데 분위기가 영 이상했다.

어두컴컴한 벽에 무언가 희미하게 새겨진 것 같은데 잘 보이지 않았다.

그렇게 두리번거리고 있는데 깜깜한 복도에서 인기척이 느껴졌다.

사박사박-!

"오, 드디어 만나는군. 흐흐흐."

잔뜩 기대하는 표정으로 소리가 들려오는 곳을 집중해서 보는 그들이었다.

그리고 밝은 곳에서 나타난 사람들은 여자 옷을 입은 남자들이었다.

어찌나 근육이 우람한지 조금만 힘을 주면 입고 있는 옷이 산산이 조각날 것 같았다.

인상은 또 얼마나 더러운지 무사들은 자신들도 모르게 침을 꿀꺽 삼키며 뒷걸음질 쳤다.

"어머! 오라버니들. 특별 진료 받으러 오셨구나?"

나름 여자 목소리를 내겠다고 노력하는 것 같은데, 전혀 여성스럽지 않았다.

걸걸하다 못해 소름이 돋았다.

"누, 누구냐!"

"우리 오라버니들 진료할 아리따운 여인들이라고 하면 되나?"

"뭐, 뭐? 닥쳐라! 어디서 개수작이냐! 네놈을 모두 죽이고 당장 올라가 여기 놈들을 모두 도륙하겠다!"

무사들의 말에 웃으며 오라버니라고 말하던 남자들의 표정이 굳었다.

빠악-!

"어머. 여기가 많이 굳으셨네."

"커헉!"

퍼억-! 퍽퍽-!

"여기도 많이 굳었고."

"끄억! 컥!"

퍼퍼퍽-! 퍼퍼퍽-!

털썩-!

방금 소리를 지른 무사가 갑자기 튀어나온 여장남자에게 뒈지게 얻어맞고 기절했다.

"시원하셨나 보네? 잠드셨는데? 다시 보니까 다들 몸들이 엄청나게 굳으셨네. 애들아."

"네?"

"너 말고. 우리 애들 부른 건데?"

방금 한 수로 알게 된 엄청난 실력과 살기 가득한 목소리에 자신도 모르게 존대가 튀어나온 나머지 무사였다.

"그렇게 굳었어? 아무래도 치료를 더 늦추면 안 되겠네. 중증이네."

"그러게. 간만에 힘 좀 써 볼까?"

"크크크크. 이리 와. 흐물흐물하게 풀어 줄게."

갑자기 돌변한 아리따운(?) 여장남자들.

온몸이 짜릿짜릿할 정도로 살기를 내뿜으며 웃는 그들이었다.

몸 안 풀어도 된다고 말하고 싶은데 어찌나 무서운지 입이 열리지 않았다.

한 명이 벽 쪽을 가리키며 말했다.

"저거 보이지? 너희들은 저게 될 때까지 여기서 못 나간다."

"크크크. 즐겁게 지내 보자고."

무사들은 끌려 나가는 와중에도 안력을 집중해서 벽에 쓰인 글씨를 읽었다.

그리고 좌절하며 처절한 표정으로 끌려들어 갔다.

개과천선(改過遷善).

벽에는 그리 적혀 있었다.

그 후로 이곳 지하에서는 알 수 없는 비명이 매일 들려왔다고 전해졌다.

더불어 행패를 부리던 무사들도 점차 자취를 감추었다.

　　　　　　　　　　　🦢

유가연이 침울한 얼굴로 운가장에 찾아왔다.

그 모습에 깜짝 놀란 천룡이 다급하게 물었다.

"가연아! 무슨 일이야? 왜 그래?"

"가가!"

"그래! 무슨 일인데?"

"저 미안해요……."

유가연이 미안한 얼굴로 말했다.

"저…… 먼 길 다녀와야 해요……. 가가 돌아온 지 얼마 되지도 않았는데…… 이제 얼굴 자주 보나 했는데……."

그 말에 천룡이 고개를 갸웃거리며 물었다.

"먼 길? 가연이는 이제 표행 안 가잖아. 그런데 먼 길이라니. 무슨 말이야, 그게."

"그게, 이번 표행 조건이 제가 직접 가서 전달해야 해서요. 높으신 분이라 특별 부탁을 하셨어요."

이게 무슨 말인가?

높으신 분에게 표물이 가는데 왜 국주가 거기를 따라가야 한다는 말인가?

"아니…… 왜?"

"그분께 직접 드려야 해요. 그리고 제가 무조건 가서 해결해야 하는 일이에요. 그만큼 중요한 일이거든요!"

"그 정도로 중요한 일이야?"

유가연의 결연한 표정을 보니 정말로 중요한 일인 것 같았다.

"그런데 얼마나 높으신 분이길래 우리 가연이가 그렇게 굳은 표정을 지으며 의지를 다질까?"

"저도…… 받으시는 분의 신분을 듣고 놀랐어요. 그래서 어쩔 수 없이 제가 직접 가야 해요."

"누구길래 그러는 거야?"

"……이(二) 왕야요……."

"뭐? 누구?"

"현 황제의 인척분요."

"……."

황제와 황제의 핏줄, 즉 왕야가 어떠한 존재인지 천룡도 잘 알았다.

그러기에 지금 이렇게 멈칫한 것이었다.

"하아, 이제 아셨죠? 제가 왜 직접 가야 하는지?"

"……꼭 가야 하는 거야?"

"네. 그리고 이건 아주 큰 기회예요! 우리 천룡표국이 중원 제일의 표국으로 가는 커다란 기회!"

주먹을 불끈 쥐며 각오를 다지는 유가연을 보며 천룡은 저도 모르게 실소를 지었다.

그 모습이 너무도 귀엽고 사랑스러웠기 때문이었다.

"그래…… 왕야라면 어쩔 수 없지. 가자."

"네?"

천룡의 입에서 나온 말이 '잘 다녀와'가 아니었다.

"애들한테 준비하라고 해야겠다. 온 지 얼마 안 됐는데 또 가자고 하려니 좀 미안하네."

"네?"

마치 자신을 따라갈 듯이 말하니 유가연이 놀라서 되물었다.

"뭘 그리 놀라? 설마, 그 먼 길을 혼자 보낼 줄 알았어? 이 험한 세상에?"

"……."

"절대 안 되지. 암! 절대 혼자 못 보내지! 나도 준비하고 기다리고 있을 테니 출발하는 날 알려 줘."

"가가……."

유가연은 조용히 천룡의 품 안으로 파고 들어갔다.

"흑…… 고마워요! 제 인생에서 가가를 만난 것이 가장 큰 축복인 것 같아요……."

그런 유가연의 머리를 조용히 쓰다듬으며 웃는 천룡이었다.

유가연은 천룡이 따라간다고 하자, 세상 모든 것을 다 가진 기분이었다.

이제 그 어떤 시련이 오더라도 웃으며 헤쳐 나갈 수 있었다.

그만큼 천룡의 존재는 유가연에게 아주 큰 존재였다.

유가연을 보내고 천룡은 긴급회의를 소집했다.

"아버지! 갑자기 긴급회의라니요? 무슨 일 있습니까?"

갑자기 천룡이 자신들을 소집하자 모든 것을 다 제치고 달려온 무광이었다.

"가연이가 표행을 떠난다고 한다. 해서 나도 따라가려고 하는데, 너희들도 갈 거냐?"

"유 국주님요? 표행을 떠나신다고요? 어라? 이제 표행은 안 가시는 것으로 알고 있는데……."

"응. 원래 안 가는데 이번에 수령인이 왕야란다. 그래서 본인이 직접 가야 한다고 하더라."

"와아…… 이유가 그거면 어쩔 수 없네요. 가야죠."

"당연히 가야죠! 사부 가는데 저희가 빠질 수 있나요?"

태성의 말에 다들 고개를 끄덕였다.

"그럼 너희들하고 방이만 데려가면 되려나?"

"뭐…… 그렇죠? 표행에 갈 애들은 최정예 애들로만 추려서 뽑아 놓겠습니다."

"장천이도 데려가야 하지 않을까요? 이번에도 자기만 빼놓고 간 줄 알면 엄청 서운해할 텐데……."

"맞아요. 저번에 그 천의문에서도 엄청나게 서운해했잖아요. 사부를 찾아서 거기까지 왔을 거라곤 생각 못 했는데……. 그리고 보면 그놈도 은근 충성심이 높다니까."

말을 들어 보니 맞는 말이었다.

최근에 장천은 하오문은 버려 두고 틈만 나면 천룡을 졸졸 따라다녔다.

자신만 빼놓고 천의문으로 간 것이 많이 서운했나 보다.

"그러네. 그럼 장천이도 데려가자. 근데 너무 사람이 많은 거 아닌가?"

"에이, 많기는요. 원래 가던 인원에 장천이 하나 더 추가된 건데요."

"그런가?"

"그렇죠. 그나저나 왕야한테 진상되는 물건이면 엄청 명품이겠네요?"

"그렇겠지. 그러니 국주께서 직접 가시는 거겠지. 아버지, 뭐 들은 거 없으세요?"

"비밀이라고 하더라. 아, 내가 아는 진짜 명품은 바로 조방이 가지고 다니는 창이지."

"네? 그 낡은 창요?"

"응. 진짜로 무림인들이 침을 흘리며 서로 차지하려고 싸워야 할 신창? 생각을 해 봐라. 조방의 그 엄청난 화기를 감당해 내는 창이야. 그게 평범하다고 생각한 거야?"

생각해 보니 그랬다.

화룡이 나올 땐 바닥도 일부가 녹을 정도로 엄청난 열기를 자랑하는데 특이하게도 그가 들고 있는 창은 멀쩡했다.

"이제 알겠냐? 거기다가 영기(靈氣)도 있어서 주인이 누군지 아는 놈이야."

"근데 누가 그걸 탐내요. 생긴 걸 봐요. 줘도 안 가져갈 텐데. 저도 사부 말 안 들었으면 얼마나 돈이 없으면 저런 걸 쓰나 하고 불쌍하게 봤을 텐데."

"쓸데없는 소리는 여기까지 하고, 그럼 준비해 놔. 언제든지 출발할 수 있도록."

"네!"

&

시간은 흘러서 드디어 유가연이 표행길을 떠나는 날이 왔다.

천룡표국이 이왕야에게 간다는 소식에 너도나도 이왕야에게 바치는 선물을 의뢰해 왔다.

너무 많은 물량의 이동은 불가능했기에 유가연은 정중하게 거절을 했다. 그랬더니 덩치가 큰 짐이 아닌 거액의 전표들을 맡기는 것이었다.

그래서 결국 그 의뢰까지 받아 이동하기로 하고 출발 준비를 마쳤다.

그런데 천룡은 아직도 운가장을 벗어나지 못하고 있었다.

"주구운! 저를 두고 가신다니요! 이번에는 절대로 인정할 수 없습니다!"

표행에서 돌아온 여월은 그동안 있었던 일들과 조방에 대한 이야기를 전해 듣고 다음번엔 자신이 무조건 따라갈 것이라고 다짐을 한 상태였다.

그런데 이번에도 자신을 두고 가려 하자 이렇게 처절하게 울부짖으며 천룡에게 부복하고 있었다.

"아니…… 여월은 표행 다녀온 지도 얼마 안 돼서 피로도 안 풀렸을 테고……."

"주군! 절대로 피곤하지 않습니다! 저도 데려가 주십시오! 주군!"

난감했다.

여월까지 가세하면 일행의 수가 너무 많이 늘어나기 때문이었다.

그렇게 이러지도 저러지도 못하고 있는데, 유가연이 나타났다.

"가가! 준비 다 하셨어요?"

"어? 가연이가 왜 여기 있어? 준비로 바쁘지 않아?"

"준비 다 했고, 표행 갈 것들은 지금 운가장 문 앞에 대기해 있는데요? 가가 데리러 왔어요."

"아…… 미안. 내가 너무 늦장을 부렸구나……."

"에이, 아니에요. 어차피 여기로 지나가야 하니까 제가 오는 게 맞죠. 그런데 무슨 일이에요? 밖에까지 여월 아저씨의 목소리가 들리던데?"

"여월이가 자기도 데려가 달라고 해서……."

그 말에 유가연이 허리에 팔을 걸치고 천룡에게 말했다.

"여월 아저씨가 가가를 얼마나 생각하시는데요! 자나 깨나 그저 가가께서 밥은 잘 들고 계신지, 잠은 잘 주무시고 계시는지, 언제나 오시는지 오매불망 가가 생각만 한다고요!"

"그, 그래?"

"네! 그런데 요즘 가가는 여월 아저씨에 관한 관심이 적어지신 것 같아요! 잘 좀 챙겨 주세요."

유가연의 말에 천룡은 여월을 바라보았다.

유가연의 말이 너무나도 황송했는지 그저 어쩔 줄 몰라 안절부절못하는 여월이 보였다.

부복하고 있는 여월을 일으켜 세우며 그를 꼭 안아 주는 천룡이었다.

"내가 널 섭섭하게 한 것이 있다면…… 미안하다. 내 사람을 잘 챙기겠다고 해 놓고선…… 널 신경 쓰지 못했다."

"아, 아닙니다! 주, 주군…… 시, 신이 불민하여 주, 주군께 또 심려를 끼쳐 드렸습니다! 소신은 그저 주군께서 명하시는 대로 따르겠습니다."

천룡의 온기와 미안하다는 말이 여월의 내면에 쌓여 있던 작은 불만들을 깡그리 태워 버렸다.

그리고 감격한 표정을 지으며 울먹이는 얼굴로 말하고 있었다.

"그래! 너도 가자! 한 명 더 늘어난다고 뭐가 달라지겠어."

"주군!"

"가연아, 괜찮지? 너한테 먼저 허락을 받아야 하는데…….
또 제멋대로 결정해 버렸네?"

"히히히, 괜찮아요! 저는 언제나 운 가가의 결정을 따를 뿐
인걸요?"

"고마워."

자신을 변호해 주는 유가연을 바라보는 여월은 속으로 말
했다.

'감사합니다. 주모님! 소신, 이 은혜는 평생 잊지 않을 것
입니다!'

그렇게 서로의 마음을 한참 확인하고 있는데, 무광이 큰
소리로 외쳤다.

"아버지! 거기서 밤새우실 겁니까? 출발하시죠?"

"어어? 지금 간다! 가연아, 이제 출발하자."

"네!"

목적지로 출발을 하고 얼마 안 있어 마부석에서 투덕거리
는 소리가 들렸다.

"어허, 그러는 게 아니래도요. 이리 주시오. 내가 하겠소."

"아닙니다. 이것은 제가 할 일입니다!"

"아니, 이 사람이. 그렇게 안 봤는데. 경우가 없구먼!"

무언가를 가지고 여월과 조방이 서로 티격태격하고 있었
다.

"무슨 일이지?"

"그러게요. 뭔가 의견이 안 맞는 거 같은데요?"

"사부, 저 둘도 서열 정리 좀 하고 가야 하는 거 아닙니까? 저러다가 여행 내내 투덕거리겠는데요?"

"왜 둘이야? 장천이도 있잖아."

"에이! 장천이는 명성이 있잖습니까? 명왕! 빼고 말씀하셔야죠!"

"어어? 대사형! 여월은 무시하시는 겁니까? 여월이도 칠왕십제의 일인이라고요. 장천에게 뒤지지 않습니다!"

"사형들! 조방이는 화룡지체예요! 화룡지체! 그냥 그거 한 방이면 정리되는 거 아닙니까?"

세 사형제 간의 눈에 불꽃이 일었다.

"누가 뭐래도 장천이다!"

"아닙니다! 여월입니다!"

"에이, 조방은 몸부터가 사기라고요."

"해 보자는 거냐!"

"좋습니다! 해 보시죠!"

"대사형은 맨날 내기에서 지면서 또 하시려고요?"

마지막 태성의 말에 무광이 벌떡 일어나며 흥분했다.

"내, 내가 언제 맨날 내기에서 졌어!"

"에이…… 예전에 산에서도 그렇고, 우리 애들이랑 대사형 애들이랑 붙었을 때도 그렇고……. 솔직히 다 졌잖아요."

"그, 그건……! 아, 암튼 이번은 내 말이 맞아! 장천이가 저들 중에서 제일 첫째야! 천이는 나이도 있잖아!"

"여월이도 천이 못지않게 나이를 먹었죠?"

"나이면…… 전 아무 말 하지 않을게요……."

그 모습에 천룡이 이마를 짚으며 한숨을 쉬었다.

그런 천룡의 손을 가만히 잡는 유가연이었다.

"미안…… 좀 시끄럽지?"

"히히히, 아니요. 저는 오히려 좋은데요? 히히."

"하아, 언제 철 들려나……."

천룡이 옆에서 한심하게 보든 말든, 자신들의 이야기에 한창인 세 명이었다.

"좋아! 이따 야영지에서 결판을 보자! 대결해서 마지막에 남은 놈이 첫째! 나머진 나이순으로 정해!"

"아니, 왜 나머진 나이순입니까? 나머지도 마무리해야 뒷말이 없죠!"

"맞습니다! 강호에선 힘이 나이고 지위 아닙니까?"

이렇게 장천과 여월, 그리고 조방의 의사와는 상관없이 비무 일정이 잡히고 있었다.

마부석에서 그들은 알 수 없는 한기를 느끼고 있었다.

"좋아! 그럼 내기해!"

"좋습니다! 뭐로 할까요?"

"진 사람이 표행 내내 경비 다 내기!"

"좋습니다! 여비 넉넉하게 준비해 놓으시죠! 대사형!"

"뭐, 인마? 이게 벌써 다 이긴 것처럼 얘기하네?"

천룡 앞에서만 이렇게 애들같이 변하여 투덕거리는 제자들이었다.

"사부! 사부는 누구한테 거실래요?"

"야! 아버지는 이런 거 안 하셔! 우리끼리 해!"

"나는 공정한 심사를 해 주지."

"네?"

항상 이런 일에선 빠지던 천룡이 처음으로 참여를 하는 순간이었다.

"왜? 나는 참여하면 안 되냐? 암튼 진 놈은 정말로 돈 넉넉히 준비해라. 안 봐준다!"

"……네……."

천룡이 심사를 보는 이상, 우기는 것도 글렀다.

조용히 밖으로 나가는 세 사람이었다.

❧

모닥불이 환하게 사방을 비추는 어느 공터.

그곳에 모인 사람들의 표정은 저마다 심각하게 굳어 있었다.

"준비 다 됐지? 여기 이긴 놈이 첫째다. 다들 인정할 거지?"

"네! 무인은 힘으로 말하는 거니 당연합니다!"

"저도 인정합니다! 솔직히 한번 붙어 보고 싶긴 했습니다. 제가 이럴 때 아니면 명성이 자자한 명왕과 언제 대결을 해 보겠습니까?"

장천과 여월이 대결에 앞서서 무광에게 이 싸움에서 진 자는 총대장이 되기로 한 걸 최종적으로 확인했다.

조방은 자신이 막내를 하겠다고 선언해서 제외되었고, 남은 두 사람이 대결을 통해 최종 승자를 정하기로 했다.

내기는 자연스럽게 파하게 되고, 그냥 서열만 정하기로 한 것이다.

여월의 주력 무공은 자객에 특화된 무공인 암혼구식(暗魂九式)이었다.

하지만 천룡의 손을 거쳐서 완전히 개조된 새로운 암혼십이식(暗魂十二式)으로 다시 태어났다.

장천의 주력 무공은 무궁칠성권(無窮七成拳)이다.

이것 역시 천룡의 조언으로 인해 달라져 있었다.

"자! 준비되었으면 시작해!"

무광의 외침에 둘은 서로 정중하게 포권을 하고 자세를 잡았다.

서로가 탐색하면서 쉽사리 선제공격을 못 하고 있었다.

그러던 중에 여월이 입술을 꽈악 깨물며 대지를 박차고 달려 나갔다.

"기다리는 것은 내 체질에 맞지 않아서 말이오! 먼저 가겠소!"

"암혼일섬(暗魂一閃)!"

눈에 보이지도 않을 속도로 단검을 휘둘렀다.

그리고 아주 찰나의 순간에 횡으로 빛이 번쩍하며 지나갔다.

그것을 장천이 아슬아슬하게 피하며 여월을 향해 돌진했다.

"패천신권(敗天神拳)!"

주먹 모양의 권강이 모든 것을 부술 것 같은 기운을 내포한 채 여월을 향해 날아갔다.

눈 깜짝할 사이에 여월의 코앞으로 온 강기는 그의 뺨을 스치며 지나갔다.

하지만 위기는 끝나지 않았다. 달려오던 장천이 바닥을 향해 주먹을 내지르고 있었기 때문이었다.

"분쇄파암탄(粉碎破巖彈)!"

콰콰쾅-!

거대한 폭발과 함께 장천의 강기를 머금은 수백 개의 돌덩어리가 여월을 향해 쇄도했다.

여월을 향해 날아가는 돌덩이 하나하나가 치명적인 공격이었다.

"암혼장막(暗魂帳幕)!"

쩌쩌쩌쩌쩌저쩡-!

순식간에 여월의 몸 주변으로 펼쳐진 원 모양의 강기막이 장천의 공격을 방어하고 있었다.

하지만 충격으로부터 무사하진 못했다.

그만큼 장천의 공격은 매서웠다.

"크으으윽! 이, 이 정도 충격이라니!"

인정했다.

장천은 명왕이라는 것을…….

하지만 자신 역시 강하다는 사실을 알려 주고 싶었다.

이런 자잘한 공격으로는 승산이 없다는 것을 깨달은 여월은 천룡에게 전수 받은 후삼식(後三式)을 사용하기로 마음먹었다.

"이제부터 공격은 나의 최종오의입니다! 부디 잘 피하시길 바랍니다!"

"바라던 바요! 나 역시 극성(極成)으로 가겠소!"

서로 의지를 다지며 기를 끝까지 끌어 올리는 그들이었다.

"암혼멸천파(暗魂滅天波)!"

"무궁천살강(無窮天殺强)!"

쿠콰콰콰콰콰콰카카카카카콰쾅-!

땅이 갈라지고, 천하가 진동하기 시작했다.

거대한 빛의 폭발과 함께 커다란 폭음이 터져 나왔다.

그 둘이 충돌한 곳은 원형의 거대한 구덩이가 생성되었다.

"크으으윽!"

"커어어억!"

엄청난 충격과 함께 각자 반대 방향으로 날아가는 그들이었다. 그런 그들을 보호하며 뒤에서 잡아 주는 무광과 천명이었다.

그리고 재빨리 내기를 주입하며 그들의 진탕된 기운을 다스려 주었다.

각자 자신들이 가지고 있던 신단을 입에 넣어 주고 운기를 시킨 뒤에 천룡의 옆자리로 돌아왔다.

"생각보다 잘하는데요? 이 정도면 저희 빼고는 상대가 거의 없겠어요!"

무광이 감탄하며 말했다.

"정말입니다! 사부님이 살짝 손 본 것만으로도 이런 위력이 나오다니. 역시 사부님은 대단하세요!"

천명이 감동한 눈빛으로 천룡을 바라보며 말했다.

"너도 열심히 해서 저렇게 돼라……."

태성이 자신의 옆에 있는 조방에게 말하며 운기를 하는 둘을 바라보았다.

조방 역시 땀으로 흥건한 주먹을 꽉 쥔 채로 지금, 이 순간의 기분을 잊지 않기로 다짐했다.

"여월의 패배다. 실력은 비등하지만…… 내력이 약한 게 패배의 원인이야."

"어쩔 수 없죠. 승부는 승부니까!"

한참을 가부좌를 틀고 운기를 하며 둘은 내상을 치료하고 일어났다.

"제가 졌습니다. 형님!"

"하하, 정말 강한 아우님이시군. 조금만 방심했어도 내가 아우가 될 뻔했어……."

"앞으로 이 아우 잘 부탁드립니다!"

"우리 잘해 보세! 주군께서 기다리시네. 어서 저쪽으로 가세."

일어나자마자 결과에 승복하고 호형호제를 하는 그들이었다. 거기에 조방이 달려가서 합세하며 서로 의기투합했다.

그리고 천룡에게 달려와 부복하며 결과를 알렸고, 그런 그들을 칭찬하며 마무리되었다.

⁂

사천당가 가주의 집무실에서 가주가 놀란 얼굴로 보고를 받고 있었다.

"뭐라고? 천의문? 아니……. 자취를 감춘 놈이 천의문에서 모습을 드러냈다고? 확실한 것이냐?"

"네! 그렇다고 합니다! 천의문에 약재를 융통하기 위해 간 이들이 하나같이 그렇게 증언하고 있습니다."

"조방! 그놈이…… 우리를 배신한 것이 분명하구나! 고통

을 줄이기 위해 천의문을 찾아간 것이 틀림없다! 배은망덕한
놈 같으니!"

당가는 조방이 사라진 후에 여기저기 수소문을 하며 그를
찾고 있었다.

조방의 몸으로 진행하고 있던 중요한 실험 때문이었다.

오로지 조방만이 그 실험의 성공 여부를 결정지을 수 있는
소중한 존재인데 그가 사라진 것이었다.

처음에는 머지않아 극심한 고통 때문에 알아서 찾아올 것
으로 생각하고 크게 신경을 쓰지 않았었다.

하지만 한 달이 지나고 두 달이 지나도 나타나지 않자, 비
상이 걸렸고 이렇게 온 중원을 뒤지며 찾아다녔던 것이다.

"그런데…… 누군가를 따르고 있는 것 같다고 했습니다."

"뭐라? 우리의 약이 없으면 고통으로 인해 몸부림치는 것
밖에 못 하는 놈을 누가 데려간단 말이냐?"

"분명…… 주군이라고 말하는 것을 들었다고 합니다."

"……혹시 조방의 가치를 알고?"

"그것은 확실하지 않습니다!"

"조방이 배신을 한 것인가?"

당 가주는 책상을 두드리며 무언가를 생각했다.

"아니야. 조방 그놈이 우리 당가와 철천지원수가 되려고
하지 않는 이상, 그럴 가능성은 없다."

"아닙니다. 조방은 저희 당가의 손님으로 대접하고 있었기

에…… 아마도 당가에 얽매여 있다는 생각 자체를 안 하고 있을 겁니다……. 언제든 떠날 수 있는 몸이라고 생각했을 가능성이 매우 큽니다."

"제길! 그러니까 내가 일단 가둬 놓고 실험하자고 하지 않았는가! 이게 뭔가! 우리 가문의 약점을 극복할 기회였다!"

"어쩔 수 없지 않습니까? 그 당시에는 무림맹 가입이다 뭐다…… 주변에서 보는 눈이 너무도 많았습니다."

"크으윽!"

"그래도 가주님, 아직 기회가 있지 않습니까? 어디에 있는지를 알았으니 다시 잡아 오면 그만입니다. 무엇이 걱정이십니까? 몸도 제대로 가누지 못하는 놈 가서 잡아 오면 되는 겁니다."

수하의 말에 당 가주의 안색이 살짝 펴졌다.

"그놈이 주인으로 모신다는 자에 대해선 알아보았느냐?"

"네! 섬서 지방에 운가장이라는 장원의 주인이라고 합니다. 딱히 신경을 쓰지 않아도 될 인물입니다. 보아하니 그냥 조방이 불쌍해서 받아 준 것 같습니다."

"무가라든가 그런 건 아니고?"

"경호하는 자들의 수준이 조금 높긴 했지만, 무가는 아닌 게 확실합니다. 그냥 돈 많은 졸부 정도 되는 것 같습니다."

"좋아! 그럼 가서 잡아 와! 이번엔 사지를 부러뜨리고 데려와. 다신 도망 못 가게 해 주지."

"네! 알겠습니다! 곧 좋은 소식으로 다시 보고 올리도록 하겠습니다!"

당 가주는 그런 수하의 말에 손을 까닥거리며 나가 보라는 신호를 보냈다. 수하는 고개를 조아리며 뒷걸음질로 나갔다.

텅 빈 방 안에서 당 가주가 회심의 미소를 지으며 중얼거렸다.

"다행이야…… 정말로 다행이야. 하하하하하, 하늘이 우리 당가를 아직 버리지 않으셨구나! 하하하하!"

꿍

상단으로 보이는 한 무리가 힘겹게 산을 넘고 있었다.

많은 짐을 가지고 있는 그들은 험한 산을 넘기 위해서 모든 말들은 전부 짐마차에 배정을 하고, 모든 사람이 붙어서 밀고 있었다.

그리고 그 뒤를 비단옷을 입은 두 명이 숨을 헐떡거리며 쫓아가고 있었다.

"헉헉! 회, 회주님! 제대로 가고 있는 거 맞습니까?"

"헉헉헉! 그, 그래. 걱정하지 마라! 제대로 가고 있으니까!"

"헉헉헉! 회, 회주님! 아무래도 이건 아닌 거 같은데요? 그만 돌아가시죠? 헉헉!"

"헉헉! 다, 닥쳐! 꼭 가야만 해! 나의 미래와 우리 상회의

찬란한 영광을 위해서!"

영문을 알 수 없는 대화를 하며 거친 산을 등반하듯이 올라가는 그들이었다.

"헉헉헉헉! 그, 그 점쟁이를 정말로 믿는 겁니까? 네? 헉헉!"

"헉헉! 그자는 천기를 읽는다고 해서 천기도사다! 헉헉헉! 어, 어찌 안 믿는단 말이냐?"

"세, 세상 사람들이…… 헉헉! 회, 회주님을 두고 하는 말이 있습니다."

"뭔데! 헉헉!"

"헉헉! 사람은 좋은데 미신에 너무 집착한다고 소문이 나 있습니다! 헉헉! 이제 그만하시죠."

"헉헉헉! 너 지금 지어 낸 거지? 내가 그걸 믿을 것 같아?"

"저, 정말…… 헉헉! 인데! 헉헉! 세상천지에…… 점쟁이 말을 믿고 상행에 나서는 분은…… 헉헉! 회주님밖에 없을 겁니다!"

말을 들어 보니 점쟁이가 한 말을 믿고 상행을 나선 것 같았다.

"자, 자꾸 말 시킬래? 힘드니까 이따가……. 이따가 얘기하자. 헉헉헉!"

"헉! 헉! 네……! 그러시죠!"

제三장

겨우겨우 힘내서 산을 넘어 평지로 이동하고 나서야 한숨 돌리며 쉬는 그들이었다.

"후아! 산 넘다가 숨넘어갈 뻔했네……. 말을 안 타고 산을 타니까 사람 잡네."

"그러니까 평소에 운동 좀 하시라니까요. 몸 좀 보십시오! 조만간 움직이지도 못하겠습니다!"

"뭐, 인마? 이게 틈만 나면 기어 올라오네. 해보자는 거야?"

"아니, 뭘 또 그렇게 해석을 하십니까……. 전 회주님 걱정돼서 하는 소리죠……."

"조심해! 지켜본다. 부총관 자리는 언제든 바뀔 수 있는 거야."

"네……."

기가 죽은 듯한 표정으로 땀을 닦던 부총관은 계속 떠오른 의문점에 관해 묻기 시작했다.

"그런데 회주님, 이 산을 넘으면 귀인(貴人)을 만날 수 있다는 것이 정말일까요?"

"마! 아까 내가 말할 때 뭐 들었어? 그분이 천기를 읽는다고 해서 천기도사라고 했어, 안 했어? 콕 집어서 말했다니까? 저 산을 넘어가야 귀인을 만날 수 있다고?"

"아무래도 속은 것 같으니까 하는 말이죠! 주변을 보십시오! 어딜 봐서 여기에 사람이 있을 분위기입니까. 네?"

"이게 또? 언성 올라가네? 응?"

"헙! 저, 저도 모르게 그만……."

"쯧, 나는 믿어. 그분 덕에 우리 상회가 이 정도로 큰 거야! 그분이 그랬어. 여기서 만나는 귀인은 우리 상회를 중원 제일의 상회로 만들어 주실 거라고……."

'쳇! 우연히 한 번 얻어걸려서 대박이 난 걸 가지고…….'

속으로만 투덜거리는 부총관이었다.

"그럼 이제 귀인을 찾으실 겁니까?"

부총관의 말에 회주가 주변을 두리번거리며 말했다.

"일단은 야영지부터 찾자. 해가 저물기 전에."

"네!"

회주의 말에 다들 야영지를 찾아 여기저기 다니기 시작했다.

그러다가 회주의 눈에 딱 좋은 위치가 보였다.

"어? 저기, 저기! 저기가 좋겠다!"

그 말과 함께 회주는 자신이 본 곳을 향해 뛰었다.

그리고 거기서 본 풍경은 사람이 쉴 수 있는 풍경이 아니었다.

"큭! 이, 이게 뭐, 뭐야!"

바닥은 혈흔으로 인해 질퍽하게 젖어 있었고, 온 사방에는 시체들이 가득했다.

"으아악! 이, 이게 뭐야! 회, 회주님!"

뒤따라온 부총관도 너무 놀란 나머지 바닥에 엉덩방아를 찧으며 자빠졌다.

"쉿! 조, 조용히! 혹시 모르잖아. 이들을 이렇게 만든 살인마가 근처에 있을지도 몰라…… 물론 없기를 바라야지."

그렇게 말하며 주변을 정신없이 점검하고 있었다.

하지만 불행은 원하지 않을 때 온다고 했던가?

애석하게도 회주의 바람은 물 건너갔다.

"흐흐흐흐흐, 살인마 등장요."

쇠 갈라지는 목소리와 함께 온몸이 피로 범벅이 된 사내가 커다란 바위 뒤에서 모습을 드러냈다.

"크크크큭! 살인마 또 등장요."

가느다란 목소리의 사내도 등장했다.

가느다란 목소리의 주인공은 그 목소리의 주인공답게 가날프게 생겼다.

하지만 손에 들려 있는 것은 전혀 그렇지 않았다.

사람의 머리통을 들고 있었다.

"허허허헉! 여, 여기! 애, 애들아! 여기 빠, 빨리!"

다급하게 자신의 수하들을 부르는 회주였다.

그 모습을 지켜보던 살인마들은 미소를 띠며 말했다.

"천천히 해. 천천히…… 기다려 줄게."

새로운 장난감들이 오기만을 기다리는 어린아이 같은 모습이었다.

주변 상황과는 다르게 해맑은 모습이었다.

'그래. 둘이면 해볼 만해! 우리 애들도 나름 한가락 하는 애들이니까!'

자신의 수하들은 서른 명이 넘는다.

상대는 둘이다.

해 볼 만하다고 생각하며 각오를 다지고 있는데, 그 각오를 산산조각 내는 일이 벌어졌다.

"야, 니들 뭐 해? 현장 정리 빨리하라니까! 단주님이 아시면 경을 친다!"

"어, 정리하려고 하는데 새로운 놈들이 왔네? 쟤들도 같이 정리해야 하는 거 아냐?"

일단의 무리가 우르르 나타난 것이었다.

다들 하나같이 피범벅인 채로 이곳을 주시하고 있었다.

하나같이 혀를 날름거리며 재미난 놀이거리를 발견한 아이 같은 모습이었다.

"우리가 찜한 거다! 탐내지 마라!"

그 모습에 처음 발견한 자가 정색을 하며 말하자, 다른 일행이 입맛을 다시며 물러났다.

"알았다! 알았어! 후딱 끝내고 정리나 제대로 해! 더 늦으면 정말로 혼난다."

"흐흐흐, 알았다!"

그러면서 다시 회주를 바라보며 입술을 핥는 그들이었다.

"회, 회주님! 귀, 귀인(貴人)이 아니라 귀인(鬼人)을 만난 것 같은데요?"

"그, 그래…… 여기서 살아 나가면…… 그 새끼 죽인다! 내가!"

"그, 그래도 용하네요. 맞히긴 했잖아요."

"이 새끼야! 지금 상황에서 비꼬고 싶냐? 정신 차려!"

오들오들 떠는 와중에도 자기 할 말을 하는 부총관이었다.

이윽고 회주의 수하들이 검을 뽑으며 달려왔다.

"회주님! 괜찮으십니까?"

"으응, 아직까진……."

회주의 안전을 먼저 확인한 경호대의 대장은 앞에 있는 자들에게 검을 겨누며 말했다.

"어느 고인이신지는 모르겠지만, 이대로 보내 주신다면 저희도 관여하지 않겠습니다."

그 말에 살인마라 지칭한 이들이 환하게 웃으며 말했다.

"그런 말은 공손하게 해야 하는 거 아니냐? 칼을 겨누면서 할 말은 아닌 거 같은데? 크크크큭."

"내 앞으로 기어 와서 개처럼 짖으면 생각해 보지. 하하하하하!"

보내 줄 생각이 전혀 없다는 말이었다.

"회주님! 아무래도 오늘 생사를 거셔야 할 것 같습니다…… 죄송합니다."

경호대장의 말에 회주의 얼굴이 푸르게 변했다.

"이, 이봐…… 자, 자네가 그런 말을 하면 어떡해……."

"저들은…… 강합니다……. 일단 저희가 최선을 다해 막을 테니…… 최대한 도망치십시오!"

경호대장의 말에 회주의 얼굴은 울상이 되었다.

자신의 이 뚱뚱한 몸뚱이로 도망을 가면 얼마나 간단 말인가?

부총관의 말처럼 살을 좀 뺄 걸 그랬다.

하지만 그건 늦은 후회였다.

"이별 준비는 다 했니? 우리도 바쁜 몸들이라서 말이야. 더 기다려 주는 건 좀 힘들겠다."

"바쁘니까 최대한 빨리 죽여 줄게. 너희들은 오늘 운 좋은 거야. 우리가 바쁘지 않았으면…… 흐흐흐."

섬뜩한 목소리와 함께 그들이 발걸음을 옮기기 시작했다.

"최선을 다해 막아라! 회주님을 보호하라!"

"네!"

적들의 공격을 막기 위해 방어진을 짜고, 자세를 취하는 무사들이었다.

"크하하하하. 좋아, 좋아! 더욱더 기세를 올려서 우리를 즐겁게 해 주려무나! 하하하하!"

"크크크크. 즐겁다! 즐거워! 역시 저렇게 기세 넘치는 놈들을 상대해야 재밌지."

무사들의 각오를 본 살인마들은 엄청 즐거운 표정으로 그것을 지켜보았다.

그리고 더는 참지 못하겠다는 표정으로 무사들을 향해 돌진했다.

무사들이 죽음을 각오하고 그들을 막으려는 순간이었다.

콰쾅-!

자신들을 향해 돌진하던 이들이 무언가와 충돌하며 밀려났다.

자욱한 먼지가 사방으로 흩날렸고, 한 줄기 바람이 그 먼지들을 밀어내며 자신들을 보호해 준 이의 모습을 보여 줬다.

손에 창을 든 젊은 무인이었다.

"사람을 이렇게 함부로 죽이면 안 되지. 짐승만도 못한 놈들아."

여유로운 표정으로 저 살인마들을 쳐다보며 나긋하게 말하는 자.

왠지 믿음직하고 든든했다.

"회, 회주님! 저, 저분이 그놈이 말한 귀, 귀인 아니실까요?"

"그, 그런가?"

절망에 빠져 있던 회주의 눈에도 한 줄기 광명이 비추기 시작했다.

"제발! 귀인이든 아니든 저희를 구해 주십시오!"

회주의 간절한 바람을 들었는지, 창을 든 이가 웃으며 대답해 줬다.

"하하하! 걱정하지 마십시오! 이 조방이 지켜 드리겠습니다!"

그는 야영지를 찾아다니던 조방이었다.

조방 역시 이곳을 눈여겨보고 달려왔다.

그러던 중 지금 이 상황을 본 것이었다.

"살아 있을 가치도 없는 것들…… 너희는 살려 두지 않겠다……."

분노한 표정으로 자신과 충돌한 살인마들을 바라보며 창을 앞으로 겨누는 조방이었다.

"크크크크! 배신자들 처리하러 왔다가 제대로 즐기고 가겠군."

"저놈은 좀 가지고 놀만 하겠는데?"

"언제까지 그 허세가 유지되는지 지켜보지."

그 모습에 조방이 그들을 향해 창을 내지르며 외쳤다.

"곧 죽을 놈들이 말이 많구나!"

"일점만변(一點萬變)!"

조방이 내지른 창기(槍氣)는 빛살같이 쏘아져 나가다가 순식간에 변화하기 시작했다.

변화된 창기(槍氣)는 수십 갈래로 갈라지며 살인마들을 관통했다.

"뭐, 뭐야! 미친……!"

퍼퍼퍼퍽-!

단 한 수.

살인마들을 죽인 건 단 한 수였다.

그 한 수에 온몸에 수많은 구멍이 나면서 죽은 살인마들이었다.

"뒤에 있는 놈들까지 처리하고 올 테니 잠시만 여기 계십시오."

그렇게 말을 하고 뒤편으로 넘어가는 조방이었다.

무신!

지금 이들의 눈에 조방은 그렇게 보였다.

"회, 회주님! 저, 저분입니다! 분명해요!"

"너도…… 그, 그렇게 생각하지?"

"네! 저분이야말로 귀인이십니다!"

너무도 감격했는지 울면서 말하는 부총관이었다.

"저런 무력이라니! 굉장한 고수입니다! 그런데 조방이라니…… 들어 본 적 없는 이름입니다."

경호대장 역시 조방의 무공을 보고 감격하고 있었다.

하지만 엄청난 무공을 가진 자인데 이름은 처음 들어 본 자였다.

"역시 강호는 넓은 것 같습니다! 처음 들어 보는 자의 무공이 이 정도라니!"

"경호대장이 볼 땐 어때? 강한 것 같아?"

회주의 말에 경호대장은 흥분한 표정으로 답했다.

"가, 강한 것 같다니요! 아까 못 보셨습니까? 저 미친 살인마들을 한 수에 제압하는 것을? 그 살인마들 엄청난 고수였습니다!"

"자네가 약한 것이 아니고?"

회주의 말에 경호대장이 억울하다는 듯이 항변했다.

"회주님! 제가 이래 봬도 절정입니다! 어디를 가든 대접받는 위치라고요!"

"그래그래. 알았어. 발끈하기는…… 나도 알아! 그러니까 널 비싼 값에 고용했지!"

절정이면 알아주는 대문파의 대주급에 비견되는 무인이었다.

그런 경비대장이 긴장하며 죽음을 각오할 정도의 무인을 조방은 단 일 수에 끝낸 것이다.

"저런 분을 모시려면…… 돈이 엄청나게 들어가겠지?"

회주가 부총관을 바라보며 말했다.

"돈이 문제입니까? 어휴! 저는 오늘 일을 계기로 깨달았습니다! 죽으면 돈이고 뭐고 아무 소용이 없다는 것을 말입니다!"

"그, 그렇지? 이따가 오시면 한번 여쭤보자."

"옳은 결정이십니다!"

죽다 살아난 경험 때문인지 이들은 당장 돌아가는 것도 걱정이었다.

사방이 다 위험해 보였다.

그랬기에 더욱더 조방이 간절했다.

"이럴 때가 아닙니다! 그분이 엄청나긴 해도 저 뒤에 있는 자들 역시 만만한 자들이 아니었습니다! 어서 빨리 이곳을 최대한 벗어나야 합니다!"

경호대장이 정신을 차리고 현실을 직시하며 회주를 재촉했다.

"너는 지금 나더러 은인을 버리고 도주하라는 것이냐!"

"회, 회주님?"

"신의를 저버리는 것은 곧 신용을 잃는 것이다! 나는 은인과 이 자리를 함께하겠다!"

비록 오들오들 떨고는 있지만, 당당하게 자신의 소신을 밝히며 신의를 지키려 하는 회주였다.

그러한 회주를 보며 부총관이 미소를 지었다.

'이래서 제가 회주님을 못 떠납니다.'

"저도 회주님을 따라 이곳을 지키겠습니다!"

부총관까지 나서서 외치자, 경호대장이 고개를 숙이며 말했다.

"죄송합니다. 제가 회주님께 큰 결례를 저질렀습니다."

"아니야! 자네는 나를 보호하려고 그런 결정을 내린 거니 결례가 아니야. 너무 신경 쓰지 마. 우린 은인을 기다리자."

"네!"

두 눈을 부릅뜨고 조방이 사라진 방향을 바라보는 그들 앞에 아까 살인마 일당으로 보이는 자가 모습을 드러냈다.

그것을 보고 다들 경기를 일으키며 화들짝 놀랐다.

"헉! 서, 설마 은인께서 당하셨다는 말인가?"

놀라고 있는데 그자가 앞으로 꼬꾸라지면서 등에 박혀 있는 창이 모습을 드러냈다.

"휴! 생각보다 힘드네! 나도 아직 멀었구나."

어깨가 뻐근한지 팔을 빙빙 돌리며 모습을 드러내는 조방이었다.

그의 몸에는 잔 상처 하나 없고, 옷은 피 한 방울 묻지 않았다.

조방의 엄청난 무공을 보여 주는 단적인 예였다.

"보, 보십시오! 몸에 피 한 방울 묻히지 않았습니다! 저분은 머지않아 중원에 명성을 크게 날리실 겁니다! 지금 빨리 잡으셔야 합니다!"

경호대장의 조언에 회주가 입술을 굳게 다물고 고개를 힘차게 끄덕였다.

회주는 조방 앞으로 달려가 포권을 하며 감사 인사부터 했다.

"저희의 목숨을 구해 주신 은혜! 절대로 잊지 않겠습니다! 은인!"

"하하, 아닙니다. 당연히 해야 할 일을 한 것인데요. 크게 신경 쓰지 마세요."

"어찌 그럴 수 있겠습니까? 저희가 모실 수 있도록 허락해 주십시오! 조금이나마 은혜를 갚고 싶습니다."

회주의 간청에 조방이 난처한 표정을 지으며 말했다.

"저, 제가 지금 혼자가 아니라서요……. 일행이 있습니다."

조방이 거절의 뜻을 완곡하게 하자, 다급해진 회주였다.

떠나기 전에 잡아야 했다.

"그럼 그분들도 함께 모시겠습니다!"

"아, 아닙니다! 정말 괜찮습니다! 그냥 야영할 장소를 찾던

중에 우연히 도운 것뿐입니다!"

"우연이면 필연이라지요! 이것은 운명입니다! 은인!"

끈질기게 달라붙는 회주 때문에 난감한 조방이었다.

빨리 야영지를 찾아 돌아가지 않으면 크게 혼날 것이 뻔한데, 자꾸 달라붙는 것이었다.

"하하, 마음은 고맙지만, 저는 정말로 지금 야영지를 구하는 것이 급선무라! 이만!"

잽싸게 포권을 하고 떠나려는 조방에게 경호대장이 다급하게 외쳤다.

"은인께서 아주 만족하실 만한 야영지가 있습니다! 제가 알고 있습니다! 그곳으로 가시지요!"

마음이 급했던 조방에게는 정말 귀가 솔깃한 제안이었다.

"저, 정말입니까? 어디입니까?"

의외로 조방이 반응을 하자 오히려 당황한 이들은 상회 사람들이었다.

'정말 욕심이 없으신 분이구나!'

엄청난 착각을 하는 회주와 함께 경호대장이 봐 둔 야영지로 걸음을 옮겼다.

경호대장의 말대로 탁 트인 공간에 심지어 앞에 개울물까지 흐르는 금상첨화의 장소가 있었다.

"오오오, 이 정도면 최상입니다! 정말 감사합니다! 덕분에 살았습니다. 하하하하!"

조방이 격하게 좋아하자 회주와 상회 사람들 역시 기분 좋게 웃었다.

"은인에게 도움이 되어 정말 다행입니다. 다만…… 저희도 야영지를 찾고 있던 터라…… 이곳에서 같이 야영을 하면 안 되겠습니까?"

"물론이지요! 도움을 주셨는데! 거기에 이곳은 여러분이 먼저 선점한 곳이 아닙니까? 오히려 제가 고맙죠. 그럼 먼저 자리 잡고 계십시오! 저는 일행과 함께 다시 오겠습니다."

조방이 자리를 뜨자 회주가 말했다.

"정말로 욕심이 없으시구나. 우리를 구하신 은혜는 이미 잊은 듯 보이지 않던가."

"그렇습니다. 오히려 저희에게 고맙다고 말하고 가셨습니다! 인품도 훌륭하신 분인 것 같습니다."

"동료를 챙기는 마음도 대단하신 것 같습니다. 동료들이 행여나 불편하게 야영을 할까 봐 솔선수범해서 찾아다니시는 것도 대단한 것 같습니다."

"그렇지. 저렇게 강하고 모범을 보이는 자를 따르는 세력이 없을 리가 없지. 일단 저분을 따르는 자들까지 포섭해야 한다. 그래야 저분을 우리가 모실 수 있으니까."

"네! 일단 저분들이 쉴 공간까지 저희가 만들어 놓겠습니다."

"좋아! 음식도 다 풀어! 술도 꺼내고!"

야영지에 한바탕 난리가 났다.

멀쩡한 나무를 뽑고, 가장 깨끗한 천막을 양지바른 곳에 치고, 주변 풀까지 깎아서 완벽한 야영지를 만들어 놓고 있었다.

'정성을 보여야 한다! 그분을 모시기 위해 무엇인들 못 하리!'

굳게 다짐을 하며 진두지휘를 하는 회주였다.

한편 천룡이 있는 곳으로 돌아간 조방은 야영지를 구했다고 보고하고, 그곳에서 있었던 일들을 상세하게 얘기했다.

"그래? 그런 천인공노할 놈들이 있었어? 잘했다! 어디 다친 데는 없고?"

천룡의 말에 조방이 우렁차게 대답했다.

"없습니다! 소신을 이리도 걱정해 주시니 감개무량합니다!"

"그, 그래…… 고생했다. 자! 다들 들었지? 조방이 따라서 이동하자!"

"네!"

그렇게 조방을 따라 야영지로 이동을 했다.

그곳에 도착해 보니 이미 모든 야영 준비가 다 끝나 있었다.

심지어 여기서 살아도 될 수준의 천막이 아주 정성스럽게 설치되어 있었다.

조방의 모습이 보이자 회주가 헐레벌떡 달려와 고개를 조아리며 맞이했다.

"은인! 오셨습니까? 은인을 위해서 작게나마 보답하고자 저희가 준비한 것입니다. 부디 부담 없이 편히 쉬시길 바랍니다!"

"고, 고맙소!"

엄청난 환대에 당황한 조방이 자신의 형님들을 바라보았다.

장천과 여월이 엄지를 척 내밀며 답했다.

"무엇이든 필요하신 것이 있다면 말씀만 하십시오! 웬만한 것은 다 준비가 되어 있습니다!"

"아…… 네."

"뭣들 하느냐! 은인들의 일행분들을 어서 편히 모시지 않고!"

사람들은 회주의 명에 극진히 천룡과 그 일행을 모셨다.

그 모습을 가만히 지켜보던 회주가 무언가를 열심히 관찰하더니 자신의 부총관을 찾았다.

"저거…… 표물 운반 중인 거 같은데?"

"그러면? 일행이 표국이라는 말씀인데요. 설마, 표국에 속해 있는 자가 아닐까요? 깃발에 천룡이라고 적혀 있네요."

"천룡표국? 천룡표국!"

"천룡표국이면 요새 크게 뜨고 있는 신생 표국입니다! 표사들이 천하무적이라고 소문이 자자하게 났지요! 설마…… 은인께서도?"

"그, 그럴 리가 없다! 너도 보지 않았느냐! 그 엄청난 무공을! 그런 분이 겨우 표사라고?"

"그, 그렇죠? 소문은 허황하기 마련이니……."

"안 되겠다! 직접 물어봐야겠다!"

"네? 저, 회……."

말리려 했는데 어찌나 성격이 급한지 이미 조방을 향해 달려가고 있는 회주였다.

멋진 야영지를 찾은 대가로 혼자만의 시간을 가지게 된 조방이 조용히 산책을 즐기고 있었다.

그때 다급하게 회주가 나타나 물었다.

"으, 은인! 제가 한 가지 궁금한 것이 있는데 답해 주시겠습니까?"

"궁금한 것요? 네! 제가 답해 드릴 수 있는 것이면……."

"저…… 혹시 천룡표국에 속해 계십니까?"

"네? 아, 아니요."

조방이 깜짝 놀라며 답하자, 그의 소속이 없다고 생각한 회주가 환한 미소를 지으며 물었다.

"하면 천룡표국과는 어떠한 사이시길래 저들을 도우시는지?"

"저들하고요? 음…… 동료?"

"네? 방금 소속되어 있지 않다고…….."

"아! 생각해 보니 반쯤은 소속되어 있는 거…… 아닌가? 천룡표국에 소속되어 있나? 그런가?"

무언가 정리가 안 되었는지 고개를 갸웃거리며 열심히 생각하는 조방이었다.

"암튼 엄청나게 관련이 되어 있어요!"

"그, 그런……."

회주가 울상인 표정으로 고개를 숙이자, 조방이 물었다.

"왜 그러시죠?"

"사실 은인을…… 저희 상회에 모시려고 했습니다…….."

솔직한 그의 말에 조방이 깜짝 놀랐다.

"네? 저를요? 아휴!"

"은인! 제가 잘하겠습니다! 생각이라도 해 봐 주시지 않겠습니까?"

무릎까지 꿇을 기세로 조방에게 구애를 보내는 회주였다.

"아! 내 정신 좀 봐! 내 소개도 안 하고 이러고 있었으니…… 은인 제가 또 큰 결례를 저질렀습니다!"

"아, 아니 저기!"

조방이 아무리 말려도 막무가내였다.

"저는 안휘에서 만보상회(萬寶商會)를 이끄는 백금만(白金萬)이라고 합니다. 늦게 인사 올려서 정말 죄송합니다!"

정성스럽게 포권을 하며 허리를 숙이는 백금만에게 맞절하며 자신을 소개하는 조방이었다.

　"아! 예! 저, 저는 운가장에 무사로 있는 조방이라고 합니다! 별호는 아직 없습니다!"

　"네, 무사요? 일반 무사?"

　"네……. 뭐 아직 직책을 주지 않았으니…… 일단은 그렇죠?"

　"아니! 은인 같은 고수를 일반 무사에 두다니요! 어찌 그럴 수가 있습니까!"

　"하하하! 잘 봐주셔서 감사합니다만, 저는 정말로 아무것도 아닙니다."

　"은인! 과공비례(過恭非禮)라 하였습니다! 은인은 충분히 대접을 받으셔야 합니다!"

　"이미 과한 대접을 받고 있습니다! 저는 그곳에서 큰 은혜를 입었고, 장주님은 저에게 아낌없는 믿음을 보내 주고 계시니 이보다 더한 대접이 또 어디에 있습니까?"

　조방은 지금 백금만이 저런 이야기를 하는 이유를 어렴풋이 깨달았다. 그래서 확실하게 하려고 말을 계속 이었다.

　"저를 좋게 봐주시는 것은 감사합니다. 하지만 저는 다른 곳에 가지 않습니다! 저에게 운가장의 장주님은 제 목숨을 바쳐서 모셔야 할 세상에 오로지 하나뿐인 제 주군이십니다! 그러니 절 끌어들이려는 헛고생은 하지 않으시길 바랍니다!"

굳은 표정으로 확실하게 말하는 조방을 보며 백금만은 그가 더욱 탐이 났다.

실력도 실력인데 저 충직한 모습에 더욱 빠져든 것이다.

'과연! 충직하기까지 하다니! 저런 자가 내 곁에 있다면 세상 그 무엇도 부럽지 않을 텐데……'

"잘 알아들으셨으리라 믿고 저는 이만 가 보겠습니다. 오늘 야영장 일은 진심으로 감사드립니다."

그리고 백금만에게 포권을 하며 멀어지는 조방이었다.

백금만의 눈은 조방이 사라질 때까지 그에게서 떨어지지 않았다.

'그래! 따라다니자! 그러면 혹시 아는가? 기회가 있을지…… 또한 적을 알면 백전백승이라 했다! 그의 주군이 어떤 자인지 지켜보자. 그러면 나에게 기회가 있을지도……'

이대로 포기하기엔 조방이 너무도 탐이 났다.

'가만…… 귀인을 만난다고 했지? 그래! 하하, 우린 운명이었구나! 그렇지! 그래. 저자는 내 사람이 될 운명인 거야.'

자기 멋대로 생각하며 각오를 다지는 백금만이었다.

다음 날 아침, 백금만은 자신의 계획을 실천하기 위해 천룡을 찾았다.

조방의 주인이라고 했으니 그에게 직접 얘기를 하는 것이 낫다고 판단을 한 것이다.

"그러니까 저희랑 같이 이동을 하고 싶으시다고요?"

"네, 그렇습니다! 어제 같은 일이 또 벌어질까 두렵기도 하고, 들어 보니까 저희랑 목적지도 같고……. 제발, 도와주십시오!"

백금만은 평생을 갈고닦은 혼신의 연기를 지금 천룡 앞에서 펼쳐 보이었다.

백금만의 말에 천룡은 저 멀리 유가연에게 전음을 보내 설명했다.

천룡의 설명을 다 들은 유가연은 미소를 지으며 고개를 끄덕였다.

유가연의 허락이 떨어지자 천룡이 말했다.

"그렇게 하세요. 어려운 사람을 돕는 건 당연하지요. 마침 가는 길도 같다고 하니 앞으로 잘 지내 봐요."

"가, 감사합니다! 이 은혜는 제가 무사히 상행을 끝마치고 꼭 갚도록 하겠습니다!"

"하하, 은혜라니요. 그냥 가는 길에 동행하는 건데요."

"아닙니다! 꼭 갚도록 하겠습니다!"

"일단 무사히 도착하고 나서 이야기하죠."

"하하하, 네! 알겠습니다. 그럼 출발 준비하고 오도록 하겠습니다!"

배금만이 감격하며 감사 인사를 하고 자리를 뜨자 기다렸다는 듯이 제자들이 다가왔다.

"저거 표정이 좀 수상한데요?"

"왜?"

"뭔가…… 꾸미는 표정?"

"그래? 난 모르겠던데? 정말로 겁이 나서 그런 거 아닐까?"

"에이. 우리 아버지가 이럴 땐 또 순진하시다니까. 상인 놈들은요, 자신들의 이익을 위해서라면 무엇이든 합니다. 아까 그놈도 그럴걸요?"

"그래? 뭐…… 별일 있겠어? 일 생기면 그것도 나름 심심하지 않아서 좋겠다."

"언제는 힘 안 쓰시고 평범하게 사신다면서요. 이제는 아니신가 봐요?"

"그냥 마음이 가는 대로 살기로 했다. 왜, 불만이냐?"

"아니요. 잘하셨습니다! 그게 맘 편하죠."

"우리도 어서 준비하자. 이러다가 늦겠다."

"네, 알겠습니다!"

천룡의 말에 다들 출발 준비를 서두르기 시작했다.

모두가 다 사라진 산속.

한 무리가 시체 더미들이 있는 곳으로 모습을 드러냈다.

"허어, 하도 안 오길래 와 봤더니……."

남자는 시체들을 바라보며 혀를 찼다.

"나름 정예들인데 일방적으로 당했군. 깔끔하게 당했어."

남자가 중얼거리고 있는 동안 나머지 사람들은 시체에 무언가를 열심히 뿌리고 있었다.

"그 어떤 흔적도 남겨서는 안 된다. 알겠느냐?"

"충!"

"그나마 다행히 교를 배신한 놈들은 모두 처리했군. 그나저나 누굴까? 이렇게 깔끔하게 우리 애들을 죽인 자가……."

장강이 유유히 흐르는 거대한 협곡에 배들이 모여서 출항을 준비하고 있었다.

중원 표국 연합이 자신들에게 의뢰한 것을 실행하기 위함이었다.

그 가운데에 장강수로채주가 군사와 대화를 나누고 있었다.

"어디쯤이라고 하더냐?"

"내일쯤 배를 타고 이동을 할 것이라고 합니다. 그런데……."

"응?"

"일행이 더 늘었다고 합니다. 상단이 붙은 것 같습니다."

"그래? 하하하! 그럼 우리 이문만 더 늘어나니 오히려 좋아해야지!"

"그래도 상단이면 어느 정도 무력이……."

"무력? 너 내가 누구라고 생각하는 것이냐?"

군사의 말에 발끈한 채주는 군사를 노려보며 물었다.

"자, 장강을 다스리는 패자이시며, 세간에서 패천부왕(敗天斧王)이라 불리시는 절대자이십니다!"

"그래! 내가 바로 칠왕십제의 일인이다! 패천부왕(敗天斧王) 울지랑! 그런데 뭐? 뭘 걱정해?"

"죄, 죄송합니다! 일의 중요성이 너무도 커서 저도 모르게 그만……."

"그런 조무래기들이랑 비교하지 마라. 이 내가 직접 참전을 하는 행사다. 실패란 있을 수가 없지!"

"그, 그렇습니다!"

"그것보다 정말로 어마어마한 금액을 가지고 이동하는 거 맞지?"

"네! 다른 것은 몰라도 그것만큼은 확실합니다! 그들이 의뢰를 받은 전표 액수만 해도 대충 금자 일만 냥은 넘을 것입니다. 그 외에 다른 고가의 물품들까지 합하면 금액이 더 올라가지요."

"크하하하하! 좋아, 좋아! 그것만 확실하게 챙기면 우리는 세력을 더 크게 키울 수 있는 부를 얻는다. 그러니 다들 집중

또 집중하라고 전달해!"

"네!"

그렇게 말을 마치고 시원한 바람을 맞으며, 가지런히 정렬 중인 함선들을 바라봤다.

"머지않아 중원을 지배하는 것은 바로 우리! 장강수로채가 될 것이다! 크하하하하하!"

❧

기암절벽이 어우러져 멋진 풍경을 자아내는 장강 위에 선박 한 척이 유유히 물길을 가르며 나아가고 있었다.

그 배 안에는 천룡 일행이 타고 있었다.

"여기가 장강이구나! 정말 풍광이 아름답다!"

천룡의 감탄에 무광이 옆에서 미소를 지으며 말했다.

"이렇게 아버지랑 돌아다니는 날이 오니 정말로 좋네요."

무광의 말에 천룡 역시 마주 보며 웃었다.

"그런데 다른 애들은 어디 갔어?"

"아, 어제 술을 너무 과하게 마셔서 다들 누워 있어요."

"엥? 아니, 왜 공력으로 날려 버리지 않고?"

천룡이 걱정스러운 얼굴을 하며 바라보자, 무광이 웃으며 말했다.

"술은 취하려고 마시는 건데 그걸 공력으로 날려 버리면 어찌합니까? 애들도 그걸 즐기려고 저리 마시고 뻗은 거니 놔 두세요."

"아무리 그래도 명색이 무인이라는 것들이 그리 경계심이 없어서 어찌하냐."

"에이, 아버지도 참. 여기 이 배에 위험이 어디 있어요. 세상에서 가장 안전한 배인데요. 그나저나 저기 조방 신경 안 써도 됩니까?"

무광의 말에 조방이 있는 곳을 바라보니 상단주라는 놈이 조방을 졸졸 따라다니고 있었다.

"냅둬라. 조방이 좋다는데. 저러다가 말겠지."

"그러다가 뺏기면 어쩌시려고요?"

"누굴? 쟤를?"

천룡이 미소를 지었다.

조방에 대한 확실한 믿음.

그것을 미소로 보인 것이다.

그러다가 문득 떠오른 얼굴이 있었다.

"그런데 가연이가 안 올라왔네? 이렇게 풍광이 좋은데. 아래층에 있나?"

천룡이 유가연을 찾으며 두리번거리자 무광이 말했다.

"국주님 지금 뱃멀미로 쓰러지셨는데요……."

"뱃멀미? 당장 가 봐야겠다! 어쩐지 아침부터 안 보이더라 니……."

"안 돼요! 가시면 안 됩니다!"

"뭐? 왜? 그러고 보니 너 왜 그걸 이제 얘기해! 가연이가 아프면 빨리 말했어야지! 왜 안 된다는 거야?"

천룡의 물음에 무광이 고개를 바짝 들이밀며 소곤거렸다.

"국주님이…… 자신의 초췌한 모습을 보이기 싫다고 혹시라도 아버지가 아시고 온다고 하면 절대로 말려 달라고 부탁했어요."

"……아니, 그게 무슨 말이야? 아픈데도 그런 걸 챙겨. 왜?"

"그게 여자예요. 암튼 지금은 안 되니까 절대 가지 마세요."

"하아…… 이해가 안 되는군. 어렵다, 어려워. 그래, 알았다."

정말 여자의 마음을 파악하는 것은 어려운 일이었다.

그때 배의 앞부분에서 종소리가 크게 울렸다.

땡땡땡땡땡—!

"무슨 소리야?"

"그, 글쎄요? 저도 잘…….''

갑작스럽게 치는 종소리에 어리둥절하고 있을 때 선원들이 뛰쳐나와 외쳤다.

"수적이다! 수적이야! 무공을 할 줄 아는 분들은 저희를 좀 도와주십시오!"

천하무적
운가장

"무림인들 안 계십니까? 제발 저희 좀 도와주십시오!"

"아이고! 무인분들 안 계시는 겁니까?"

그 모습에 조방이 재빠르게 천룡에게 다가와 말했다.

"주군! 적인 것 같습니다! 어찌할까요?"

조방의 말에 무광이 옆에서 거들었다.

"수적이 나타났나 보네요."

"그래? 그럼 도와줘야지!"

천룡이 손을 들려 하자, 무광이 조용히 그 손을 잡으며 말했다.

"에이, 아버지도 참! 이런 일은 그냥 두세요. 다른 이들도 강호 경험도 쌓고 그래야죠. 나중에 위험하다 싶으면 그때 나서도 늦지 않습니다. 그러니 그냥 구경만 하세요."

"그, 그래? 뭐, 알았다……."

자신보다 무광이 강호 경험도 많고 이런 상황도 잘 알 것이니 믿고 맡기는 천룡이었다.

아니나 다를까 무광의 말대로 누군가가 나섰다.

"우리가 돕겠소!"

한 무리가 일어서면서 손을 들고 있었다.

그들의 옷에서 흑과 백으로 이루어진 태극문양이 유난히 눈에 띄었다.

"무당! 무당파(武當派)다! 무당파가 있었어! 우린 살았다! 만세!"

무당파가 등장하자 사람들의 사기가 올랐는지 여기저기서 지원자가 속출하기 시작했다.

그런 사람들로 장내가 시끄러워졌다.

그러자 무당파 일행의 대표로 보이는 자가 나섰다.

"자, 자! 여러분! 진정하십시오! 아직 저들과 전투가 시작된 것이 아닙니다!"

그자가 큰 소리로 말을 하자, 장내가 어느 정도 조용해졌다.

"소생의 말을 경청해 주셔서 감사드립니다! 소생은 무당검수(武當劍守)의 수장을 맡은 현진(現珍)이라고 합니다!"

"현진이라면…… 무당……. 무당일검(武當一劍)! 현진이다!"

"거기에 무당검수라고 했어! 무당의 정예들이야!"

누군가가 현진을 가리키며 그의 별호를 외치자 다들 큰 소리로 환호를 질렀다.

그냥 무당이어도 든든한데, 그 무당 무리를 이끄는 자가 무당을 대표하는 무당일검 현진이었고, 그 무리는 무당의 정예인 무당검수들이었다.

그만큼 무황성이 지배하는 현 강호에서도 무당의 명성은 대단했다.

사람들은 의기충천(意氣衝天)하여 수적들과의 일전을 기대하고 있었다.

그 모습을 한쪽에서 지켜보던 천룡이 조용히 무광에게 속삭였다.

"이야! 별호라는 게 저런 거구나."

"왜요? 부러우세요?"

"아니…… 별호만으로도 저렇게 사람들을 하나로 뭉치게
할 수 있다는 게 신기해서."

"무림인들의 특성이죠. 그 유명세를 위해 목숨까지 거는
사람도 있습니다."

"너네도 저런 거 따지냐?"

"에이. 저희는 안 따지죠. 저희 눈에는 다 거기서 거기에
요."

"그런데 괜찮으려나? 다들 너무 흥분해 있는 것 같은데?"

필요 이상으로 흥분한 상태의 사람들을 보며 천룡이 걱정
스러운 눈빛으로 바라봤다.

현진 역시 그렇게 생각을 하며 사람들에게 얘기하고 있었
다.

"흥분을 가라앉히세요! 흥분은 전투에 있어서 절대 금물입
니다! 일단 상황을 지켜보았다가 저들이 공격하면 저희가 선
두에서 막겠습니다!"

그리고 좌중을 돌아보며 계속 말했다.

"그러니 여러분들께서는 선내에 계신 약자분들을 지켜 주
시길 바랍니다!"

"알겠습니다! 자, 여러분! 저분의 말씀대로 합시다!"

한 명이 동조하며 소리치자 다들 좋다며 동조했다.

이렇게 선내가 시끌벅적할 때 수적의 선박이 근처까지 다가왔다.

그 선박에서 누군가가 나와서 이쪽을 주시하고 있었다.

천룡이 타고 있는 배의 선장은 재빨리 나서서 그에게 외쳤다.

"장강의 영웅님들께서 어쩐 일이십니까? 저희는 꼬박꼬박 통행료를 상납하고 있습니다!"

그러고는 장강수로채가 인정한 배라는 표식을 그들에게 보였다.

하지만 저쪽에서는 그 어떤 반응도 나오지 않았다.

다만 배를 점점 가까이 대려고 다가오고 있었다.

선장은 최대한 피하고자 배의 방향을 틀었다.

그리고 원래 가려던 뱃길이 아닌 다른 강줄기로 들어갔다.

배가 다른 강줄기로 들어가는 것을 확인한 수적은 다시 배를 돌려 돌아갔다.

"뭐지? 마치 이곳으로 우리를 들어가게 하려는 듯한 것은……."

지금은 그런 것을 신경 쓸 때가 아니었다.

"다시 뱃머리를 돌려라! 원래 항로로 돌아가야 한다!"

"네엡!"

거대한 선채가 힘겹게 고개를 돌려 다시 거슬러 올라가려는 순간, 정면에 많은 수의 함선이 모습을 드러냈다.

잘못 들어온 강 입구를 완전히 봉쇄하고 있었다.

그리고 천룡이 탄 배를 포위하기 위해 서서히 다가왔다.

뒤편에도 수많은 배가 못 빠져나가게 포위를 하며 다가오고 있었다.

"이, 이게 무슨 일이지?"

선장은 지금까지 장강을 다니면서 이런 일은 처음 경험했다.

장강수로채의 모든 배가 총동원된 것 같았다.

이렇게 전체가 나타난 적도 처음이었다.

배에 있는 사람들 역시 크게 동요하고 있었다.

"세, 세상에 이게 무슨!"

"저 배들 수 좀 봐! 무슨 일이야, 이게!"

"이 배 안에 장강수로채의 철천지원수라도 탄 것인가? 그러지 않고서야……."

한쪽에선 무당검수들 역시 크게 당황하고 있었다.

"사숙! 장강수로채 전체가 동원된 것 같은데요? 저 어마어마한 수를 보십시오."

"동요하지 마라! 우린 대무당이다! 우리가 동요하면 다른 사람들도 동요한다!"

"하, 하지만!"

"아무래도 오늘은 일진이 안 좋은 날인 것 같군……. 자,

이제 확실하게 경험하고 있겠지? 이게 바로 강호다! 언제 어디서 위기가 다가올지 모르는 비정강호! 오늘은 최악의 경험을 하겠구나. 다들 각오하거라."

"네!"

무당검수가 강호 경험이 다른 무당인들보다 많다고 해도 이런 상황은 처음 겪는 것이었다.

이 평화로운 강호에서 언제 이렇게 거대 세력과 맞붙을 일이 있단 말인가.

그래서 더욱더 당황하는 것이다.

한편 장강수로채를 진두지휘하는 자는 채주였다.

이런 일에는 절대 모습을 드러내지 않던 그가 직접 지휘를 한다는 것은 일의 중요성이 얼마나 큰지를 보여 주는 것이다.

"저 안에 확실히 타고 있는 거 맞지?"

"네! 몇 번을 확인하고 또 했습니다!"

"특이 사항은?"

"무당검수가 타고 있는 것과 예정되지 않았던 상단 하나가 추가되었다고 합니다."

"상단이야 우리 이익이 늘어나는 것이니 상관없고……. 무당검수? 그건 좀 난감한데? 무당하고 척을 지어야 하나?"

"어찌하시겠습니까? 저 배 안의 사람들과 협상을 하시겠습니까?"

"협상? 무슨 협상?"

"서, 설마? 저 배 안의 사람들을 전부 죽이실 생각을?"

"안 되나?"

"저, 절대 안 됩니다! 그랬다간 장강수로채가 공적이 되어 온 무림의 공격을 받을 겁니다!"

"쩝! 그게 가장 간편한데…… 에이 몰라. 머리 쓰는 것은 네가 알아서 해. 나는 그냥 아무 말 않고 있을 테니……."

채주가 한발 물러서며 자신에게 전권을 이양하자 군사가 안도의 한숨을 쉬면서 물러났다.

선상으로 나온 군사는 배를 저들 가까이에 붙이라고 명했다. 군사의 명으로 최대한 가까이 붙이자 군사가 천룡이 탄 배에 소리쳤다.

"여기 선장이 누구시오! 선장이나 대표하실 분 나오시오!"

군사의 외침에 선장이 헐레벌떡 달려 나왔다.

"제, 제가 이 배의 선장입니다! 저희한테 왜 이러시는 겁니까! 상납금도 꼬박꼬박 냈고, 수로채에 반하는 행동을 한 적도 없습니다!"

그나마 말이 통할 것 같은 사람이 나오자, 억울함이 폭발했는지 울먹이며 말하는 선장이었다.

"미안하오! 우리에게도 사정이 있어서 이러는 것이니 양해를 좀 구하겠소! 우리 일만 잘 해결되면 아무 일 없이 물러날 터이니 부탁을 들어주시겠소?"

"마, 말씀만 하십시오! 최대한 들어드리겠습니다!"

선장의 말에 군사는 미소를 짓고는 한 방향을 가리키며 말했다.

"저 배는 비어 있소. 모두 저 배로 이동해 주시길 바라오! 단! 천룡표국은 제외요! 그들만 남기고 모두 저 배로 이동하시면 무사히 육지로 돌려보내 드리겠소!"

선장이 울상을 지으며 간절하게 말했다.

"아이고, 영웅님! 저는 이 배가 없으면 무엇을 먹고삽니까!"

"하하, 저 배는 그대 것이오!"

군사의 말에 선장이 배를 보니 자신의 것보다 훨씬 크고 좋은 거였다.

"저, 정말이십니까? 정말로 저 배를 저에게 주시는 겁니까?"

"그렇소! 이제부터 선장의 배요! 대신 그 배는 우리가 접수하겠소!"

저 말을 정말로 믿어도 되는지 알 길이 없기에, 불안한 마음을 보이는 선장이었다.

그것을 눈치챈 군사가 웃으며 다시 말했다.

"무엇이 그리도 걱정이오? 우리가 그대들을 어찌할 것 같소? 우리가 나쁜 마음을 먹었다면 굳이 이런 번거로운 짓을 하지 않아도 되는데……?"

군사의 말은 사실이었다.

자신들을 전부 죽일 작정이었다면 굳이 번거롭게 배를 갈아타게 하지 않았을 것이다.

"아, 아닙니다! 믿습니다! 이제 이 배는 영웅님들 것입니다!"

그 말과 함께 재빠르게 다른 배로 건너가는 선장이었다.

그런 선장을 따라 승객들도 우르르 옮기기 시작했다.

천룡표국이란 곳이 불쌍하기는 하지만 어쩌겠는가.

내 목숨이 더 소중한 것을…….

다만 쉽사리 움직이지 않는 두 무리가 있었는데, 바로 무당과 만보상회 사람들이었다.

"사숙! 저희는 어찌합니까?"

모든 무당검수의 시선이 현진을 향했다.

"불의를 보고도 어찌 간단 말이냐! 우리가 간다면 천룡표국이라는 곳은 누가 지킨단 말이냐!"

"하지만 사숙! 저들을 전부 상대할 수는 없습니다!"

"맞습니다! 한둘도 아니고 장강수로채 전체가 나온 것 같은데……."

"닥쳐라! 그러고도 대무당의 무당검수란 말이냐!"

현진의 호통에 다들 고개를 숙이며 한걸음 물러섰다.

"도사라는 것들이 제 목숨 챙기기에 급급하구나! 우리는 원시천존(元始天尊)의 뜻을 따라 세상에 도(道)를 행해야 할 도사들이다! 그런데 어찌 그런 망발을 한단 말이냐! 정신들 차려라!"

계속된 호통에 다들 부끄러운 마음이 들었는지 얼굴이 상기되었다.

그런 무당의 이야기를 듣고 있던 천룡은 고개를 끄덕이며 미소 짓고 있었다.

"정말 좋은 사람이다. 무당이라…… 한번 가 보고 싶어졌다."

"가면 되죠! 아버지가 못 가실 곳은 없습니다. 제가 이번 일 끝나면 바로 모시고 가겠습니다."

자신의 가슴을 탕탕 치면서 호기롭게 말하는 무광이었다.

그런 무광을 뒤로하고 천룡은 무당검수들을 바라봤다.

한편 가장 껄끄러운 존재인 무당이 내리지 않자 군사는 난감해졌다.

일반인들을 해하는 것은 피했으나, 저들과 일전은 또 다른 문제였다.

무당은 쉽게 볼 문파가 아니었다.

그 긴 세월 끊임없이 저력을 이어 온 정파 중의 정파였기 때문이었다.

군사는 머리를 굴리기 시작했다.

저들 또한 저 배로 옮겨 타게 해야 했기 때문이었다.

한 가지 묘책이 그의 머리를 스치고 지나갔다.

'어디 이래도 네놈들이 거기에 버티고 있는지 보자.'

생각을 마치고는 곧바로 무당검수를 향해 포권을 하면서 말했다.

"하하하, 이거 명성이 자자한 무당검수님들을 뵈어서 정말 영광입니다! 그런데 어찌하여 저 배로 옮겨 타지 않으십니까?"

"그러는 그대야말로 왜 죄 없는 분들을 이곳에 남으라고 하시는 것이오?"

"하하하, 별일 아닙니다. 단지 조용히 대화할 일이 있기에 이런 번거로움을 무릅쓰는 것이지요."

"별일이 아닌데 사람들을 모두 물리고, 저들만 남긴단 말이오? 그럼 우리도 여기에 있겠소!"

"허! 자꾸 이런 식으로 비협조적으로 나오실 겁니까? 그렇다면 우리도 생각이 있지요!"

말을 마친 군사는 손을 들었다.

그러자 화살촉에 불이 붙은 화살들이 일제히 일반인들이 옮겨 탄 배를 향해 조준되었다.

"무, 무슨 짓이오!"

"저도 이렇게까지 하고 싶지는 않지만…… 어쩔 수 없군요. 저기 저 배 안의 사람들을 구하시겠습니까? 아님, 이 배에 남아 있으시겠습니까? 정하십시오."

순간 현진의 동공은 급격하게 흔들리고 있었다.

이런 일은 한 번도 경험한 적이 없었기에 어찌할지 방향을 잡지 못하고 있는 것이었다.

　누군가를 구하려면 누군가를 희생해야 하는 최악의 상황에 놓인 것이다.

　"시간이 없습니다. 빨리 정하시지요."

　재촉하는 군사를 노려보는 것밖에 할 수 있는 일이 없었다.

　그때 현진의 귓가에 천룡의 목소리가 들어왔다.

　"저희는 괜찮으니 넘어가시지요. 오늘 보여 주신 그 의로운 모습은 평생 간직할 것입니다."

　"맞습니다. 저희는 신경 쓰지 마시고 어서 건너가십시오."

　정중히 포권을 하며 자신들을 저쪽 배로 보내려는 이들을 보자 현진은 너무도 고통스러웠다.

　저렇게 착한 사람들을 어찌 놔두고 갈 수 있단 말인가.

　"어, 어찌……."

　이러지도 저러지도 못하며 갈팡질팡하고 있었다.

　다른 반대편 배에선 아우성이 넘쳐흐르고 있었다.

　"빨리 넘어오시오! 당신들 때문에 우리가 다 죽게 생겼소!"

　"우리를 죽인다잖냐! 니들이 그러고도 도사들이냐! 우리를 다 죽일 셈이냐!"

　"우리 쪽이 사람이 훨씬 많다! 어디를 선택해야 하는지는 뻔한 것 아니냐! 이 멍청한 것들아!"

"네놈들이 그러고도 도사들이냐!"

한쪽은 자신들은 괜찮다며 감사의 마음을 전하며 가라고 하고, 한쪽은 어서 오라며 자신들을 욕하고 있었다.

하지만 자신들을 욕하는 쪽의 사람이 열 배 넘게 많았기에 선택을 해야 했다.

현진은 자신만을 바라보는 사질들을 보며 선택을 했다.

면목이 없는지 고개를 숙이며 사질들에게 물었다.

"너희들은 어떠하냐…… 이 못난 사숙은 쉽사리 결정지을 수가 없구나……."

그런 사숙을 바라보는 무당검수들의 심정도 마찬가지였다.

"사숙…… 어쩔 수 없습니다. 소수를 위해…… 다수를 희생할 수는 없지 않습니까."

"맞습니다. 보아하니 저들과 은원이 있는 것 같은데 끼어드는 것은 아니라고 생각합니다."

저마다 열심히 의견을 제출하지만, 대부분이 배를 옮기는 것을 권하고 있었다.

결국, 현진은 자신에게 감사의 마음을 전한 천룡에게 포권을 하며 울며 말했다.

"죄, 죄송합니다! 제, 제가 힘이 없어…… 이렇게 물러날 수밖에 없음을…… 크흐흑!"

억울했다.

힘이 없는 것이 너무도 원통했다.

하늘이 원망스러웠다.

자신에게 이렇게 잔인한 선택을 하게 한 원시천존을 난생처음으로 욕했다.

그런 현진의 등을 부드럽게 두드리며 말하는 천룡이었다.

"다음에 인연이 있다면 그때는 많은 이야기를 하고 싶군요. 부디 그때까지 몸 건강히 잘 계십시오."

그 말에 현진은 더욱더 눈물을 흘렸다.

끝끝내 쉽사리 발을 옮기지 못하는 현진을 무당검수들이 억지로 끌어안고 배를 건넜다.

무당검수들까지 옮겨 타자 그 배를 조준하고 있던 모든 활이 거두어졌다.

"선장! 이제 출발하시오! 하하하, 부디 안전 운행하시오!"

군사가 큰 소리로 배를 향해 외쳤다.

그런 군사의 말을 들었는지, 배는 빠른 속도로 그곳을 빠져나갔다.

배가 완전히 사라진 것을 확인한 군사는 비릿한 표정으로 돌변하며 천룡 일행이 탄 배를 바라봤다.

선상에는 조촐하게 몇 명의 인원만이 나와 있었다.

군사가 고개를 끄덕이자 배가 천룡이 타고 있는 배를 향해 천천히 다가가기 시작했다.

천룡은 그 모습을 보며 무광에게 말했다.

"어찌할까…… 악한 마음을 가지고 오는데……. 어찌해야 하나."

"그러게요? 쟤들은 알까요? 지금 자신들이 건든 이 배에 어떤 인물들이 타고 있는지?"

"그걸 알면 저렇게 당당하게 건너오지 않겠지. 활을 쏘거나 뭐 그러지 않았을까?"

엄청나게 심각한 상황인데도 천룡과 무광은 신경 쓰지 않았다.

다만 저들을 어찌할 것이냐가 중요한 문제였다.

그렇게 고민하고 있는데 조방이 자신의 창을 요리조리 돌리며 천룡에게 말했다.

"주군! 소신이 저들을 모두 날려 버릴까요?"

그러면서 화룡을 꺼내려고 준비를 하는 것처럼 보였다.

"저런 것들 상대하는데 무슨 너까지 나서냐. 밑에 표사들 올라오라 해서 처리하라고 하자."

무광의 말에 조방이 아쉬운 얼굴로 창을 다시 내려놓았다.

그런 조방에게 천룡이 말했다.

"너는 이제 이런 애들을 상대할 위치가 아니다. 그러니 아래에 있는 무사들에게 양보하거라."

천룡의 말에 조방의 표정이 풀렸다.

"네, 알겠습니다! 소신이 아래 내려가서 표사들을 데려오겠습니다."

천룡이 고개를 끄덕이자 조방이 재빨리 아래로 내려갔다.

"흠, 무슨 이유일까? 우리의 표물을 노리고 오는 것인가?"

"일단 오면 몇 대 쥐어박고 물어보죠."

위기감이라곤 전혀 없는 대화를 나누고 있을 때 유가연이 다 죽어 가는 표정으로 힘겹게 올라왔다.

"가, 가가! 무, 무슨 일이 생긴 건가요? 다들…… 어디 가고?"

비틀거리며 힘겨워하는 유가연을 보자 천룡이 기겁하며 달려갔다.

"가연아! 괘, 괜찮아? 아니, 이렇게 심하면 나한테 말을 해야지! 얼굴이 반쪽이 됐네!"

그러면서 자신의 활인기를 불어넣었다.

만물을 소생시키는 신화적인 경지를 가지고 유가연의 멀미를 치료하는 데 쏟아붓는 천룡이었다.

그래도 어느 정도 효과가 있는지 유가연의 안색이 점차 되돌아왔다.

"오, 효과가 있다! 있어! 가연아, 이제 좀 어때?"

"가가, 많이 가라앉았어요. 고마워요."

"다행이다! 다행이야!"

"그런데 무슨 일이에요? 배에 있던 사람들은 다 어디 가고?"

유가연의 물음에 천룡은 지금까지 있었던 일들을 모두 얘기해 주었다. 그리고 부딪힐 정도로 가까이 다가온 배를 가리키며 말했다.

"바로 저기 저놈이 다 주도했어."

"콕 집어서 저희를 지목했다고요? 저희를 왜요? 저희는 장강수로채랑 엮일 일이 전혀 없는데?"

"그러니까 궁금한 거지. 그래서 고민 중이다. 저놈들을 어찌해야 하나하고."

"다, 죽이시려고요?"

"어? 아, 아니야! 내가 무슨 살인마도 아니고."

"그렇죠? 정말로 악한 자가 아니면 살려 주세요. 저 사람들도 갱생의 기회를 줘야지요."

"그래야지. 무광아, 들었지?"

"네, 하하하. 간만에 몸 풀겠네요."

그러면서 무광은 몸을 이리저리 돌리며 근육을 풀기 시작했다.

하지만 장천과 여월이 나오며 말했다.

"어찌 저희를 두고 직접 몸을 쓰시려고 합니까? 저희가 처리하겠습니다."

"야야, 됐어. 이미 조방이 애들 데리러 내려갔어. 걔들한테 맡겨야지."

"아, 그렇군요. 하긴 저런 녀석들 상대로 저희는 좀 과하긴 하죠."

말투들이 마치 놀러 나온 사람들 같았다.

"일단 기다려 봐. 저기 오는 저놈 이야기 좀 들어 보고 결정하자."

천룡이 고개를 까닥인 방향을 보자, 수로채의 군사가 배를 대고 넘어오고 있었다.

그것도 아주 당당하게 혼자 넘어오고 있었다.

"하하하하! 이거 반갑다고 해야 할까요? 어찌 인사를 드려야 할지 모르겠군요. 나름 난제입니다. 하하하!"

헛소리하면서 걸어오는 군사를 보며 다들 인상을 찡그렸다.

"이런. 나름 분위기를 좀 띄워 보려 한 농인데, 다들 표정이 별로시군요?"

"뭐냐? 용건이나 말해!"

군사는 그 말에 살짝 당황했다.

현재 자신들이 처한 상황이 보이지 않는 것인가?

두려움이라고는 전혀 보이지 않는 표정으로 말하는 모습을 보며 놀랐다.

"천룡표국주이신 유가연 국주님께 볼일이 있어서 왔습니다."

유가연이라는 말에 다들 눈빛이 날카로워졌다.

그 모습을 보며 군사는 감탄했다.

'허! 유가연이라는 여인이 대단한가 보군. 이렇게 사람들이

강한 충성심을 보이다니⋯⋯.'

오해였지만, 군사는 그리 생각하며 유가연이라는 인물에 대해 호기심을 가지기 시작했다.

유가연은 자신이 호명되자 앞으로 나서며 말했다.

"제, 제가 천룡표국주 유가연입니다! 무슨 볼일이시죠?"

유가연이 모습을 드러내자, 군사는 비릿한 미소를 지으며 말했다.

"하하하, 정말 아름다우시군요! 놀랐습니다. 이런 미모의 분이 표국주이실 거라곤 생각지도 않았는데 말입니다."

"무슨 말씀이 하고 싶으신 거죠?"

"이런, 이런. 성격이 급하시군요. 뭐, 저희도 바쁜 관계로 빨리 진행하도록 하죠."

그리고 유가연을 가리키며 말했다.

"우리의 목적은 당신입니다. 저희를 따라오십시오. 그러면 나머지 표국 사람들은 살려 드리죠."

그 말에 유가연은 엄청난 충격을 받았다.

"네? 무, 무슨?"

"당신의 목에 엄청난 현상금이 걸렸습니다. 그러니 굳이 다른 분들까지 목숨을 뺏을 이유가 없죠. 어쩌시겠습니까? 아! 물론 살려 드리는 대가로 이 배 안에 있는 모든 표물은 저희에게 양도하셔야 합니다."

너무도 놀라서 바닥에 주저앉은 유가연을 두고 주변을 둘러보는 군사였다.

주변 사람들의 표정이 심각하게 굳은 것을 보며 말했다.

"이런, 이런. 너무 겁먹지 마십시오. 겁을 주지 않으려고 이렇게 혼자 오지 않았습니까. 한 사람. 단 한 사람만 넘기면 여러분은 살 수 있습니다."

군사는 당연히 이들이 유가연을 넘길 것으로 생각했다.

보지 않았는가.

자신이 하라는 대로 하면 정말로 목숨을 살려 주는 것을.

그러나 군사의 말은 더는 지속하지 못했다.

거대한 기운이 군사를 옥죄어 왔다.

극한의 고통이 군사의 몸을 침범하고 있었다.

"크으으으으으윽! 이, 이게 무슨!"

군사가 고통스러워하며 간신히 주변을 두리번거렸다.

그때 군사의 눈에 들어온 이는 바로 천룡이었다.

천룡의 주변에는 아지랑이가 일렁이고 있었다.

천룡의 눈은 붉은색으로 변하고 있었다.

"지금…… 뭐라고…… 지껄였냐?"

명부의 왕이 말을 하면 저런 느낌일까?

엄청난 저음이 온몸의 뼈까지 찌릿하게 만들었다.

"아, 아버…… 크으윽!"

"크, 크윽! 주, 주군……."

무광과 수하들 역시 엄청난 기운에 더는 말을 못 하고 무

푸른구작
윤가장

릎을 꿇고 말았다.

당장이라도 세상을 멸할 것 같은 기운.

"안 돼요! 가가!"

세상을 멸할 것 같은 기운이 유가연의 외침에 순식간에 사라졌다.

그 순간 배 안을 꽉 채웠던 기운이 사라졌다.

군사는 조금 전에 있었던 일에 경악하며 뒤에 있는 자신의 부하들을 바라보았다.

그런데 뒤에선 아무 일도 없다는 듯이 멀뚱멀뚱 이곳을 바라보며 서 있는 것이었다.

"군사님! 멀미라도 하시는 겁니까? 안색이 안 좋으십니다. 하하하!"

"뭐라고 하셨길래, 그 사람들이 사색이 되어서 무릎까지 꿇는 겁니까? 하하하."

"적당히 하십시오. 적당히. 하하하."

'이 배 안에서 일어난 상황을 모른다고? 이렇게 엄청난 기운을 뿌렸는데? 그러고 보니⋯⋯.'

이 정도 기운이 뿌려졌다면 자신의 채주가 놀라서 달려왔어야 하는데 전혀 그런 움직임이 없었다.

'미, 미친! 여기에만 한정해서 그런 기운을 뿌렸다고! 그게 가능하다고? 저, 저런 괴물이!'

군사 자신도 무공에는 자신이 있었기에 지금 천룡이 한 행동이 얼마나 엄청난 것인지 너무도 잘 알았다.

군사는 무언가 일이 잘못되어 가는 것을 깨달았다.

혼자 이 배 안으로 들어온 것이 너무도 후회되었다.

이들을 자극하지 않기 위해 이리 넘어온 것인데.

'그냥…… 애들이나 보낼걸……. 미쳤다고 왜 혼자 여길 왔지?'

한편 천룡은 이해할 수 없는 표정으로 유가연에게 물었다.

"가, 가연아. 널 죽이겠다는데…… 그만……하라니?"

"제가 지금 죽은 것도 아니고, 저 사람이 절 죽이겠다고는 말 안 했잖아요. 따라오라고만 했지. 그리고 가가가 지켜 주실 거잖아요. 그러니 그만하세요."

이랬다.

자신이 사랑하는 유가연이라는 여자는 이런 여자였다.

굳었던 인상이 펴지면서 표정이 풀리기 시작한 천룡이었다.

그 모습에 속으로 안도의 한숨을 쉬는 유가연이었다.

'방금 엄청 위험했어. 운 가가 화내시니 엄청 무섭구나.'

유가연은 무공도 모르고, 방금 천룡이 뿌렸던 기운은 전혀 느끼지도 못했다.

유가연의 주변은 천룡이 이미 보호강기(保護剛氣)를 펼쳐 놓은 상태였기에 느끼지 못했다.

그걸 떠나서 천룡의 마음속 깊은 곳에서 울려오는 분노가 느껴졌었다.

세상을 모두 부숴 버릴 것 같은 차가운 분노.

그 순간 천룡이 무너질 것 같은 기분이 들었다.

유가연이 다급하게 뛰어나가 천룡을 만류한 이유도 그거 였다.

그 상황을 돌이켜보며 세상에서 천룡을 지켜 줄 사람은 자신뿐이라는 생각이 들었다.

주먹을 꽉 쥐며 다짐을 하는 그녀였다.

무광과 장천, 여월은 방금 천룡이 내뿜은 엄청난 살기에 오금을 지렸다.

특히나 장천과 여월의 놀라움은 극에 달했다.

'고금 제일인이시라더니…… 정말이구나! 삼황은…… 상대 도 안 되는구나…….'

'주군께서 이리도 분노하시다니……. 마치 천하를 파괴할 기운이었다.'

더는 천룡이 분노하게 둘 수 없었기에 무광이 군사에게 전 음으로 말했다.

-웃어.

-네?

-웃으라고. 저기 니들 동료들 향해서 말이야.

-그, 그게 무슨? 크으으으윽!

갑자기 몸 안으로 들어오는 무광의 내공에 군사는 정신이 아득해지는 경험을 했다.

　―자꾸 두 번 말하게 할래?

　―크으윽! 네, 네! 알겠습니다.

　―웃으면서 말해! 안에 들어가서 협상하고 오겠다고.

　―크으윽! 네, 네!

　그 옆에 있는 자 역시 상상을 초월하는 절대 고수였던 것이다.

　'미친! 여기 뭐야! 크으으윽! 아직도 속이 찌릿찌릿하네!'

　그리고 살기 위해서 환하게 웃으며 자신의 동료들을 향해 말했다.

　"하하하, 일이 잘 풀리는구나. 안에 들어가서 협상을 마무리하고 올 테니 편히 쉬고 있어라."

　"하하하, 알겠습니다! 역시 군사님이 나서시니 이렇게 간단하군요."

　"역시 혼자 간다고 한 것은 다 이유가 있었군요. 대단하십니다!"

　군사의 속마음도 모르고 다들 군사를 칭송하고 있었다.

　하지만 군사는 지금 이것이 최선이라는 것을 알았다.

　천룡만 해도 자신의 채주가 감당할 수 없는 고수였다.

　그런데 방금 자신에게 전음을 날린 사내 또한 채주가 감당할 수 없는 고수였다.

　자신의 채주를 능가하는 절대 고수 둘에게 덤비는 것처럼 세상 멍청한 일은 없었기에 군사는 어쩔 수 없이 따라 들어간 것이다.

방 안으로 들어오자 핼쑥한 모습으로 멍하니 자리에 앉아 있는 두 사람이 보였다.

그 둘에게 천룡이 다가가서 활인기를 넣어 주었다.

순식간에 안색이 회복되며 죽을 것 같은 숙취가 순식간에 사라졌다.

"가, 감사합니다! 그냥 저희가 내공으로 날려도 되는데……. 그런데 저놈은 뭡니까? 아까 바깥이 엄청 시끄러웠던 것 같은데."

"이놈은 수로채의 군사란다. 목적은 유 국주님을 해하러 온 거란다."

그 말에 둘의 표정이 급격하게 변하며 흉신악살(凶神惡薩) 같은 모습이 되었다.

"뒈지고 싶어서 환장했구나?"

"어찌 죽여 줄까? 응?"

그리고 군사에게 죽일 듯한 살기를 날리기 시작했다.

다시 온몸이 난자될 것 같은 고통이 느껴졌다.

여기 들어온 뒤로 만나는 사람마다 다 절대 고수였다.

울고 싶은 군사였다.

'여기는 뭐냐고! 아니, 무슨 나오는 인간마다 절대 고수야! 이런 곳을 공격하고 국주를 죽이라고? 이 개새끼들이! 여기

서 살아 나가면 그 새끼들 전부 죽인다!'

살아서 나간다면 이 일을 의뢰한 놈들을 반드시 잡아서 장강의 물고기 밥으로 만들어 주리라고 다짐을 했다.

"자, 자, 그만! 이제 이야기를 들어 봐야 하니 살기를 거둬라."

천룡의 말에 둘은 순식간에 살기를 거두고 얌전하게 자리에 앉았다.

그때 조방이 자신의 할 일을 다 하고 들어왔다.

장내가 정리되고 무광이 군사에게 물었다.

"누구냐? 우리 국주님 해하라고 한 자가."

무광의 물음이 끝나기도 전에 이 사실을 이제야 들은 조방이 화들짝 놀라며 분노했다.

"뭐, 뭐라고요! 주모님을 해하려 했다고 하셨습니까? 이 새끼가……!"

군사를 바라보며 분노를 토해 내는 조방이었다.

그리고 그런 그의 기분을 잘 알려 주는 화룡 역시 맹렬하게 타오르며 그 위엄을 뽐내고 있었다.

'……화, 화룡……. 저거 전설 아니었나? 이제 하다하다……. 화룡지체까지 나오냐? 화룡지체……. 네가 남의 밑에 있으면 안 되지…….'

전설의 화룡지체가 남의 밑에서 수하를 하고 있었다.

자신이 알기에 화룡지체는 언제나 강호를 지배한 것으로

알고 있는데, 잘못 알았나 보다.

심지어 보니 충성심이 극한에 달하다 못해, 광신(狂信)하고 있었다.

'진심으로…… 나가면 다 죽인다…….'

다시 한번 의뢰한 놈들을 생각하며 이를 가는 군사였다.

포박만 안 하고 고문만 안 당했을 뿐이지, 이미 심적으로는 세상에 존재하는 모든 고문을 당한 기분이었다.

"야, 야! 그만해! 한 번씩 그거 다했어. 어디서 제일 약한 놈이 분위기도 모르고 나서? 그리고 화룡 아무 때나 내보내지 마. 배 홀라당 탈 뻔했네. 강기로 재빨리 막았으니 망정이지."

"헉! 그, 그랬습니까? 죄, 죄송합니다! 저, 저도 모르게 그만……."

심지어 여기서 제일 약하단다.

천하의 화룡지체가 제일 약하고, 가장 밑바닥에 있는 곳에 자신이 있는 것이었다.

"자! 처음부터 다시. 누구냐? 우리 국주님 해하라고 한 놈이."

무광의 물음에 군사는 바로 답했다.

"네! 중원 표국 연합이라는 곳입니다!"

"중원 표국 연합?"

무광은 저게 무엇이냐는 표정으로 유가연을 바라봤다.

"어머! 가입하라고 첩지가 날아오긴 했는데, 저도 바빠서 알아보질 못해서…….”

유가연의 말에 무광이 군사를 다시 바라봤다.

“넵! 제가 잘 알고 있습니다!”

“설명해.”

“중원 표국 연합은 하남, 섬서, 호북에 적을 두고 있는 표국이 연합한 곳입니다! 중원의 중심에 있는 지역이라서 중원 표국 연합이라고 부릅니다!”

군사는 정말 자신이 아는 한도 내에서 모든 것을 세세하게 말했다.

살고자 하는 의지도 의지지만 자신을 이런 사지로 보낸 중원 표국 연합 놈들을 죽이고 자신도 죽어야 원이 없을 것 같았다.

“그래서 우리 죽이려고 이렇게 다 몰려온 거야?”

“그것도 있지만, 혹시 모를 상황에 대비하기 위해…….”

“무슨 대비?”

“배 안에 혹시 모를 은거기인이 타고 있을…… 상황에 대한 대비……. 그리고 혹시라도 빠져나갈 상황을 대비했습니다…….”

그 말에 무광은 헛웃음을 보였다.

“너 우리가 누군지 알아?”

무광의 말에 군사가 고개를 저었다.

알 턱이 있을 리가 있나.

오늘 처음 봤는데.

"그럼, 저기 쟤는 누군지 알아?"

무광이 가리킨 곳에 장천이 서 있었다.

역시 고개를 도리도리 저었다.

"이봐, 이봐. 아는 것도 없으면서 무슨……. 아까 그 배에
는 너희 채주 타고 있지? 기세가 투박하고 무식한 것이 딱 너
희 채주 기운인데?"

군사는 고개를 끄덕였다.

이 정도 고수들이라면 이미 눈치를 채고 있을 것이라 짐작
은 하고 있었다.

"그래! 저기 저 애가 너희 채주랑 같은 칠왕십제 중 하나인
명왕이다."

그 말에 군사는 기겁하며 장천을 쳐다봤다.

"며, 며, 며…… 명왕이라고요?"

명왕이라면 수법이 잔악하고, 일말의 자비가 없기로 유명
한 자가 아니던가.

정말로 저자가 명왕이라면 자신들에겐 이 배 안이 세상에
서 가장 위험한 장소였다.

그런데 아까 저자는 저기 앉아 있는 천룡에게 끊임없이 아
부를 떨지 않았던가.

거기에 이 젊은 놈들이 천하의 명왕에게 반말을 찍찍해 대
며 이놈 저놈 해 대고 있음에도 명왕은 거리낌 없이 그것을

받아들이고 있지 않은가?

'뭐, 뭐지? 사, 사실인가? 내가 무슨 환술 같은 것에 걸린 것은 아니겠지? 이걸 어찌 받아들여야?'

혼란에 혼란이 연속적으로 군사의 두뇌를 강타하고 있었다.

"너희 선에서 정리할래? 나는 가연이 데리고 좀 들어가 봐야겠다. 아직도 힘들어하는 것 같아서 말이지."

천룡이 안색이 별로 안 좋은 유가연을 조심히 부축해서 일으키며 말했다.

"가, 전 괜찮은데……."

"괜찮긴 뭐가? 들어가서 쉬자. 저놈들은 애들이 알아서 하게 두고……."

그리고 나가는 천룡과 유가연의 뒤를 제자들이 따라나섰다.

나가는 길에 무광이 장천에게 말했다.

"잘 들었지? 너희가 알아서 좀 처리해라. 그 정도는 할 수 있지?"

"네! 맡겨만 주십시오!"

"저희가 깔끔하게 정리하고 보고하겠습니다!"

장천과 여월이 큰 소리로 대답을 했다.

조방이 서둘러 천룡을 따라가려 움직이는데 무광이 그런 조방에게도 말했다.

"너도 같이해. 칠왕급이랑 싸우는 첫 실전 경험이니까. 아,

죽이진 마라. 적당히 힘 조절. 알았지?"

"네? 저도요?"

"그래. 밖에 우리 애들도 대기하고 있으니까 걔들한테도 적당히 하라고 하고. 그럼 수고!"

그렇게 말하고는 손을 흔들며 선실 안으로 들어가는 무광이었다.

그 모습을 쭉 지켜보던 군사는 지금 이게 무슨 상황인지 감이 오질 않았다.

그런 군사에게 장천이 자신의 기운을 개방하며 비릿하게 웃으며 말했다.

"크크크큭! 오래간만에 내 성격대로 팰 수 있겠네. 그동안 쌓인 게 좀 많아서 말이지."

옆에 있던 여월 역시 자신의 기운을 개방하면서 기지개를 켰다.

"끄으으윽! 간만이네? 이렇게 여러 사람을 상대하는 것은……."

조방만이 결연한 표정으로 자신의 창을 굳게 움켜쥐었다.

그런 조방에게 장천이 말했다.

"막내야! 긴장하지 마라! 아, 그리고 아까처럼 그 화룡 막 함부로 부르고 그러지 마. 우린 강기로 보호 못 해 주니까."

"네! 노, 노력해 보겠습니다."

그리고 군사를 보며 말했다.

"뭐 해? 일어나. 나가야지."

"네? 네? 왜, 왜요?"

"한바탕하러 온 거 아니야? 그럼 해야지."

"아, 아닌데요. 그냥 대화하러 온 건데요."

"에이! 거짓말하고 있네. 아까 막 위세 등등하게 막 다 죽일 기세로 건너오고 그러더구먼!"

"아닌데요, 정말로 대화하러 온 거 맞는데요……."

군사가 계속 발뺌을 하며 안 나가려고 하자 여월이 나섰다.

"아니라잖습니까. 형님도 참! 대화 좋지. 우리도 대화하러 가는 거야. 그러니까 일어나."

사방팔방에 투기를 뿌려 대면서 잘도 저런 소리를 하고 있었다.

누가 봐도 나가자마자 주먹질부터 할 기세였다.

"저, 저기 제가 가서 잘 말하면 안 될까요? 아까 나가신 분들이 저희 될 수 있음 죽이지 말라고……."

군사는 최선을 다해 피해를 줄이려고 노력을 했다.

"웅! 그러니까 대화하러 간다니까? 왜 말을 못 믿어?"

"뭐 대화하다 보면 피도 좀 흘리고, 사경도 좀 헤매고 하는 거지."

이미 눈에 광기(狂氣)가 어려 있는데 대화를 하러 간단다.

그리고 대화를 하면서 피를 흘리고 사경을 헤맨다니…….

세상천지에 그런 대화가 어디에 있단 말인가?

'미친놈들아! 그게 대화냐?'

대화의 신기원이었다.

한 명은 명왕, 한 명은 화룡지체였다.

나머지 한 명도 그에 못지않아 보였다.

"왜 얘를 자꾸 힐끔거리면서 봐? 얘도 뭔가 있을 것 같아서 그래? 알려 줄까?"

"네? 에이, 형님! 이름도 없는 절 말해 줘 봐야 저놈이 알기나 하겠습니까? 하하."

"뭐? 네가 이름이 왜 없어. 너 암혼살왕(暗魂殺王)이잖아. 모르는 사람이 어딨어."

"하하, 활동을 하도 안 해서 다들 잊었을 겁니다."

또 엄청난 이름이 나왔다.

"아닌데? 저놈 눈 찢어지려고 하는 거 보니 잘 알고 있네."

'아니! 미친! 그 이름은 또 거기서 왜 나와!'

암혼살왕(暗魂殺王).

칠왕십제 중에 자취를 감춘 신비의 인물.

그가 나선 살행은 단 한 번도 실패하지 않았다고 전해진다.

앞으로 또 얼마나 엄청난 이름이 나올지 감도 오지 않았다.

이제 정말로 다급해졌다.

칠왕십제 중에 두 명이 있고, 화룡지체가 있었다.

그리고 이들을 어찌어찌한다 해도 이들은 정말 상대도 안 되는 진짜 괴물들이 배 안에 남아 있었다.

그 괴물들뿐 아니라 그 괴물들도 힘을 못 쓰는 진짜 무신(武神)이 타고 있었다.

절대로 해서는 안 되는 싸움이었다.

군사는 최대한 머리를 굴렸다.

이 지옥 같은 상황에서 벗어나야 했다.

그때였다.

밖에서 엄청난 소리가 들렸다.

콰콰콰콰쾅-!

'뭐, 무슨 소리야! 서, 설마 미친놈의 채주 새끼가 공격을 한 건 아니겠지? 제발! 제발!'

속으로 간절히 빌며 다급하게 밖으로 나가는 군사였다.

장천과 여월, 조방도 군사의 뒤를 따라 나갔다.

밖에는 이미 한바탕 싸움이 벌어져 있었다.

차차차차창-!

여기저기서 무기가 부딪치는 소리가 들렸다.

그 모습에 군사는 주저앉아 버렸다.

'미, 미친! 이제 다 끝났구나……'

행여 이들과 관련된 무사들이 죽기라도 했다면, 돌아올 수 없는 강을 건너게 되는 것이었다.

그래도 방법을 찾아야 했기에 전투를 말리려 일어나려던 찰나 군사의 눈에 이상함이 보였다.

'뭐지? 우리 애들이…… 일방적으로 밀리고 있다고? 표사들한테?'

그랬다.

수적들이 천룡표국의 표사들에게 일방적으로 밀리고 있었다.

심지어 표사들의 표정에는 즐거움이 가득했다.

그리고 군사의 귀에 그들의 대화가 들어왔다.

"낄낄낄! 이놈들 제법 하잖아? 간만에 손맛이 있네!"

"크크크! 그러게 말입니다! 반항하는 것도 제법이고요."

"그래도 죽이진 마라!"

"네! 그 정도야 식은 죽 먹기죠!"

그들의 대화에 군사는 얼이 빠졌다.

'뭐, 뭐야. 저 여유로운 모습들은…… 그리고 저 강함은…… 소문이 사실이었나?'

그리고 아까 큰 소리가 났던 곳을 바라보니 자신의 채주를 상대로 수십 명이 달려들고 있었다.

"크아아아악! 이 건방진 놈들이!"

자신의 채주가 그들을 상대로 힘겹게 싸움을 이어 가고 있었다.

그 모습에 입이 벌어졌다.

'왕의 칭호를 단 자를 상대할 정도라고? 표사가? 아니……
왜?'

"뭐야, 우리까지 안 나서도 되겠는데?"

"그러게 말입니다. 간만에 몸 좀 풀어 보려 했더니……. 저
기 채주라는 놈도 애들한테 밀리고 있네요."

그리고 군사를 향해 불만을 내비쳤다.

"야! 훈련 안 시켰냐? 왜 이리 약해! 기대 잔뜩 했는데!"

억울해 죽을 판이었다.

호랑이는 사냥할 때 그것이 토끼라도 최선을 다한다 해서
자신도 모든 병력을 끌고 나왔다.

심지어 혹시 모를 상황에 대비하기 위해 채주까지 데리고
나왔는데, 그 결과가 지금 이것이었다.

"수라이혼부(修羅離魂斧)!"

쿠콰콰콰콰쾅―!

패천부왕의 무공이 배를 작살을 내고 있었다.

'미친놈아! 제발 그만해!'

속으로 피눈물을 흘리는 군사였다.

"오오오! 역시 두목이라 그런가? 패기가 남다르네!"

"그러게 말입니다! 이것이 진짜 전투죠! 하하하하!"

천하의 칠왕십제를 웃으며 상대하고 있는 일개 표사들이
었다.

수백이 넘는 수적들이 단 수십에 불과한 표사들에게 일방

적으로 전멸 당했다.

사방 천지에 고통에 몸부림치는 수로채의 수적들만 보이었다.

한편, 구석에서 이 모습을 보고 있는 이가 또 있었다.

바로 만보상회 사람들이었다.

"마, 맙소사! 내, 내가 지금 보는 것이 정녕 현실이란 말이냐?"

"그, 그런 거 같습니다! 제 눈에도 똑같은 풍경이 펼쳐지고 있는 게 맞는다면 말이죠!"

"표, 표사들이 하나같이 전부 초고수들이다! 이, 이게 가능한 일이란 말이냐? 세상에!"

"은인뿐 아니라 그 표국 사람들 대부분이 엄청난 고수들이었습니다!"

"대, 대단하다! 저들과 무슨 일이 있어도 같이 가야겠다."

"네?"

"지금 생각해 보니 우리에게 귀인이 꼭 사람일 거라 생각을 한 것이 큰 패착이었던 것 같다. 우리는 저 표국을 은인으로 여기고 가야 한다!"

"네! 맞습니다!"

그러면서 불끈 주먹을 쥐며 전투를 지켜보았다.

제四장

한편 수적들을 모두 정리한 표사들까지 가세하자 채주는 죽을 맛이었다.

요리조리 피해 다니는 것은 물론이요, 자신의 공격에 서로 연계하며 시기적절하게 대응까지 하고 있었다.

시간이 지날수록 그 연계가 점점 더 정교해지기까지 하고 있었다.

'헉헉! 미, 미친! 이게 그냥 표국의 표사들이라고? 헉헉! 이걸 믿으라고?'

어느덧 내공이 거의 바닥을 보이기 시작한 채주였다.

그는 자신의 명성을 믿고 무공 수련을 게을리했다.

그 결과가 지금 이렇게 나타나고 있었다.

퍼어억-!

"크어어억!"

표사 중에 한 명의 공격이 제대로 들어갔다.

쿠당탕탕-!

볼품없이 바닥을 뒹구는 채주였다.

그의 애병인 도끼는 저 멀리 구석으로 날아갔고, 입가에 피를 흘리며 비틀거리고 있는 채주였다.

마지막 일격을 휘두르기 위해 접근하는 표사들 사이로 누군가가 다급하게 뛰어들었다.

"그, 그만하십시오! 저희가 졌습니다! 항복! 항복합니다! 부디, 부디! 그만해 주십시오!"

군사였다.

그는 모든 힘을 다해 이곳을 향해 뛰어와서 지금 이렇게 표사들 앞에 무릎을 꿇고 애원하고 있는 것이었다.

그 모습이 어찌나 절절한지, 표사들이 자신들도 모르게 검을 거두었다.

"그래. 그만들 해라. 죽이지 말라 하셨지 않느냐?"

장천이 말을 하니 그제야 검을 착검하고 뒤로 물러서는 표사들이었다.

군사는 재빠르게 자신의 채주의 상태를 확인했다.

'이런 온몸의 기혈이 들끓고 있다! 위, 위험하다!'

그런 군사의 마음을 아는지 장천이 등에 손을 대고 말했다.

"걱정하지 마라. 내가 봐줄 테니. 너는 너희 부하들이나 추스르거라."

그러고는 자신의 내공을 이용해 채주의 뒤틀린 기혈을 바로 잡아 주기 시작했다.

"커허허헉!"

새까만 피를 한 움큼 뿜어내고 나서야 거친 숨이 가라앉으며 안정을 찾아가는 채주였다.

그러고는 정신을 잃었다.

"기력이 다해 정신을 잃은 것 같군. 그래도 몸에는 별문제가 없으니 걱정 안 해도 될 것 같다. 다만 몇 달 정도는 요양해야 할 것이야."

장천의 말에 군사는 읍을 하며 감사 인사를 올렸다.

"가, 감사합니다! 저희는 해를 끼치러 온 이들인데……. 이런 은혜를 베풀어 주시다니……."

"되었다. 우리 장주님이 너희를 살린 것이니 감사 인사를 올리려면 나중에 그분께 직접 올리거라."

그렇게 말을 하고 등을 돌려 천룡이 있는 배로 향하는 장천과 일행이었다.

'저런 괴물들이 수하 노릇이나 하고 있는데…… 내가 뭐라고…….'

군사의 마음속에선 엄청난 심경의 변화가 일어나고 있었

다.

한때는 장강을 중심으로 세상을 개편하려는 마음도 가지고 있었다.

오늘 이 일도 그것을 실행하기 위한 준비 과정 중의 하나였다.

어느 정도 자신도 있었다.

채주의 무력과 자신의 두뇌라면 천하 사세에서 천하 오세는 될 수 있다는 자신감.

하지만 오늘 일을 겪은 뒤로 모든 것이 허무하다고 생각했다.

세상에는 정말 말도 못 하는 괴물들이 판을 치고 있었고, 정작 그 괴물들은 조용히 세상을 살아가고 있었다.

저런 괴물들도 조용히 세상을 살아가는데 자신이 뭐라고 세상을 지배하려 했단 말인가.

'인생사 새옹지마(塞翁之馬)라더니…… 내가 딱 그 짝이군.'

그러고는 장내를 정리하기 위해 부지런히 몸을 움직였다.

어느덧 해가 산을 넘어가고 어둠이 밀려왔다.

선상에는 여기저기 등불이 밝혀지며 어두운 강물을 비추고 있었다.

"네?"

저녁까지 장내 정리를 모두 마치고 협상을 하기 위해 자리를 한 군사는 천룡의 말에 되물었다.

"그냥 가라고! 뭘 자꾸 물어?"

"저, 정말 그냥 갑니까?"

"그럼? 몇 놈 목이라도 내놓으라고 할 줄 알았어?"

"그, 그건……."

"뭐, 뭐야? 왜 말을 더듬어. 진짜야? 이거 완전 나쁜 놈이네! 우리를 살인마로 생각했다는 거네."

천룡이 화들짝 놀라는 척하면서 군사에게 뭐라고 하자, 그 옆에 있던 무광, 천명, 태성이 눈을 부릅뜨며 무언의 경고를 보냈다.

그 표정이 일렁이는 촛불에 비치자, 불가에 나오는 사대천왕(四大天王)을 보는 듯한 착각을 일으켰다.

그 모습을 보고 등에 식은땀을 잔뜩 흘린 군사는 고개를 조아리며 말했다.

"아, 아닙니다! 다, 단지 보, 보상을 어찌해야 하는지 해서……."

"보상? 무슨 보상?"

"그 치료비도 그렇고…… 수리비도……."

군사의 말에 천룡이 장천을 보며 물었다.

"우리 애 중에 다친 애들이 있어?"

그 말에 장천이 우렁차게 답했다.

"없습니다!"

다시 군사를 바라보며 말했다.

"없다는데? 그리고 이 배는 우리 것도 아니고……. 그냥 가라. 정 맘에 걸리면 우리 애들 땀 흘렸으니까 고기나 먹게 은자나 몇 푼 주고 가든지."

그 말에 군사는 지금 이게 정상적인 반응이 맞는가 하는 혼란함이 밀려왔다.

지금까지 수많은 협상을 진행했지만, 이렇게 당황스러운 협상은 처음이었다.

상대방이 아무것도 바라지 않았다.

그것은 정말로 처음 겪는 일이었다.

군사가 이렇게 협상에 열을 올리는 이유는 바로 이들과 척을 지지 않기 위함이다.

조금이라도 이들이 가지고 있는 악감정을 지워야 했기에 이렇게 매달리는 것이었다.

그러나 상대방이 아무것도 바라지 않으니 난감할 뿐이었다.

"아! 바라는 거. 생각났다!"

순간 군사는 한 줄기 광명이 비추는 것 같은 착각이 들었다.

그토록 원하는 단어가 나온 것이었다.

"무, 무엇입니까? 말씀만 하십시오!"

"이 배!"

"네?"

"이 배 몰 수 있는 사람은 두고 가. 너희들 때문에 선원들 다 나가서 지금 꼼짝도 못 하고 있잖아."

너무 큰 기대를 했나 보다.

살다 살다 제발 큰 요구를 해 달라고 빌어 보긴 또 처음이었다.

"아…… 네……. 알겠습니다……."

천룡은 정말로 귀찮다는 듯이 손을 휘휘 저었다.

"그럼 가 봐. 애들 고기 사 먹게 은자 좀 주고……."

"정말로 갑니까?"

"하아…… 아니, 도대체 원하는 게 뭐야? 응? 그걸 말해 봐!"

도리어 역으로 상대방이 조건을 요구하고 있었다.

군사는 솔직하게 말하기로 했다.

"이대로 그냥 가면 저희가 행한 일들로 인해 운가장과 천룡표국에 악감정이 그대로 남을 것이 걱정돼서 이럽니다."

"그게 걱정이 되면 처음부터 이런 짓을 벌이지 말았어야지!"

"죄, 죄송합니다……."

군사가 계속해서 머리를 조아리고 있었다.

"쯧! 그럼 천룡표국이 장강을 이용해서 표행을 갈 때마다 너희가 잘 좀 해 줘. 그거면 돼. 그 뭐냐 경호도 좀 해 주고."

"그건 당연하신 말씀입니다! 천룡표국이 장강에 오는 순간 특급으로 모시겠습니다!"

"그래. 그거면 돼. 악감정도 없고……. 솔직히 아까 우리 가연이 해하려 했다는 소리에 다 죽일까도 잠깐 고민했는 데……. 참길 잘했네."

천룡이 마지막에 한 말에 군사는 온몸에 소름이 돋았다.

자신들이 정말로 지옥에 발을 담갔다가 빠져나왔다는 사실이 생생하게 다가왔다.

"네! 네! 명심 또 명심하겠습니다!"

그렇게 협상이 마무리되어 갈 무렵, 사람들이 있는 방문을 누군가 벌컥 열고 들어왔다.

"인정할 수 없다! 너희들이 정녕 사내대장부라면 일대일로 붙어 보자! 비겁하게 떼거리로 덤비지 말고!"

군사는 문을 열고 들어온 채주를 보고는 머리를 감싸 쥐었다.

간신히 협상을 잘 마무리했는데, 들어와서는 사태를 다시 악화시키고 있었다.

"저건 또 뭐냐?"

천룡의 물음에 장천이 재빨리 대답했다.

"네! 장강수로채주인 패천부왕이라는 자입니다!"

"떼거리로 공격했어?"

"애들 실력으론 일대일이 안 돼서……."

"장천이가 데려가서 잘 달래 주고, 군사는 이만 일어나지?"

천룡의 말에 군사가 머리를 쥐어뜯다가 깜짝 놀라 되물었다.

"정말 일어납니까?"

"이씨! 진짜 아까부터 자꾸 왜 그러는 건데? 엉? 그냥 좀 가라고!"

'아니…… 뭐 이런……. 하아……. 팔 한쪽 내줄 각오로 왔는데……. 허무하면 사치겠지?'

"네에……."

무언가 시무룩한 표정으로 방을 빠져나가는 군사였다.

그리고 그 뒤로 입이 막힌 채 장천에게 끌려 나가는 채주의 모습이 보였다.

그들이 전부 사라지는 걸 본 천룡이 고개를 흔들며 물었다.

"강호라는 게 이렇게 어딜 갈 때마다 일이 벌어지냐?"

"아니요! 절대 안 그래요! 이상하게 아버지만 움직이면 이런 일들이 일어나네요?"

"그러게 말입니다. 경험하지 못한 강호 일을 한 번에 경험해 보라는 하늘의 계시일까요?"

"에이, 천명 사형! 그건 너무 나갔습니다!"

"됐다! 어차피 이제 해도 졌고, 이제 좀 쉬러 가자. 온종일 신경을 썼더니 머리가 아프다."

"네!"

천룡이 나가고 그 뒤를 강아지처럼 졸졸 따라나서는 제자들과 수하들이었다.

어디선가 들려오는 비명을 들으며 말이다.

한적해진 운가장 정문 앞으로 한 무리의 무인들이 살기등 등한 모습으로 걸어가고 있었다.

그 모습에 정문을 지키고 있던 위사들이 재빨리 경계의 자세를 취하며 소리를 쳤다.

"어디서 오신 분들이오? 운가장을 방문하시는 분들이라면 오늘은 시간이 늦어 더는 손님을 맞이하지 않으니, 내일 다시 찾아오시길 바라오!"

위사의 말에 선두에 있던 붉은색 무복을 입은 자가 비릿한 미소를 지으며 말했다.

"방문? 아! 방문 맞지. 그런데 어쩌나? 내일까지 기다리기 힘들 것 같은데?"

그러면서 대놓고 살기를 뿜어내고 있었다.

그것을 본 위사 중의 한 명이 재빨리 안으로 들어갔다.

그 모습을 본 붉은 무복의 남자는 팔짱을 끼고 말했다.

"가서 전하라고 해. 준비할 시간은 줘야지."

그 말에 위사가 물었다.

"무, 무슨 준비 말이오?"

"크크크크크, 다 죽을 준비지 뭐야?"

"뭐, 뭐요? 그게 무슨 소리요! 우리는 그 누구와도 척을 진 적이 없는데!"

"하하하하하! 이런이런 크게 잘못 알고 있구나? 감히 우리 당가의 보물을 훔치고도 이렇게 당당하게 잘못이 없다고 말하다니?"

"다, 당가? 보물?"

당가라는 말에 위사들이 동요를 했다.

"다, 당가의 물건이라니! 우리 장주님은 절대 그럴 분이 아니시다!"

"그건 너희 장주라는 놈 사지를 잘라 놓고 얘기할 사항이고, 일단 가볍게 너희들로 오늘 일의 시작을 알려 볼까 한다."

장주의 사지를 자른다는 말에 위사는 분노한 목소리로 검을 뽑았다.

"닥쳐라! 감히 장주님을 함부로 말하다니! 진정 혼이 나 봐야 할 무리구나!"

그 모습에 붉은 무복의 남자는 손뼉을 치며 감탄했다.

"호오! 이것 봐라? 하하하! 별 볼 일 없는 장원이 아니었구나?"

그리고 위사들을 향해 무언가를 날렸다.

당연히 그 한 수로 위사들은 처리될 것으로 생각하고, 정문을 바라보고 있었는데 기대와 다른 소리가 들려왔다.

채채채챙—!

"흥! 이딴 암기로 우리를 어찌할 수 있다 생각한 것이냐?"

그 모습에 놀란 눈을 뜨며 위사들을 바라보았다.

"우와! 그걸 막네? 평범한 위사들이 아니구나?"

그 말과 함께 붉은 무복 뒤에 서 있던 수백의 무인들이 일제히 자세를 잡으며 본격적으로 공격을 할 준비를 했다.

그들의 무복에는 당(唐)이라는 글자가 금실로 새겨져 있었다.

"다 쓸어 버려! 장주라는 놈과 조방은 산 채로 잡아오고!"

"충!"

일제히 정문을 향해 돌진하는 그들이었다.

"최선을 다해 막아라! 절대 통과시키지 마라!"

정문을 지키고 있던 위사들이 각오를 다지고 달려오는 당가 무인들과 맞섰다.

차차차차차차차창—!

차차차창—!

"뭐, 뭐야? 평범한 위사들이라매?"

붉은 무복의 남자가 놀란 이유는 바로 정문 위사들의 무공이었다.

좁은 문 앞에 서서 몰려오는 당가 무사들을 상대로 훌륭하게 방어를 하고 있었기 때문이었다.

하지만 그것도 오래가지 못할 것 같았다.

조금씩 밀리고 있었다.

"휘유, 역시 가르쳐 놓은 보람이 있네? 잘 막고 있구먼?"

"그러게 말입니다! 보람차네요!"

당가 사람들은 갑작스럽게 들려오는 소리에 그 방향으로 고개를 돌렸다.

살짝 내공을 실어서 말을 했기에 이런 반응이 온 것이다.

"나 이렇게 관심이 집중되는 거 별로 안 좋아하는데……."

"형님은 평생을 음지에서 조용히 사셔서 그렇죠. 전 좋아합니다! 이런 거!"

정문 위 지붕에서 도란도란 대화를 나누는 두 사람이었다.

"여기는 처음부터 맘에 안 드는 곳이군! 뭐들 하냐! 다 죽여!"

붉은 남자의 명에 당가 무사들이 일제히 검은 공 모양의 물체를 던졌다.

퍼퍼퍼퍼퍼펑-!

공중에서 폭죽 터지듯이 터진 검은 물체에서 수천 개의 비침(匕針)이 비처럼 내리기 시작했다.

그걸 본 지붕 위 남자가 자신이 쓰고 있던 삿갓을 던졌다.

삿갓은 비침이 쏟아지는 곳을 향해 날아갔고, 우산처럼 비침을 사방으로 튕겨 내었다.

그리고 그 옆에 있는 남자는 아래로 내려와 양들 속에 뛰어 들어간 늑대 한 마리처럼 당가 무사들을 쓸어 버리고 있었다.

당가 무사들은 아무런 저항도 하지 못한 채 속수무책으로 쓰러져 갔다.

너무도 순식간에 벌어진 일이었기에 이들을 데리고 온 붉은 무복의 남자는 아무 말도 못 한 채 경악하고 있었다.

"가, 감사합니다! 감찬 님! 갈파랑 님!"

이들은 바로 무극수호대(無極守護隊) 대주(隊主) 감찬과, 흑룡대(黑龍隊) 대주(隊主) 갈파랑이었다.

운가장을 지키는 임무를 맡은 것이다.

그들의 인사에 대충 손 인사로 받아 주고는 혼자 남아 있는 붉은 무복을 향해 걸어가며 말했다.

"아까 뭐라고 했지? 누구 사지를 찢어? 너 그거 엄청나게 위험한 말이다."

"맞아! 우리가 들어서 이 정도지……. 어휴, 그분들이 들었으면…… 야, 너희 당가는 먼지도 안 남았어."

붉은 무복의 남자는 인정을 할 수 없었다.

이곳에 오기 전까지 받은 정보로는 별 볼 일 없는 장원이라고 했다.

'별 볼 일이 없다고? 이게? 이게 별 볼 일 없는 장원이라고?'

"너, 너희들은 누구냐! 누구길래 이런 장원으로 위장하여 숨어 있는 것이냐!"

그는 운가장이 무언가를 꾸미고 있는 숨은 세력이라 생각했다.

"하! 적반하장도 유분수지. 야, 그거 우리가 할 말이야!"

"형님, 뭘 말을 그렇게 섞고 있습니까? 일단 잡고 보죠. 나머지는 나중에 장주님이 알아서 잘 처리하실 텐데요."

"쩝, 미안하다. 그냥 죽는 게 편할 수도 있을 텐데……. 일단 좀 자라."

"무, 무스……."

순식간에 점혈 하고 쓰러뜨린 감찬이었다.

그리고 불쌍한 눈으로 쓰러진 이들을 바라보았다.

"이그, 건드릴 게 없어서 여길 건드리냐……. 당가도 조만간 아작 나겠네."

"그러게 말입니다. 형님, 힘도 썼으니 한잔하러 가시죠? 제가 쏘겠습니다!"

"이런 놈들이 또 오면 어쩌고?"

"이런 놈들은 우리까지 올 필요도 없어요. 저기 안에 있는 우리 애들만 해도 충분해요."

"하긴…… 좋아! 아우가 산다니 오늘은 연화각의 백화주다!"

"에엣! 형님! 그, 그건!"

"하하하! 어서 가자! 백화주 먹으러!"

"자, 잠시만요! 형님!"

장강에서 내리고 난 뒤 항주를 향해 열심히 이동하고 있는 천룡 일행이었다.

"가가! 항주에는 서호(西湖)라고 엄청 아름다운 호수가 있대요! 거기 꼭 가 봐요!"

"그래! 꼭 가자!"

다시 활기차진 유가연을 보며 행복한 미소를 보이는 천룡이었다.

그리고 자신의 제자들에게 전음을 보냈다.

─항주까지는 별일 없겠지?

천룡의 전음에 다들 장담을 하지 못하고 있었다.

─사부, 저 이런 말 드리기 뭐하지만…… 국주님 운수가 좀 사나우신 것 같아요.

태성의 전음에 다들 크게 공감했다.

지금까지 일어난 대부분 사건들이 유가연과 연관이 되어

있었다.

이 정도면 사고를 몰고 다니는 사람이라고 봐도 무방했다.

-그게 무슨 소리야!

-그렇잖아요! 지금까지 있었던 사건들 대부분이 국주님과 연관되어 있는 경우가 많았잖아요.

-맞습니다. 그래서 저희도 앞으로 별일 없을 거라고 장담을 못 하겠네요.

-하아, 천명이 너까지?

-아버지, 쟤들 말도 일리가 있지요.

-됐다, 인마!

제자들이 자꾸 유가연에 대해 안 좋은 말을 하니 살짝 심통이 난 천룡이었다.

그러나 왠지 틀린 말도 아닌 것 같았다.

'하아…… 그나마 나랑 만났기에 망정이지……. 아니었으면 벌써 이 세상을 떠났겠구나.'

생각만 해도 아찔했다.

조금만 늦게 만났다면, 조금만 더 늦게 자리를 잡았다면…….

아마 유가연을 다시 못 봤을 확률이 매우 높았다.

'부디 별일이 안 생겨야 할 텐데…….'

그러한 천룡의 바람은 오래가지 않아 산산조각이 나 버리고 말았다.

절강성의 성문에서 일이 터진 것이다.

"멈춰라!"

수백의 관군이 가는 길을 막고 있었다.

갑작스러운 관군의 등장에 다들 어안이 벙벙한 상태로 멈췄다.

그중에 금갑을 입은 장수가 말을 타고 천룡 일행이 있는 곳으로 다가왔다.

"무, 무슨 일이십니까?"

"신고가 들어왔다! 금지된 품목을 가지고 이동하는 무리가 있다는 신고 말이다! 그러니 순순히 따르도록!"

관은 여기 있는 사람 누구도 손을 댈 수 없었다.

관과 무림은 서로 관여하지 않는 불문율이 있었기 때문이었다.

관도 무림을, 무림도 관을 건드리지 않는 것이 서로에게 이로웠기 때문에 이것은 깨지지 않은 절대 법칙이 되어 있었다.

그랬기에 더욱 난감했다.

솔직히 무력으로 하면 여기 있는 자들은 상대가 되지 않았다.

하지만 이들을 건드리는 순간, 관과 무림의 불문율이 깨지는 것이다.

그것이 깨지는 순간, 수백만에 달하는 황군이 무림을 짓밟을 것이다.

거기에 이들에게 자신들의 별호와 명성은 통하지 않았다.

그저 별일이 없기를 바라며 저들의 요구에 응해 주는 수밖에 없었다.

"우리는 그런 짓을 하지 않습니다. 자! 마음껏 보시오!"

"흥! 그것은 우리가 판단할 일이다! 빠짐없이 몽땅 뒤져라!"

장수의 말에 관군들이 일제히 표국의 물건들을 파헤치기 시작했다.

유가연은 그저 불안한 눈빛으로 그것을 지켜만 볼 뿐이었다.

아무리 뒤져도 물건이 나오질 않자 이번에는 장수가 억지를 부렸다.

"좀 더 명확한 조사를 위해 관까지 같이 가 줘야겠다!"

"아니, 그게 무슨 억지시오! 협조도 다 했고, 그대들이 찾는 물건도 나오지 않았는데, 우리가 왜 거기에 가야 한단 말이오!"

"흥! 무언가 찔리는 것이 있는 모양이구나? 이곳의 책임자가 누구냐!"

장수의 말에 유가연이 손을 번쩍 들어 올리며 말했다.

"저예요!"

미처 말리기도 전에 손을 올렸기에 이러지도 저러지도 못

하는 천룡이었다.

"좋다! 우리도 심하게 할 생각은 없다. 짐들을 상세하게 살펴볼 동안만 관에 잠시 머물러라. 우리가 베풀 수 있는 최대한이다."

더 이상의 싸움은 무의미했기에 유가연은 대답을 했다.

"알겠어요! 이들까지 갈 필요 없으니 저만 가도록 하겠어요!"

"그건 마음대로 해라!"

그 모습에 천룡이 다급하게 유가연의 손을 잡았다.

그런 천룡의 볼을 쓰다듬으며 유가연이 환하게 웃으며 말했다.

"가가, 걱정하지 마세요! 잠시 다녀올게요."

"가, 가연아……."

그러고는 관군을 따라 관으로 향했다.

그러한 모습을 바라보는 천룡의 눈에는 분노가 일어나고 있었다.

심상치 않은 천룡의 기운을 느낀 무광과 제자들이 그를 다급하게 달래기 시작했다.

"아, 아버지 진정하세요…… 별일 없을 겁니다!"

"맞습니다! 제가 아는 지인들 총동원해서 별 탈 없이 나올 수 있도록 하겠습니다!"

"사, 사부, 부디 진정하세요! 저들이 국주님을 어찌한다고 하면 제가 직접 몰살시켜서라도 데려오겠습니다!"

그런 분위기를 아는지 모르는지 관군들은 재촉했다.

"뭣들 하시오! 빨리빨리 이동하시오!"

뿌드득-!

다들 입에서 이가 갈리는 소리가 들렸다.

"가시죠. 일단 국주님이 관으로 가셨으니 저희도 따라가야
죠."

그 말에 천룡이 분노를 가라앉히고 조용히 따라나섰다.

그리고 곰곰이 생각해 봤다.

아무리 생각해도 이상했다.

"이상해. 아무래도 장강에서 있었던 일에 연장선인 것 같
은 기분이야."

천룡이 무언가 계속 찜찜해하자 장천이 나섰다.

"제가 한번 알아보겠습니다."

그 말에 천룡은 고개를 끄덕였다.

장천이 정보를 알아보러 간 사이, 천룡 일행은 관이 아닌
허름한 객잔으로 안내가 되었다.

"아니, 이게 무엇이오? 우리도 같이 관으로 가는 것이 아
니었소?"

"당신들은 이곳에서 하룻밤 머물렀다가 내일 오는 관원들
에게 검사를 받으면 되오. 그때까진 이곳을 벗어날 수 없소!"

"그럼 우리 국주님은?"

"그분은 걱정하지 마시오! 무사히 검사가 끝나면 이곳으로 모시고 올 것이오. 혹시라도 그대들이 도망을 칠 수도 있으니 관청으로 모셔 둔 것뿐이오."

"우리는 도망가지 않소!"

"흥! 그건 모르는 일 아니오? 세상천지 어느 누가 내가 범인이오 하고 다닌단 말이오? 잔소리 말고 오래 걸리지 않으니 하루 쉬었다 간다 생각하고 있으시오. 우리도 나름 배려를 해 주는 거요."

그렇게 말을 하고는 자리를 떠나는 관군이었다.

물론 그들이 머문 곳 사방에 경비를 서는 관군은 따로 있었다.

"이따가 어두워지면 가연이한테 가 봐야겠다."

"네. 그러시지요. 그래도 저들이 국주님을 막 대하거나 그러진 않는 것 같아 다행입니다."

그 말에 고개를 끄덕이는 천룡이었다.

저들이 유가연을 막대했다면 천룡이 이리 얌전히 있지 않았을 것이다.

조용히 방 안으로 들어가 가부좌를 틀고 눈을 감아 복잡한 내면을 다스리는 천룡이었다.

한편 관청으로 간 유가연은 온기 하나 없는 객실에 방치되어 있었다.

그 누구 하나 돌봐 주는 이 없이 홀로 큰 방 안에 앉아 있었다.

다행인 점은 그래도 범죄자 취급이 아니었다는 것이다.

나름 정갈하고 넓은 객실로 안내를 한 점과 이곳에 온 후로 딱히 신경을 쓰지 않고 내버려 둔 것을 보면 말이다.

"그래, 휴우. 옥에 안 갇힌 게 어디야."

긍정적으로 생각하기로 마음을 먹은 유가연이었다.

그때 문이 열리며 귀여운 여자아이가 고개를 빼꼼 내밀었다.

"안녕하세요?"

문을 연 여자아이가 유가연에게 인사를 건넸다.

"아, 네? 아, 안녕……하세요?"

갑작스러운 등장에 유가연이 당황하며 대답을 하자 문을 연 여자아이가 환하게 웃으며 안으로 들어왔다.

"죄송해요! 놀라셨죠? 아까 보니까 이쪽으로 들어가시는 것 같아서……. 저도 여기에서 머물고 있는데 혼자 있다 보니 적적하던 차에 들어오시는 거 보고 말동무나 할까 하고 찾아왔어요. 저 혹시…… 괜찮으시죠?"

여자아이의 말에 유가연은 그제야 목적을 알고 환하게 웃었다.

"아! 네! 저도 마침 혼자라 외로웠었는데 감사해요!"

"꺄아! 저야말로 감사해요!"

그러면서 손안에 들려 있는 것들을 주섬주섬 내려놓았다.

"대화하면서 먹으려고 좀 챙겨 왔어요. 드세요. 여기 과자 맛있더라고요."

"네! 고마워요! 전 유가연이라고 해요."

"어머, 죄송해요! 제가 먼저 소개를 해야 했는데! 전 조소향이라고 해요. 반가워요."

"조 소저였군요! 여긴 어쩐 일로 오신 거예요?"

"아이, 언니도 참. 소저는 무슨. 그냥 편하게 말 놓으세요."

"그, 그래도…… 알았어."

유가연이 편하게 말을 하자 조소향이 환하게 웃으며 말했다.

"아! 저는 아버지 따라서 왔어요. 아버지가 관리셔서 이곳에 잠시 신세를 지는 중이랍니다."

"아, 그렇구나! 여기 관청의 지현 따님이 아니었어?"

"네! 저희 아버님은 정이품 이부상서이세요."

"와! 정말 대단하신 분이시네! 그렇게 높은 신분의 따님은 처음 만나 봐!"

"에이! 아버지가 높으신 거지 제가 높은 게 아니잖아요? 언니는 무슨 일로 여기에 오신 건가요?"

소향의 말에 유가연의 안색이 굳어지며 한숨을 쉬었다.

"나도 잘 모르겠어. 나는 표국을 운영하는데 표행을 나왔다가 영문도 모르고 지금 이렇게 관청에 잡혀 온 거야."

"정말요? 아니, 죄도 없는 사람을 왜요? 이 사람들 안 되겠네?"

한창 방 안에서 두 여인의 대화로 시끄러워지자, 관군이 다가와 문을 벌컥 열고 소리쳤다.

"조용히 못 해! 여기가 객잔인 줄 알아?"

그 소리에 유가연은 화들짝 놀랐고, 소향은 벌떡 일어나 그 관군을 향해 성큼성큼 걸어갔다.

그리고 화가 난 목소리로 말했다.

"뭐라고요? 지금 뭐라고 했어요? 저 여기 손님으로 온 거거든요? 여기 지현(知縣)님 모셔 올까요? 네? 나를 죄인 취급한 관인이 있다고?"

어린아이가 너무도 당당하게 말을 해 오자 관군이 당황하며 뒷걸음질을 쳤다.

그때 소향의 시비가 달려오며 외쳤다.

"아가씨! 아가씨! 괜찮으세요?"

다급하게 달려와서 소향의 이곳저곳을 살펴보고는 관군을 향해 소리쳤다.

"이분이 누구신지 알아요? 이부상서 어르신의 따님이시란 말이에요!"

"헉! 저, 정말입니까? 죄, 죄송합니다! 주, 죽을죄를 지었습니다!"

"당장 가서 지현 오라고 해요! 여기 도착할 때까지만 해도 간, 쓸개를 다 내줄 듯이 행동하더니! 어디 감히 우리 아가씨를 이따위로 대해요!"

소향은 엄청나게 흥분해서 씩씩대는 시비를 달래며, 관군에게도 말했다.

"그만해라. 이분도 알고 그러셨겠니? 죄송해요. 얘가 좀 다혈질이라. 저의 신분이 확인되었으니 이제 좀 떠들어도 될까요?"

"네? 네! 무, 물론입니다! 고성방가 하셔도 됩니다!"

"그 정도까진 안 해요. 그럼 허락한 것으로 알고 들어가 볼게요."

"네, 아가씨! 이쪽으로 누구도 얼씬 못 하게 하겠습니다! 편히 대화 나누십시오!"

어찌나 군기가 바짝 들었는지 꼿꼿하게 몸을 세우며 대답하는 관군이었다.

그런 관군을 갈구는 듯, 달래는 듯이 다루는 소향이었다.

그리고 다시 들어와 앉으며 환하게 웃는 소향이었다.

"헤헤. 이제 마음껏 대화해도 된대요."

"으응⋯⋯."

그 모습에 권력의 달콤함을 살짝 맛본 유가연이었다.

그리고 이어서 시비가 가져온 따끈따끈한 차를 마시며 다시 대화 삼매경에 빠졌다.

"가끔 저런 사람들이 있어요. 쥐꼬리만 한 권력으로 자신보다 약한 이들만 보면 위세를 떠는 인간들. 저런 사람들은 더 큰 권력으로 혼쭐을 내줘야 쉽게 사람을 무시 못 해요."

"그래도 부럽다. 그런 권력이 있다는 게. 난 영문도 모르고 지금 여기 끌려온 거라서."

"맞다! 아까 그러셨죠? 아니, 도대체 무슨 연유일까요?"

"그러게. 하아…… 우리 가가께서 걱정이 많으실 텐데……."

유가연이 걱정스러운 얼굴로 한숨을 쉬며 가가라는 단어를 내뱉자, 소향이 호기심 가득한 얼굴로 물었다.

"어머! 정인이 있으신가 봐요?"

"헤헤, 응! 있어!"

"우와! 정인 이야기가 나오자마자 표정부터가 달라지시네요? 정말 사랑하시나 봐요!"

"응! 세상에서 제일 소중한 분이야! 내 목숨보다도 더!"

소향은 천룡의 이야기를 하면서 세상 행복한 표정을 하는 그녀를 보며 부러워했다.

"너는 아직 없겠구나? 이렇게나 이쁘고 귀여우니 나중에 멋진 남자들이 줄을 설 거야."

"저요? 있어요……. 그런데 저 혼자만의 짝사랑이라."

"정말? 어쩜! 아직 어려서 그래. 나중에 나이가 들면 그 사람도 너의 마음을 알 거야."

"정말요? 하긴 제가 너무 어리긴 해요. 히히. 그래도 언니가 그리 말해 주니 조금 기운이 나네요. 얼른 커서 꼭 그분에게 시집갈 거예요."

그러면서 주먹을 불끈 쥐어 보이는 소향이었다.

그런 소향이 너무도 귀여워 웃는 유가연이었다.

"힘내! 나도 응원할게!"

"고마워요! 오늘 정말 즐겁네요! 이렇게 마음이 맞는 분을 만나서 더욱더 즐거워요!"

"나도! 여기 올 때까지만 해도 세상 우울했는데, 동생 덕에 오늘은 정말 걱정 없이 보내네."

두 여인은 해가 넘어갔는지도 모른 채 끊임없이 이야기를 풀고 있었다.

저녁노을이 지고 있을 무렵 장천이 돌아왔다.

"그래. 알아봤어?"

"네! 그놈들이더군요."

"그놈들?"

"네! 장강수로채에 의뢰한 놈들입니다."

"……그 중원 표국 연합?"

"네! 그놈들이 이곳 지현에게 뇌물을 먹였다고 합니다. 아마도 상당한 금액이 들어간 것 같습니다."

"그럼 어찌 되는데?"

"이곳 지현은 무슨 짓을 해서라도 꼬투리를 잡을 겁니다. 그래서 계속 이곳에 붙잡아 둘 겁니다. 이번 표행을 완전히 못 하도록 말입니다."

장천의 말에 다들 심각해졌다.

지금까지 자신들의 명성이면 막힘없이 해결할 수 있거나, 그것도 아니면 역시 엄청난 무력으로 쉽게 해결을 해 왔다.

하지만 지금의 경우는 완전히 달랐다.

그런 것들이 전혀 통하지 않는 상대였다.

저들을 건드리는 순간 전쟁이 시작될 것이다.

그들과 싸워서 이긴다 해도 얻는 게 없었다.

일단 싸운다는 것 자체가 황제에게 반기를 드는 것과 마찬가지였다.

구해도 문제였고, 싸워도 문제였다.

물론 유가연이 순순히 협조할 리도 없었다.

그녀는 불의나 불법을 절대로 참지 못하는 성격이니까.

외통수였다.

"하아, 어쩐다. 이러지도 저러지도 못하고……."

"문제는 이번 표행이 실패로 돌아가면…… 그 수령인이 이 나라에서 황제 다음으로 권력이 높다는 이왕야입니다. 당연히 이왕야의 분노가 천룡표국을 향하겠지요."

"……완전히 막다른 골목이군……."

"하아, 그러게요……. 이래도 안 되고 저래도 안 되고…….."

천룡의 얼굴은 매우 심각하게 굳어 있었다.

그러다가 말을 했다.

"천아…… 방법이 도저히 없어?"

천룡의 말에 장천이 고개를 숙이며 말했다.

"그보다 훨씬 높은 직급의 관리를 포섭해야 하는데…….
그 정도 관리를 포섭하려면 많은 시간이 필요합니다……. 죄
송합니다…….."

무광이 물었다.

"그 중원 표국 연합 놈들을 잡아서 족치면? 그래서 지현에
게 우리를 내보라고 하면?"

"그것도 시간이 너무 촉박합니다…….."

콰앙─!

아무것도 할 수 없는 자신에게 분노한 천룡이 책상을 내리
쳤다.

"뭐, 뭐야…… 아무것도…… 할 수 있는 것이 없다는 거잖
아. 지켜만 봐야 하는 거야?"

"아버지…….."

"사부님…….."

"사부…….."

세상에 나와서 이토록 무기력한 적이 있던가?

자신이 너무도 자만했다.

자신과 제자들, 그리고 강한 수하들만 있으면 세상 모든 것을 다 할 수 있을 것 같았다.

하지만 지금 또 다른 세상과의 마찰에 좌절하고 있는 천룡이었다.

천룡의 무력이면 황제도 순식간에 세상에서 지울 수 있다.

황궁 역시 먼지로 만들 수 있었다.

온 세상을 파괴할 수 있었다.

하지만 그러면 자신이 소중하게 생각하는 모든 것이 같이 파괴된다.

자신의 제자, 수하……. 그리고 가장 사랑하는 그녀까지.

다시 또 혼자가 되는 고통은 겪고 싶지 않았다.

그녀가 보고 싶었다.

"알았다……. 나는…… 가연이를 좀…… 보고 오마."

힘없이 터덜터덜 걸어가는 천룡을 아무도 잡지 못했다.

"가가? 여긴 어떻게?"

놀란 유가연을 천룡이 슬픈 미소를 지으며 안아 주었다.

"밥은? 먹었어?"

"가가? 갑자기…… 왜 이러세요? 무, 무슨 일 있는 거예요? 어디 아프신 건 아니죠?"

이 와중에도 자신을 걱정해 주는 그녀다.

정작 갇혀 있는 건 그녀 자신이면서 말이다.

"가가? 정말 괜찮으신 거죠?"

유가연이 계속 물어왔지만, 천룡은 대답하지 못했다.

괜찮지 않았기 때문이었다.

"가연아…… 이 모든 게…… 음모였다."

"네? 그게 무슨 말씀이세요?"

"중원 표국 연합이…… 너의…… 천룡표국의 표행을 망치기 위한…… 음모."

"네? 그게 정말이에요?"

"빠져나갈 방법이 없대……. 무광이도…… 천명이도…… 태성이도……. 모두가 방법이 없다고…… 어찌하면 좋을까?"

천룡이 격하게 흔들리는 동공과 함께 울먹이며 말했다.

그런 천룡의 얼굴을 감싸 안으며 유가연이 말했다.

"난 또 뭐라고요. 가가, 그런 걱정 하지 마세요. 저 유가연이에요! 천룡표국의 국주! 그리고…… 가가의 정인…….."

사슴 같은 눈망울로 천룡을 바라보는 그녀였다.

그래도 천룡의 표정이 풀어지지 않자, 자신의 입술로 그의 입술을 살포시 포개었다.

슬픔에 잠긴 그를 위해 그녀가 할 수 있는 건 그것뿐이었다.

그렇게 한참을 보내고 난 뒤에 입술을 떼어 내며, 유가연이 웃으며 말했다.

"가가! 걱정하지 말아요. 마침 생각난 사람이 있어요! 내일 그 사람에게 물어볼게요. 혹시 모르잖아요? 도움을 받을 수 있을지?"

"생각나는 사람?"

"네! 오늘 사귄 사람이 있는데, 엄청 높은 관리의 자녀래요. 내일 넌지시 한번 부탁해 보려고요. 안 되면 뭐……. 처음부터 다시 시작하죠. 가가도 도와주실 거죠?"

그런 유가연의 말에 천룡이 고개를 끄덕이며 답했다.

"그럼! 항상 너의 곁엔 내가 있을 거야!"

"히히, 그럼 됐어요! 전 하나도 두렵지 않은걸요? 솔직히 저희 표국이 이렇게 커진 것도 가가 덕분인걸요."

"아니야. 가연이가 그만큼 노력한 결과지. 나는 작은 도움을 주었을 뿐이야."

"히히, 이러다가 끝도 없겠어요. 인제 그만 가 보세요. 이러다가 들키면 정말 큰일 나요."

그러면서 억지로 천룡을 밀어내었다.

천룡은 가기 싫은 표정을 지으며 버텼다.

"정말 말 안 들을 거예요? 저 화내요?"

"으응…… 알았어. 갈게……. 잘 자고…… 내일 다시 올게."

유가연이 화를 낸다고 하니 어쩔 수 없이 아쉬움을 뒤로하고 빠져나오는 천룡이었다.

그래도 유가연을 만나고 나니 마음은 한결 가벼워졌다.

'그래. 망하면 뭐 처음부터 다시 하면 되지. 와 보길 잘했네. 그래도 무언가 도움이 될 만한 것을 최대한 찾아보자.'

그리고 유가연이 말한 그녀가 누군지 궁금해졌다.

'거참…… 그사이에 또 사람을 사귀었대? 재주도 좋아. 그런데…… 고위급 관리의 자녀라……. 무언가 목적을 가지고 가연이에게 접근한 것은 아닌지 걱정이구나……. 내일은 꼭 봐야겠어. 만약 목적으로 접근을 한 것이라면…….'

일순간 사늘한 눈빛을 보이는 천룡이었다.

'그런 마음을 먹은 것 자체를 평생 후회하게 만들어 줄 테니…….'

그렇게 생각을 정리하고 일행이 있는 객잔으로 몸을 날리는 천룡이었다.

꿈

이른 아침부터 시끄러운 소리가 들려왔다.

"아버지! 도와주세요! 네?"

"안 된다! 어찌 사사로이 권력을 남용하려 한단 말이냐! 내 너를 그렇게 가르치지 않았다!"

"제가 언제 권력을 쓰자고 그랬어요. 보기 딱하고 억울한 것 같으니 진실을 밝혀 주자는 거죠!"

"내가 나서면 사실이 아닌 것도 사실이 되고, 진실이 아닌 것도 진실이 된다. 그것이 권력이고 내가 가진 힘이야. 내가 나서는 그 순간, 나는 권력을 휘두르는 것이 되는 거다."

조천생과 조소향이 무언가를 주제로 아침부터 언쟁하고 있었다.

"아버지! 그렇다고 억울한 사람을 저리 내버려 둬요? 그녀는 정말로 아무런 잘못이 없다고요!"

"네가 어찌 아느냐? 그녀가 잘못이 있는지 없는지를? 고작 하루 만났다 하지 않았느냐?"

"하루가 아니고 이틀이거든요? 그리고 그녀는 절대 그럴 여인이 아니에요!"

"하아, 소향아. 네가 병 때문에 침상에만 있었기에 아직 세상을 몰라서 그런다. 남을 속이려고 맘만 먹으면 얼마든지 속일 수 있는 자들이 넘쳐 나는 곳이 바로 이 세상이다. 특히나 너처럼 세상 물정 모르는 어린 사람은 더더욱 속기 쉽겠지."

조천생의 말에 소향의 얼굴이 빨갛게 상기되었다.

"아버지가 직접 가서 보시면 되잖아요! 왜 제 말을 안 믿으시는 거예요? 제가 못 미더우시면 직접 가서 만나 보고, 결정하시면 되잖아요!"

"애야……."

"제가 언제 이런 부탁드린 적 있나요? 저도 알아요. 아버지가 권력을 얼마나 두려워하시고 그 힘을 위험하다고 생각하시는지……. 그렇지만 어려운 사람은 도와야 하는 거 아닌가요?"

소향이 울먹거리며 말하자, 결국 마음이 약해진 조천생이 손을 들었다.

"알았다. 알았으니 울지 말아라. 내가 저녁에 만나 보고 판단하겠다. 그러니 이제 그만하거라."

조천생의 말에 언제 울상이 되었냐는 듯이 활짝 핀 얼굴로 그를 꼭 안아 주는 소향이었다.

"꺄아! 정말이죠? 감사해요! 아버지!"

"어허! 이 녀석이 남사스럽게…… 허허허허!"

딸의 포옹이 싫지는 않은지 크게 거부하지는 않는 조천생이었다.

'그나저나…… 누구길래 우리 애가 이렇게 푹 빠졌지? 이렇게 쉽게 사람을 믿는 아이가 아닌데? 오히려 궁금해서라도 봐야겠구나.'

지현의 집무실에서 지현이 어떤 남자와 조용히 대화를 나누고 있었다.

"잘 진행되고 있으니 걱정하지 마시게. 허허허."

"감사합니다! 역시 믿을 건 지현 님밖에 없습니다!"

"허허, 이 사람 뭘 이 정도로 그러나? 언제든 내 도움이 필요하면 말만 하시게."

"아이쿠! 말씀만이라도 감사합니다! 그리고 저 이거……."

남자는 조용히 비단 보자기를 지현이 앉아 있는 곳으로 밀어 넣었다.

"이게 뭔가?"

"고생하시는데 어찌 빈손으로 오겠습니까? 받아 주십시오."

"어허! 이 사람 아직 전에 받은 게 많이 있네. 이러지 않아도 되는데……."

"제 작은 성의입니다. 받아 주시기 전까지 절대 일어나지 않겠습니다."

"허허허. 어쩔 수 없구먼. 그래, 알았네. 내 잘 받겠네."

"감사합니다!"

"내가 확실하게 처리를 해 줄 테니, 걱정하지 말고 가서 좋은 소식 기다리고 있게나."

"아이고, 여부가 있습니까? 저희는 지현 님만 믿고 있겠습니다."

남자가 연신 감사 인사를 하며 나가자 지현 옆에 있던 현승이 조용히 다가와 말했다.

"명하신 일은 예정대로 다 처리했습니다."

"그래? 반발은 없었나? 얘기를 들어 보니 무림인들이 다수라던데?"

"무림인도 이 나라 백성인 것은 마찬가지입니다. 자기들이 어찌할 수·있는 것이 아니지요."

"흠, 뭐 자네가 알아서 잘 처리하게. 그래도 혹시 모르니까 너무 심하게 대하지는 말고……. 그저 시간만 좀 끌면 될 일이야."

"네! 알겠습니다."

현승의 대답이 만족스러운지 자신의 앞에 있는 술을 마시며 미소를 지었다.

"아, 참! 상서께서 지내시는 데 불편함이 없게 잘하고 있겠지?"

"네! 현청의 모든 것을 다 동원해서 최대한 편의를 제공해 드리고 있습니다!"

"그분을 성심성의껏 잘 모셔라. 황상께서 가장 아끼시는 분이다. 현재 이 나라에서 가장 권력이 강한 인물이란 말이다. 가시는 날까지 한 점 불편함이 없게 조심 또 조심해야 한다."

"네! 명심 또 명심하겠습니다!"

"그래! 그럼 가서 일 보게."

나가는 현승을 보며 중얼거리는 지현이었다.

"일이 아주 술술 풀리는구나. 하하하, 올해는 좋은 일이 좀 생기려나? 하하하."

"언니. 저희 아버님이세요. 아버지! 제가 말씀드린 유가연 언니예요!"

조소향이 유가연을 조천생에게 소개해 주고 있었다.

"인사드립니다. 천룡표국의 국주 유가연이라고 합니다."

"허허허, 반갑소. 그래. 억울한 일을 당하셨다고 들었소만?"

"말씀 낮추어 주시어요. 감당하기 어렵습니다."

"허허, 알겠네. 그래, 무엇인가? 말해 보시게."

유가연은 조천생에게 자신에게 일어난 일을 상세하게 말했다.

"허어, 그러니까 이왕야께 전해 드릴 물건이 있어 가는 길이다? 그게 사실이냐?"

"그렇습니다. 저는 이곳에 잡혀 있어도 상관이 없으나, 물건이 제때 도착을 하지 않아 제 식구들이 상할까 봐 그것이 염려되옵니다."

유가연의 말에 조천생이 자신의 수염을 매만졌다.

잠시 생각을 하더니 유가연에게 말했다.

"이왕야께 가는 표물을 나에게 주려무나. 내가 전해 주겠다."

"네?"

"지현이 하는 일에 내가 왈가왈부를 할 순 없다. 그것은 이곳 지현의 권한이니 말이다. 하나 이왕야께 가는 물건이 크지 않다면 전하는 건 해 줄 수 있는 일이다."

"하오나 그……."

"아아, 걱정하지 말아라. 때마침 나도 그곳으로 가는 중이니 말이다. 황상께서 이왕야의 생신에 축하 사절로 나를 보내셔서 가는 길이니 그 길에 같이 전달해 주마."

유가연은 깊은 고민에 빠졌다.

표물을 남에게 맡겨서 보낸다는 것은 표국으로서는 절대 해서는 안 되는 일이었다.

하지만 지금은 비상 상황이었다.

상황을 보니 자신들이 전해 줘야 할 물품이 이왕야의 생신 선물인 듯싶었다.

그래서 기한 내에 꼭 도착해야 한다고 신신당부를 한 것 같았다.

"그렇게 해요! 저희 아버지에게 맡기세요!"

조소향이 옆에서 재촉하자 유가연이 결심한 표정으로 말했다.

"말씀은 감사하지만 그럴 순 없습니다. 이것은 표국의 신용과도 직결되는 문제입니다. 비록 제때 물건이 가지 못해서 제가 큰 손해를 본다고 하더라도 그것은 할 수 없는 일입니다."

"언니……."

소향이 안타까운 표정으로 바라보자, 유가연이 웃으며 말했다.

"괜찮아. 내가 큰 잘못을 해서 잡혀 있는 것도 아니고 단순한 오해이니 금방 해결될 거야."

"그게 그렇게 간단한 문제가 아니에요. 언니가 권력자들에 대해 잘 모르셔서 그래요."

하지만 유가연은 요지부동이었다.

그 모습을 보던 조천생은 유가연에 대한 평가를 바꾸었다.

'심지가 올곧고 바르구나. 근래에 보기 드문 처자로다. 허허, 그럼 그렇지. 내 딸이 아무에게나 빠지진 않았겠지.'

유가연이 매우 마음에 든 조천생이었다.

자기 아들과 짝을 지어 주고 싶을 정도였다.

어느덧 유가연의 매력에 빠져들고 있는 조천생이었다.

그때 누군가 창문을 열고 난입했다.

순간 화들짝 놀란 조천생이 소리쳤다.

"누, 누구냐!"

그리고 창문을 열고 난입한 인물을 보고 매우 놀랐다.

"허억!"

"꺄악!"

조천생과 조소향이 숨도 못 쉴 정도로 놀라자, 유가연이 재빨리 변호에 나섰다.

"노, 놀라지 마세요! 제가 아는 분이에요!"

하지만 뒤이어 일어난 일에 오히려 유가연이 경악하며 놀랐다.

"주, 주군!"

"은공!"

창문으로 들어온 이는 바로 천룡이었다.

그런 천룡을 보고 놀란 조천생은 황급히 절을 하며 천룡에게 극경의 예를 올렸다.

조소향 역시 고개를 깊이 숙이며 천룡에게 인사를 했다.

유가연은 그 모습을 보고 자신이 지금 잘못 보고 있는 것이 아닌지 눈을 비비기까지 했다.

"하하…… 누, 누군가 했더니……. 조 가주셨구려. 소향이……도 잘 지냈지?"

"주, 주군! 신! 조천생 주군께 인사 올립니다!"

눈물을 흘리며 천룡을 향해 연신 절을 하는 조천생이었다.

"그, 그만하세요……. 이제 되었습니다."

천룡의 만류에 그제야 몸을 일으키며 천룡을 바라보는 조천생이었다.

자신의 주군을 오랜만에 만나 감격한 표정이었다.

"한데 아직도 그 소리입니까? 그, 황제에게 충성해야 하는 거 아닙니까? 누누이 말씀드렸지만 꼭 그러시지 않아도 된다니까요."

"어찌 그런 말씀을 하시옵니까! 신! 조천생 두 하늘을 모시지 않습니다! 황상께는 외람된 말씀이오나 그저 옆에서 잠시 도울 뿐 그 이상도 이하도 아니옵니다. 주군을 뵌 그날 이후로 신에게는 오직 주군뿐이옵니다!"

행여나 자신을 버릴까 봐 다시 부복하며 애절하게 말하는 조천생이었다.

천룡은 난감 그 자체였다.

조천생의 행동도 행동이지만, 가장 난감하고 곤란한 것이 바로 유가연과 조소향이 같이 있다는 것이었다.

"은공…… 뵙고 싶었습니다……."

눈물을 흘리며 자신만을 바라보는 소향의 모습에 더욱더 난감해진 천룡이었다.

"저, 그게……."

뒷걸음질을 치며 유가연의 눈치를 보는 천룡이었다.

"가가…… 이게 지금 무슨 일이에요? 네? 주, 주군이라는 소리는 또 뭐고……. 은공이라는 소리는 또 뭐예요?"

유가연이 눈을 동그랗게 뜬 채로 천룡을 바라보며 물어오고 있었다.

"가, 가연아 그, 그게 말이지……."

전혀 예상치도 못한 만남이라 천룡은 당황하고 있었다.

누가 유가연에게 못된 마음으로 접근을 했는지 보러 온 것인데 이들이라니 놀란 것이다.

한편 유가연의 입에서 나온 가가라는 소리에 소향이 화들짝 놀라며 물었다.

"가가요? 서, 설마? 언니께서 말씀하신 정인이란 분이 바로……?"

"응! 저분이 내가 말한 정인이야. 그런데 소향이 넌 우리 가가를 어찌 아는 거야? 우리 가가 지금 엄청나게 당황하신 거 같은데?"

그렇게 말하며 천룡을 보는 유가연이었다.

그 소리에 조천생이 이번엔 유가연 앞에 무릎을 꿇고 외쳤다.

"주, 주모님이셨군요! 미천한 소신이 미처 알아채지 못하고 큰 결례를 저질렀사옵니다! 벌하여 주시옵소서!"

그 모습에 오히려 유가연이 크게 당황하며 잽싸게 조천생을 부축하여 일으켜 세웠다.

"이, 이러지 마세요. 전 괜찮아요. 그리고 따님 앞에서 다른 사람에게 이렇게 함부로 무릎 꿇고 그러시는 거 아니에요."

"함부로라니요! 주모님께 무릎을 꿇는 것은 당연한 일이옵니다!"

"그래도 제가 불편해요! 이러지 마세요! 가가! 좀 말려 보세요!"

유가연의 외침에 천룡이 잽싸게 이동해서 조천생을 말렸다.

"이러지 마십시오. 일단 자리에 앉읍시다. 앉아서 대화하자고요."

"명! 받드옵니다!"

그리고 절도 있는 동작으로 의자에 앉는 조천생이었다.

조소향 역시 유가연을 슬픈 눈으로 바라보며 앉았다.

전부 자리에 앉자 유가연이 물었다.

"가가…… 어서 말씀을 해 주셔야죠? 이게 도대체 무슨 상황인지?"

천룡이 당황하며 얘기를 못 하자, 조소향이 나서서 얘기했다.

"제가 말씀드릴게요."

그리고 천룡과 있었던 모든 일에 대해 유가연에게 말해 주었다.

"그래서 이렇게 된 거예요."

"아……! 그때 운 가가가 말씀하셨던 그 아이구나!"

"네? 제, 제 얘기를 하셨단 말씀이세요?"

"응! 귀엽고 이쁜 아이를 치료해 준 적이 있다고."

유가연의 말에 소향의 눈이 동그랗게 떠졌다.

그리고 이내 볼이 붉어졌다.

그 표정을 보는 순간 유가연은 순간 머릿속을 스치는 강렬한 무언가가 떠올랐다.

－제가 아직 어려서…….

－그분은 몰라요…….

－얼른 커서 그분께 시집갈 거예요.

갑자기 떠오른 말들.

'서, 설마…….'

엄청나게 당황한 표정으로 소향을 유심히 바라보는 유가연이었다.

'맞네! 맞아! 어휴…… 내가 미쳐!'

소향의 표정을 보니 확실했다.

이건 여자의 감이었다.

저건 무조건 사랑에 빠진 여자의 얼굴이었다.

하지만 그것을 전혀 눈치채지 못한 천룡은 소향의 머리를 쓰다듬어 주고 있었다.

천룡의 눈에는 그저 귀여운 여자아이였다.

'그래. 저 나이엔 누구나 저런 사랑을 한 번씩 하지. 휴우,

그냥 모른 척하자.'

그렇게 어수선한 장내가 어느 정도 정리가 되자 조천생이 말했다.

"주군! 제가 나서서 해결하겠습니다! 저에게 맡겨 주십시오!"

"어찌 해결하신다는 겁니까? 방법이 있습니까?"

조천생이 해결을 하겠다고 나서자 천룡이 물었다.

"제가 정이품 이부상서입니다! 제 말 한마디면 됩니다! 제가 가서 딱 한마디 하면 됩니다! 주모님 당장 풀어 주라고 말입니다!"

"아버님…… 저한테는 권력을 함부로 쓰면 안 된다고……."

"주모님이 곤란하시다는데 써야지! 이럴 때 안 쓰면 언제 쓰느냐? 지현, 이 새끼가 감히 주모님을!"

급 흥분하는 조천생이었다.

아까와는 완전 다른 모습이었다.

평소에 그의 성품이라면 절대 나오지 않을 성격이었다.

"아버님, 저에게 왜 화를 내세요……."

"험험! 미안하구나. 이 아비가 너에게 그런 것이 아니란다."

"아버님……."

조천생의 말에 천룡이 물었다.

"도와줄 수 있다는 말이죠?"

"그렇습니다! 신에게 명만 내려 주십시오! 당장 지현을 무릎 꿇려 놓고 원상 복귀시키라 하겠습니다!"

유가연이 조천생의 말에 안 된다고 하려고 하자, 그것을 눈치를 챈 천룡이 잽싸게 선수를 쳤다.

"고맙습니다! 그럼 부탁 좀 드리겠습니다!"

"주군 부탁이라니요! 천부당만부당하신 말씀이십니다! 그저 소인에게는 명령을 내려 주시면 됩니다!"

"가가! 아니에요! 그런 것은…… 읍!"

유가연의 입을 원천 차단하는 천룡이었다.

"하하하! 어찌하나 정말 고민 많이 했는데…… 정말 고맙소!"

"주군께 도움이 된다니 소신 정말 기쁘기 그지없습니다!"

"휴…… 덕분에 큰 시름을 덜었소. 이 일이 해결되면 술이나 한잔합시다."

"알겠습니다! 소신이 내일 바로 처리하도록 하겠습니다!"

"읍읍읍! 으브브브!"

발버둥 치는 유가연을 뒤로하고 서로 마주 보며 웃는 천룡과 조천생이었다.

그러나 유가연 역시 만만하지 않았다.

기어이 천룡의 손을 떼고 조천생에게 말했다.

"저는 절대 따를 수 없어요! 그것은 권력 남용 아닌가요?

불의는 제가 용납하지 않아요!"

유가연의 말에 조천생이 고개를 갸웃거리며 오히려 뭐가 문제냐는 듯이 말했다.

"주모님께서는 죄가 있으십니까? 죄가 있으셔서 이곳에 오신 건가요?"

"네? 그, 그건…… 아, 아니요."

"그럼 뭐가 문제인지 모르겠습니다. 저는 죄 없이 억울하게 이곳에 오신 분을 위해 나서는 것입니다. 권력 남용이라니요? 그저 도움이라고 하시는 것이 어떻겠습니까?"

"그건…… 맞는 말인 거 같은데……."

"나라의 녹을 먹는 사람으로서 어찌 억울한 백성을 그냥 지나치겠습니까? 저는 그런 경우입니다만?"

매우 능청스럽게 말을 하는 조천생이었다.

온갖 군상의 정치인들을 상대해 온 관록이 여기서 펼쳐지고 있었다.

괜히 황제가 신임하는 것이 아니었다.

유가연도 그 말을 들어 보니 딱히 조천생이 크게 잘못을 하는 것 같은 기분은 안 들었다.

그래도 무언가 찝찝한 것은 사실이었다.

"허허허, 걱정도 팔자십니다. 소신에게 그저 맡겨 주시고 편히 계시옵소서."

"저기…… 정말 괜찮은 거죠? 막…… 권력 남용 이런 거 아닌 거죠? 아까 막 권력은 이럴 때 쓰는 거라고……."

"허허허, 절대로 아닙니다. 염려하지 않으셔도 됩니다. 오히려 지현을 벌해야 하는 상황이지요. 말씀을 들어 보니 지현이 뇌물을 받고 일을 저지른 듯한데…… 이런 일은 절대로 용납을 해선 안 되지요! 이것을 그냥 두고 넘어가는 것이 불의 아니겠습니까?"

조천생의 말에 유가연이 자기도 모르게 끄덕였다.

"허허허, 내일이 기대되는군요."

그다음 날 조천생이 지현을 찾아갔다.

"어이쿠! 간만에 별래무양(別來無恙)하셨습니까? 아침부터 소인을 찾아 주셔서 삼생이 영광이옵니다! 상서 대인!"

"흥! 그대 때문에 별래무양하지 못하였네!"

"네? 그, 그게 무슨 말씀이십니까? 혹, 저희 애들이 무슨 결례라도 저질렀습니까? 말씀만 하십시오! 내 이놈들을 그냥!"

조천생의 말에 노발대발하며 당장이라도 뛰쳐나갈 기세였다.

"객방에 있는 소저를 아는가?"

"네? 객방요?"

"그러네! 아니, 자신이 지시하여 붙잡아 둔 사람을 잊어버리면 어찌하자는 건가?"

조천생의 말에 지현이 생각해 보니 얼마 전에 뇌물을 받고 잡아 가둔 천룡표국의 국주가 생각이 났다.

"아! 네! 있습죠! 그, 천룡표국의 국주였나?"

"맞네! 그 소저 때문에 찾아왔네!"

조천생의 말에 지현은 눈을 마구 굴리면서 생각을 했다.

'뭐지? 연이 있나? 아니지, 있었다면 진즉에 찾아왔을 텐데? 뭘까? 뭐지? 혹시?'

"저, 그 객방에 아리따운 소저를 말씀하시는 거 맞으시죠?"

"그렇지! 허허, 아리따운 미모긴 하시지."

'그거였군! 후후!'

"아이고! 그런 줄도 모르고! 제가 이렇게 눈치가 없습니다요! 하하하! 걱정하지 마십시오! 제가 오늘 밤 잘 구슬려서 대인의 방으로 보내 드리겠습니다!"

음흉한 눈빛을 하며 말을 하는 지현이었다.

'그럼 그렇지! 네놈도 남자였구나! 고고한 척하더니…….
크크크크.'

하지만 뒤이어 나온 호통에 자신이 크게 잘못 생각하였음을 깨달았다.

"뭐, 뭐라? 지, 지금 뭐라 하였느냐?"

"오늘 밤에 잘 구슬려서 수청을 들게끔 해 드리겠다고……."

짜아아악-!

조천생이 휘두른 손바닥에 지현의 얼굴이 반대편으로 돌

아갔다.

"커헉! 왜! 왜 이러시는 겁니까?"

"네놈이 지금 죽고 싶어서 환장했구나! 환장하지 않고서야 그딴 말을 지껄이다니!"

무언가 심상치 않았다.

"그분을 그따위로 생각을 했다는 자체로도 네놈을 용서치 못하겠구나! 그분은 너 따위가 그렇게 함부로 대할 수 있는 분이 아니시다!"

'그분? 헉! 내가 모르는 엄청난 신분이 있는 여인이었구나! 아뿔싸! 신분을 감추고 세상 경험을 나오신 분인가 보다!'

간혹 고관대작의 자녀가 세상 경험을 한다며 신분을 감추고 있는 경우가 있었다.

지현은 조천생의 말에 재빨리 엎드리며 빌었다.

"사, 살려 주십시오! 그렇게 엄청난 신분을 가지신 분인 줄 몰랐습니다! 부디 목숨만 살려 주십시오!"

자기 혼자 상상하고 유가연을 고관대작의 자녀로 생각해 버린 지현이었다.

'크흐흐흑! 상서가 저리도 깍듯이 대하는 걸 보니 못해도 정일품이구나! 내 팔자야……'

한편 갑자기 지현이 눈물을 흘리며 커다란 오해를 하자, 조천생은 딱히 그것을 정정해 줄 마음이 없었다.

자신이 생각하기엔 저 말이 맞기 때문이었다.

주모님이시니 엄청난 신분 맞지 않는가.

"흥! 잘못을 빈다고 될 일이 아니다! 그분께서 지금 얼마나 황당하고 어이없어하시는 줄 아느냐?"

"소인이 찾아뵙고 용서를 빌겠습니다. 부디 제발 기회를 주시옵소서!"

"그전에 모든 일을 다 털어놓아야 할 것이다! 알겠느냐?"

"네! 어느 안전이라고 제가 거짓을 고하겠습니까? 소인이 아는 것은 전부 고하겠습니다!"

살길이 보이자 지현이 더욱 싹싹 빌며 조천생에게 매달렸다.

"나한테 백날 용서를 빌어 봐야 소용이 없다! 그분께서 용서하셔야 끝이 나는 일이다!"

"네! 제가 그분께 가서 손이 발이 되도록 빌고 기어라면 기어서라도 용서를 빌겠습니다!"

이미 지현의 얼굴은 눈물과 콧물이 뒤범벅된 상태였다.

"쯧쯧! 그러니 적당히 해야 할 것 아닌가! 적당히! 세상만사가 그리 쉽게, 쉽게 가는 줄 알았는가?"

"네! 네! 백번 천번 지당하신 말씀이십니다!"

조천생이 말하는 것은 다 맞다고 할 기세였다.

한편 조천생은 지현을 벌하기보다는 이렇게 크게 혼쭐을 내서 마음을 고쳐 잡게 하는 것이 더 좋을 것 같다고 생각했다.

어차피 이놈을 잡아서 벌을 주고 관직을 삭탈하면 뭘 하겠는가. 뒤이어서 오는 놈이 똑같이 부정을 저지를 것인데.

그럴 바엔 차라리 이번에 호되게 혼을 낸 뒤에 다신 이런 생각을 못 하도록 하는 것이 상책인 것 같았다.

"알겠네. 내 그분께 가서 말씀드려 보겠네. 자네는 내가 들어오라 하면 들어와서 용서를 빌게나."

"감사합니다! 정말로 감사합니다! 대인! 이 은혜는 제가 반드시 꼭 갚도록 하겠습니다!"

허리가 꺾일 정도로 굽실거리면서 감사 인사를 하는 지현이었다.

조천생은 그런 지현을 데리고 유가연이 있는 객당으로 걸음을 옮겼다.

그리고 세상 공손한 자세로 유가연에게 말을 올렸다.

"소인 조천생이옵니다! 잠시 들어가도 되겠습니까?"

"네! 들어오세요!"

지현은 조천생이 그녀를 향해 자신을 최대한 낮춰서 대하는 모습을 보자 기겁을 했다.

'헉! 이, 이부상서가 저렇게 극진하게 대한다고? 그걸 또 당연하게 대하는구나……. 저, 정말로 어마어마한 신분을 가지신 분이었구나……. 죽어라 빌자! 그 길만이 살길이다!'

그렇게 각오를 다지고 문 앞에 섰다.

"자네는 여기서 기다리게. 내 먼저 말씀 올리고 부르겠네."

"네! 여, 여부가 있겠습니까! 소인은 이곳에서 딱 서 있겠습니다!"

그런 지현을 보고는 고개를 흔들며 안으로 들어가는 조천생이었다.

'제발……! 부처님, 원시천존님, 옥황상제님! 굽어 살펴 주소서!'

온몸이 식은땀으로 젖은 채로 세상에 존재하는 신이란 신에게 모두 간절히 비는 지현이었다.

안으로 들어간 조천생은 유가연에게 귓속말로 무언가를 전하고 있었다.

"주모님, 최대한 저를 편하게 대하셔야 합니다. 지금 지현은 주모님을 엄청 높은 분의 자녀로 인식하고 있습니다. 그러니 지현이 들어오면 정신 못 차리게 호되게 몰아붙이셔야 합니다."

"제가요? 제가 어찌 지현을 몰아붙여요……."

"하셔야 합니다. 그것만이 상책입니다. 지금 지현을 제가 벌한다 해도 다른 놈이 또 오면 의미가 없습니다. 차라리 이놈을 갱생시켜서 남기는 것이 이곳을 위해서도 좋습니다."

"듣고 보니 그것도 일리가 있는 말씀이시네요. 제가 뭘 하면 될까요?"

"일단 최대한 거만하게 절 대해 주시면 됩니다. 그 뒤는 제가 알아서 하겠습니다."

"……일단 해 볼게요……."

유가연의 허락이 떨어지자 조천생이 밖에 있는 지현을 불렀다.

"들어오시게!"

그 말이 끝나기가 무섭게 문이 열리고 지현이 달려와 유가연의 바로 앞에 무릎이 박살이 나도록 꿇고, 머리가 깨지도록 바닥에 박으며 엎드려 빌었다.

"미천한 제가 고귀하신 분께 크나큰 결례를 저질렀나이다! 부디 굽어살피셔서 하해와 같은 마음으로 용서를 해 주시옵소서!"

밖에서 얼마나 연습을 하고 들어왔는지 아주 말이 술술 나오는 지현이었다.

"그만하세요!"

유가연의 한마디에 얼음이 된 지현이었다.

"어찌할까요? 말씀만 하시옵소서. 제가 가진 모든 것을 동원해서 처리하도록 하겠습니다."

조천생이 손을 가지런히 모은 채 유가연에게 물었다.

그 모습이 어찌나 극진한지 지현은 미칠 것 같았다.

'아니, 도대체 어떤 분이시길래 저리도 극진하단 말인가! 저건 절대로 연기가 아니다…….'

그저 하염없이 유가연의 입이 열리기만을 기다렸다.

"뭘 잘못했는지 아시나요?"

이윽고 유가연의 입에서 물음이 나오자, 조금의 지체도 없이 바로 지현의 입에서 답변이 튀어 나갔다.

"네! 소인이 뇌물을 받고 감히 귀하신 분에게 누명을 씌워서 이렇게 누추한 곳에 모신 것입니다!"

"왜 그러셨나요?"

"소, 소인이 욕심을 부려서 그만……. 이번에 용서해 주신다면 소인 결단코 앞으로는 절대 이런 일을 하지 않겠습니다!"

"그것을 어찌 믿죠? 제가 확인을 할 수 있는 것도 아닌데?"

말을 하다 보니 화가 난 유가연이 쏘아붙였다.

'허허허, 잘하시는구나! 허허허허.'

그런 유가연을 보며 흐뭇한 미소를 보이는 조천생이었다.

"그, 그건……."

지현이 대답을 못 하고 머뭇거리자, 유가연이 상체를 살짝 숙이며 말했다.

"뭐죠? 지금, 이 순간만 벗어나겠다는 뜻인가요? 말을 해 보세요."

그러한 유가연의 모습이 너무도 무서웠다.

오들오들 떨면서 어찌 말해야 할지 갈피를 못 잡는 지현이었다.

확인을 시켜 줄 방법이 생각이 나지 않기 때문이었다.

"됐어요! 더 할 말이 없는 것 같으니 전 이만 일어나 볼게요."

그 말에 화들짝 놀라며 다시 엎드려 비는 지현이었다.

"아, 아닙니다! 소인이 잠시 정신이 나가서 그만……! 시키시는 것은 무엇이든지 하겠습니다! 그러니 부디!"

지현의 말에 유가연이 눈을 가느다랗게 뜨고는 물었다.

"정말요? 제가 시키는 건 뭐든지 하실 거예요?"

"네! 무엇이든 시켜만 주십시오! 소인이 당장 가서 하고 오겠습니다!"

무엇을 시킬지 두려웠지만, 지금은 그게 문제가 아니었다.

당장 자신의 목숨이 위태로운 상황이 아닌가.

"그럼 현(縣)에 어려운 사람들을 위해 구호 활동을 하세요. 그것도 매년 정기적으로 일정한 금액을 본인이 헌납해서요."

"네?"

전혀 상상하지도 않았던 요구가 나왔는지, 지현은 화들짝 놀라며 자신도 모르게 고개를 들어 유가연을 바라봤다.

"못 들으셨어요?"

"저, 그, 그게. 제 돈으로 구호 활동을 하라고……."

"제대로 들으셨네요. 하실 거죠?"

순간 지현은 이게 무슨 상황인지 갈피를 잡지 못했다.

권력을 가진 자에 대해 누구보다 잘 아는 지현이었다.

그들은 자신들이 무시당한 것을 절대 용서하지 않는다.

두고두고 복수한다거나, 그에 상응하는 것으로 갚아 주는 것이 바로 그들이었다.

그랬기에 지현은 큰 각오를 하고 왔건만, 정작 돌아온 소리는 자신의 사비를 털어 구호 활동을 하라는 것이었다.

물론 그것도 자신의 돈이 나가는 거라 손해가 나는 것은 맞지만, 권력자들을 달래는 데 들어가는 뇌물에 비하면 많은 돈이 아니었다.

"저, 정말로 그거면 됩니까?"

"네! 대신에 매년! 확인할 거예요!"

그렇게 말하며 나름대로 인상을 쓴다고 눈에 힘주면서 말하는 유가연이었다.

그 모습이 너무도 귀여워서 하마터면 웃을 뻔한 지현이었다.

"네! 아, 알겠습니다!"

"그럼 됐어요. 뭐 제가 큰 피해를 본 것도 없고, 나름 잘해 주셔서, 있는 데 불편함도 딱히 없었으니 이것으로 그만할게요."

"저, 정말로 용서를 해 주시는 겁니까?"

"용서 안 했는데요? 그만한다고 했지."

"그, 그런……."

"매년! 그렇게 십 년만 하시면 용서할게요. 그전엔 용서 안 돼요! 아셨죠?"

그 말에 지현이 고개를 끄덕였다.

"그럼 저 이제 가 봐도 돼요? 더 늦으면 이왕야께서 화내실 텐데……."

유가연은 물건이 늦어서 화낸다고 하는 말이었는데, 지현은 다르게 알아들었다.

'미친! 이왕야와 관계되신 분이었나? 이 새끼들이 나에게 무슨 억하심정이 있어서 이딴 일에 밀어 넣어? 가만두지 않겠다……. 으드득!'

생각과 동시에 벌떡 일어나며 말하는 지현이었다.

"무, 물론입니다! 제가 최대한 빨리 갈 수 있도록 모든 조처를 해 드리겠습니다!"

"정말요? 그럼 부탁 좀 할게요. 여기서 너무 오랜 시간을 끌어서요."

여기서 시간을 너무 끌었다는 말이 꼭 '늦으면 네 목이 날아갈 것이다'라고 들린 지현이었다.

"헙! 최, 최선을 다해 단축하도록 하겠습니다!"

그리고 부리나케 밖으로 뛰어나가는 지현이었다.

지현이 사라지자 조천생이 다가와 웃으며 말했다.

"정말로 잘하셨습니다."

"헤헤, 감사해요. 근데 저도 모르게 제멋대로 벌을 주고 말았네요. 죄송해요."

"허허허! 아닙니다! 제 평생 이렇게 명판결은 처음 봅니다.

역시 주모님이십니다! 허허허!"

'어쩜 마음씨도 이렇게 고우실꼬. 허허허.'

유가연을 보면서 행복한 미소를 지어 보이는 조천생이었다.

이후로 지현의 빠른 조치로 인해 유가연은 일행에 합류했고, 지현이 자신의 부하 장수를 대동시켜 최대한 빠른 속도로 이동하게끔 모든 편의를 제공했다.

그리고 훗날 이곳 지현은 이 일을 계기로 마음을 고쳐먹고 구호 활동에 매진하고, 공명정대하게 현을 다스리면서 인덕이 높고 어진 지현으로 온 중원에 이름을 알리게 된다.

그리고 이 일을 맡겼던 중원 표국 연합은 소리 소문 없이 해체되고 만다.

표국주들은 전부 행방불명이 되었고, 거기에 소속된 표국들은 전부 나락으로 떨어져 몰락의 길을 걷기 시작했다.

한왕(漢王) 주고후(朱高煦).

사람들은 그를 이(二)왕야라 불렀다.

이유는 없었다. 단지 영락제의 차남이라는 이유가 전부였다.

수많은 사람이 주고후의 생일을 축하하기 위해 사방에서

몰려오고 있었다.

이 지역은 그의 손길이 안 닿는 곳이 없기에, 그에게 잘 보이기 위해선 어쩔 수 없이 오는 사람도 있었다.

천룡 일행 역시 우여곡절 끝에 목적지인 항주에 제시간에 올 수가 있었다.

세상 사람들이 말하길 하늘에 천당이 있으면, 땅에는 항주와 소주가 있다(上有天堂 下有蘇杭 : 상유천당 하유소항)라는 말이 있을 정도로 아름다운 도시였다.

"와! 항주는 처음 와 보는데 정말 아름다워요! 가가! 저기 보세요! 푸른 바다예요!"

"와! 저것이 바다야? 정말 끝도 없구나……. 동정호에 비할 바가 아니었어."

"하하, 아버지 그거 보세요! 바다가 훨씬 넓다니까요."

"제가 여기저기 다 돌아다녀 봤지만, 여기만큼 아름다운 곳도 없습니다. 사부님! 일 끝나고 서호(西湖)에 가 보시겠어요? 크지는 않지만, 운치가 아주 많이 끝내줍니다."

다들 오랜 고생 끝에, 도착해서 그런지 들떠 있었다.

"주군! 저는 먼저 이동해 보겠습니다. 황상께서 보내신 선물들이 잘 도착했는지 확인을 해야 해서……."

조천생이 송구스러운 표정으로 말을 하자, 천룡이 그의 어깨를 두드리며 말했다.

"잘 다녀와요. 덕분에 너무 잘 왔어요."

"허허허, 아닙니다! 주군! 그럼 후에 뵙겠습니다!"

'다녀오라고 하시었다…… 허허허, 주군께서도 이제 나를 인정하시는 게구나.'

천룡은 아무 생각 없이 한 얘기지만, 조천생은 기분 좋게 그곳을 떠날 수 있었다.

"언니! 우리도 빨리 가요!"

"그럴까? 가가! 어서 이동해요!"

이곳으로 오는 동안 부쩍 친해진 유가연과 조소향이었다.

그 모습에 천룡은 얼마 전까지 느꼈던 불안함을 모두 씻어 낼 수 있었다.

사이좋게 떠들면서 앞서가는 두 여인을 보며 미소 짓는 천룡을 보며 무광이 말했다.

"아버지, 그렇게 좋으세요? 흐흐! 아주 그냥 입가에 미소가 끊이질 않으시네요?"

"또! 또! 맞을래?"

"에이! 좋으시면서! 그렇지? 애들아?"

무광의 물음에 천명과 태성 역시 음흉한 웃음을 지으며 천룡을 바라봤다.

"흐흐흐, 사부님! 좋으시겠어요?"

"우리 사부, 국주님만 보면 아주 그냥…… 제자, 정말로 뿌듯합니다. 흐흐흐."

셋이 아주 연합을 해서 천룡을 놀리고 있었다.

"하하하! 그래, 기분 좋다! 그런 의미에서 오늘 밤에 대련 한번 할까? 응? 이 사부가 아주 기분이 좋으니 살살할게."

기분이 좋다는 사람 표정이 흉신악살처럼 변해 있었다.

"하하하…… 갑자기 몸이 아파 오네요."

"전 오늘 저녁에 약속이 있어서……."

다들 시선을 회피하며 천룡과 거리를 벌리는 세 제자였다.

그런 모습을 뒤따라오면서 지켜보는 무리가 있었다.

"회주님! 정말로 하실 겁니까?"

"응! 이건 기회야! 일생일대의 기회!"

"정말로요? 정말로 그렇게 하시려고요?"

"응! 아무리 생각해도 단신으로 중원 최고가 되긴 힘들어! 저분만이 나를 이끌어 주실 유일한 분이야!"

만보상회(萬寶商會)의 회주 백금만은 무언가 결심을 굳힌 듯 천룡을 바라보고 있었다.

그의 눈은 이미 무언가에 푹 빠져 있는 모습이었다.

"오늘 저녁에 기회를 봐서 말씀을 드려야겠어!"

"다시 한번 생각해 보세요! 아직 회주님은 젊으십니다!"

"아냐! 이곳으로 오는 내내 생각을 하고 또 했어. 내 결심은 변함없다! 이제 저분이 나의 주군이시다!"

부총관은 회주를 안타깝게 바라보고 있었다.

만보상회의 최대 단점이 바로 무력이었다.

이상하리만큼 강한 무인과 연이 없는 만보상회였다.

답답하던 차에 점을 보러 갔고, 거기서 말한 곳에 가면 백금만이 원하는 것을 얻을 것이라 말했다.

그래서 희망을 품고, 무작정 상행에 나선 것이었다.

제五장

사실 무력이 약하다는 것은 상단으로서는 엄청 치명적인 단점이었다.

고가의 물건들을 언제든지 빼앗길 수 있는 위험이 다른 상회에 비교해 높았기 때문이었다.

이 전에도 이미 몇 번의 경험이 있었기에 더욱더 현실에 와닿는 단점이었다.

이대로 소문이 퍼진다면 만보상회는 모든 도적의 목표가 될 것이 자명했다. 그렇기에 회주인 백금만은 강한 무인에 엄청난 갈증을 느끼고 있었다.

그러던 차에 천룡 일행을 만난 것이다.

백금만은 매우 놀랐다.

세상을 경천동지(驚天動地)하게 할 엄청난 무력을 지닌 자가 수두룩했던 것이었다.

그런 자들이 한 단체에 묶여 있는 것은 더욱더 놀라웠다.

거기에 그들이 천룡에게 보여 주는 엄청난 충성심은 그로 하여금 천룡에게 빠져들게 했다.

백금만은 자신도 저기에 속하고 싶다고 생각하게 된다.

저 안에 속하는 순간, 엄마 품속에 있는 듯한 편안함과 안정감을 느낄 수 있을 것 같았다.

세상에 그 어떤 풍파가 오더라도 이겨 낼 수 있을 것 같았다.

그것이 오늘 백금만이 천룡을 주군으로 모시기로 마음먹게 한 계기가 되었다.

특히나 천룡이 자신의 수하들을 엄청나게 챙기는 모습에 완전히 빠져 버린 것이었다.

수하에게도 강압적이지 않고, 무엇보다 편하게 대해 주는 자애로운 주군이었다.

천룡을 바라보는 백금만의 눈빛은 천룡을 따르는 다른 이들의 눈빛과 같아져 있었다.

객잔에 도착해서 여장을 풀고, 휴식을 취하던 천룡은 감사 인사를 하겠다고 찾아온 백금만으로 인해 난감해하고 있었다.

"아니…… 그게 무슨 말씀이세요?"

"주군으로 모실 수 있도록 허락해 주십시오!"

"하아…….'

이건 또 무슨 소리란 말인가?

자신이 뭘 했다고 자꾸 이렇게 사람들이 떠받드는지 이해를 못 하는 천룡이었다.

벌써 몇 번째 겪는 일인지 이제 적응도 될 법한데 아직도 적응을 못 하는 천룡이었다.

"그러니까…… 왜요?"

"주군에게서 저의 희망을 보았기 때문입니다!"

이미 주군이라 부르고 있었다.

천룡은 그것을 느끼지 못했다.

"희망? 저는 뭘 해 준 것이 없는데요?"

"주군 자체가 저에게 희망입니다!"

답도 없었다.

그 모습에 제자들과 수하들이 모여서 쑥덕거렸다.

"크크크, 이렇게 또 아버지 매력의 늪에 빠진 자가 나왔구먼!"

"사부님의 매력에 빠지면 못 헤어 나오지요."

"그러고 보니 상단까지 들어오면 웬만한 무가에서 갖춰야 할 것은 다 갖추는 것 아닌가요?"

"어? 그러네? 의가 있고, 표국 있고, 정보는 저기 장천이가 하고 있고, 무력이야 뭐 두말하면 입 아프고! 상단에 관과 연줄까지! 캬!"

"어쩌다 보니 사부님이 원하는 평범한 장원하고는 멀어지네요."

"야, 울 아버지가 평범한 삶을 사실 운명이겠냐? 제자들부터가 평범함과 거리가 먼데?"

무광의 말에 다들 고개를 끄덕였다.

제자들뿐인가? 수하들 역시 평범한 이가 없었다.

뒤에서 자신의 이야기를 하는지도 모른 채, 천룡은 이마에 손을 대고 한숨을 쉬고 있었다.

허락해 줄 때까지 일어서지 않겠다는 말은 어째 하나같이 똑같은지 골치가 아팠다.

그냥 제자들과 세상 구경이나 하면서 편하게 살려고 나왔는데, 갈수록 책임져야 할 자들이 늘어나고 있었다.

"아버지, 그냥 받아들이세요. 이것도 인연 아닙니까?"

"맞아요. 나쁜 짓을 하는 것도 아니고 그저 사부 밑으로 들어와 기대고 싶다는 건데."

무광과 태성이 거들고 나섰다.

"사부님, 저자에겐 정말로 사부님이 희망이고 기댈 수 있는 마지막 보루일 수도 있습니다. 제자가 생각하기에도 받아

주심이 어떤지…….”

천명의 말까지 들은 천룡은 자신을 향해 엎드려 있는 백금만을 바라보았다.

생각해 보니 이게 운명인 것 같은 기분도 들었다.

하늘이 자신에게 어떠한 사명을 내렸다는 생각이 들었다.

그랬기에 이렇게 자신의 주변으로 사람을 보내 주는 것이 아닐까.

그렇게 마음을 정리했다.

그리고 엎드려 있는 백금만을 일으켜 세우며 말했다.

“앞으로 잘해 보자……. 못난 사람을 이토록 좋아해 주니 고맙다.”

천룡이 하대하며 일으켜 세웠다.

자신을 인정하고 받아들인다는 뜻이었다.

왠지 모를 눈물이 나왔다.

사실 천룡을 이용하기 위해 접근했다는 것이 맞는 표현일 것이다.

상회의 힘이 중원 전역에 뻗치기 위해서, 그 어떤 것도 서슴지 않고 할 수 있기에 이렇게 행동한 것인지도 모른다.

하지만 자신을 인정하며 믿음이 가득한 눈빛으로 바라봐 주는 천룡을 보니 그런 마음이 사라져 갔다.

그저 천룡의 말 한마디 한마디가 온몸을 떨리게 하는 감동으로 다가왔다.

'아아! 나의 운명이셨구나…… 이분이…… 나의 운명이셨어…….'

이유는 없었다.

마음이 그렇게 말을 하고 있었다.

그저 따르고 받들고 기쁘게 해 드리고 싶은 마음만 들었다.

'이분에게 세상의 모든 부(富)를 안겨 드리고 말겠다!'

그렇게 다짐을 하며 눈물을 흘리는 백금만이었다.

훗날 황금천왕(黃金天王)이라 불리게 될 고금제일의 상인이 이렇게 천룡의 품 안으로 날아 들어왔다.

해가 지고 한왕 주고후의 성대한 생일잔치도 마무리가 되었다.

주고후는 한 여인을 독대하고 있었다.

"나를 직접 만나야 한다고 했다지? 표국주라고?"

주고후 앞에 고개를 조아린 채 서 있는 여인은 바로 유가연이었다.

"네. 전하. 꼭 전하께 직접 전하라는 물건이옵니다."

주고후는 유가연의 몸을 훑어보며 웃고 있었다.

온몸에 소름이 돋았지만 유가연은 꼭 참으며 비단 보자기를 내밀었다.

그러자 옆에 있던 내관이 조심스레 그 물건을 받아 주고후에게 가져갔다.

주고후는 비단 보자기를 풀어헤치고 상자를 열었다.

그 안에는 찬란하게 빛나는 검이 하나 들어 있었다.

"오오! 이것이었나? 하하하하. 이것이었군."

금은보화로 치장된 화려한 검.

"너는 이것이 무엇인지 아느냐?"

주고후가 유가연에게 물었다.

"소녀는 모르옵니다. 절대로 상자를 열어서도 안 되고 내용물을 알아서도 안 된다는 것이 표물 의뢰인의 조건이었습니다."

유가연의 말에 주고후가 크게 웃으며 말했다.

"크하하하하. 여인의 몸으로 대단하구나! 너에게 보답을 주고 싶구나. 무엇을 원하느냐?"

"소녀는 그저 표국의 국주로서 할 일을 했을 뿐입니다. 이미 모든 값은 받았사옵니다."

"크크크, 말을 정말 잘하는구나. 고생했다."

"감사하옵니다."

"내 따로 너희 표국에 선물을 주겠다. 하하하하, 가서 기다리고 있거라."

"성은이 망극하옵니다."

유가연은 뒷걸음질을 치며 물러났다.

유가연이 사라지고 주고후는 검을 뽑았다.

창—!

눈이 부실 정도로 아름답게 빛나는 검.

"여의천검이로다. 정말로 소문처럼 아름답구나."

몽롱한 얼굴로 한참 동안 검을 바라보는 그였다.

"사람들은 불러라. 이제 때가 되었음이니."

"네!"

❧

자신을 축하하러 온 수많은 사람을 상대하고 난 뒤에 피곤할 법도 하건만, 주고후는 지금 자신의 수족(手足)들을 불러서 은밀하게 대화를 하고 있었다.

"그 물건이 왔네. 그들은 약속을 지켰어."

"저, 정말이옵니까? 경하드리옵니다! 전하!"

"경하드리옵니다! 전하!"

한 명이 선창하자 다른 자들도 모두 엎드려 외쳤다.

"흐흐흐. 그래, 그래. 이것으로 하늘이 내 편이라는 확신이 들었어. 이것으로 마음의 결정을 내릴 수 있겠어."

"그렇사옵니다! 하늘이 전하를 선택하신 것이 분명하옵니다!"

주고후는 일어서서 아까 자신이 받은 상자를 다시 개봉했다.

그 안에 금실로 수많은 용이 짜인 천이 무언가를 돌돌 말고 있었다.

그 천을 벗어 재끼자 금광(金光)이 휘황찬란하게 빛나는 검이 모습을 드러냈다.

어찌나 그 빛이 강한지 방 안을 환하게 비추는 착각마저 들었다.

"저것이 여의천검(如意天劍)…… 아아! 정말로 아름답구나!"

황금빛 광채가 나는 영롱한 모습에 눈이 풀린 듯한 표정으로 그것을 바라보는 사람들이었다.

주고후 역시 다시 몽롱한 표정으로 검을 바라보았다.

침묵의 시간이 잠시 지나고, 대신들이 저마다 한마디씩 하기 시작했다.

"저, 정말로 아름답사옵니다! 과연! 황제가 되실 분에게만 간다더니 명불허전이옵니다!"

"오오, 정녕 인세에 다시없을 명검이옵니다!"

"선택된 자에게만 가는 신검이 아니옵니까? 경하드리옵니다! 전하!"

"그래……. 황제……. 황제만이 가질 수 있고…… 오로지 하늘 아래 황제만이 만질 수 있는……. 신검(神劍)……."

몽롱한 표정으로 연신 검신(劍身)을 쓰다듬는 주고후였다.

"이 검이 나에게 왔다는 건 무슨 뜻이겠냐?"

검을 높이 들어 올려 요리조리 살펴보다가 물었다.

"이 검이 내 손에 있다는 것이 무엇을 뜻하냔 말이다!"

점점 소리가 높아지는 주고후였다.

"이 검이! 하늘이 내린다는 자에게만 간다는 바로 이 검이! 내 손에 있다는 것이 무슨 뜻이냔 말이다!"

주고후가 외치자, 안에 있던 모든 사람이 엎드리며 외쳤다.

"전하께서 황제가 된다는 뜻이옵니다!"

모두가 한마음이 되어 외치자 주고후가 방 안이 떠나가라 크게 웃었다.

"으하하!"

한참을 목청껏 웃는 주고후였다.

그토록 오매불망 기다리던 여의천검이 자신의 손에 들어온 것이다.

"그들에게 전해라. 내 꼭 약속을 지키겠노라고."

그리 말을 하고는 몸을 돌려 자리에 앉으며 말했다.

"모레 아침 일찍 산동(山東)으로 향할 것이다. 출발 준비를 하도록!"

"명 받드옵니다! 전하!"

그리고 뒷걸음질로 나가는 수족들을 보며, 아련한 눈빛으로 손안에 든 검을 계속 쓰다듬었다.

천하무적
윤가장

'너무……. 너무 오래 걸렸구나……. 이제 곧 모든 것이 내 것이 되겠지……. 어디 두고 보자. 날 내친 놈들…… 후회하는 날이 곧 올 것이다.'

그러면서 검을 꼭 안고 의자에 깊게 몸을 파묻는 주고후였다.

⚜

운가장에서 좀 떨어진 곳에 한 무리의 거지들이 숨어서 무언가를 지켜보고 있었다.

"역시 수상해. 갑자기 생긴 장원치곤 너무 규모가 커."

"그렇습니다. 저기 보십시오. 지금도 계속 건물이 올라가고 있습니다."

"무사들 경지 또한 예사롭지 않습니다. 아무리 봐도 수상합니다."

허리에 매듭이 다섯 개인 거지가 수하들과 대화를 하고 있었다.

개방 오결제자 추혼개 갈상.

지금 운가장을 지켜보는 자의 이름이었다.

이 지역을 담당하고 있는 분타주이기도 했다.

처음에 운가장을 발견한 거지들이 이곳에 새로운 장원이 생겼다는 보고를 했다.

그런 보고는 하루에도 수백 개가 넘기 때문에 대수롭지 않게 넘겼다.

그다음에 올라온 보고에는 장원의 규모가 점차 커지고 있다고 올라왔다.

그제야 황급 정보로 승격되었다.

개방은 정보의 급을 천지현황으로 나누어 분류해 놨다.

가장 하위급이 황. 가장 중요 등급이 천이었다.

황급 정보는 그냥 참고용으로 적어 놓는 것이기에 중요하지 않았다. 그저 이 지역에 이런 장원이 있다 정도만 참고하는 용도였다.

그런데 운가장에 대한 정보가 계속 올라오는 것이다.

뭔가 이상함을 느낀 분타주는 집중해서 지켜보라 명을 했다.

그리고 다시 올라온 보고서를 보고 분타주는 벌떡 일어났다.

—사파로 추정되는 무인들 다수 포착

그 한 줄로 인해 운가장의 중요도가 급상승했다.

왜냐하면, 운가장이 있는 곳은 정파의 영역이었다.

그것도 그냥 이름 없는 문파가 아닌 화산의 영역이었다.

분타주는 운가장에 대한 정보를 지급으로 상향시키고 직

접 조사를 위해 현장에 나온 것이다.

긴가민가하는 마음에 왔는데, 정문에 있는 위사들 무위를 보고 생각을 수정했다.

정문을 지키는 수문위사들 무위마저도 자신의 아래가 아니었다.

"수문위사들조차 내 아래가 아니다. 이런 곳이 일개 장원이라고?"

믿을 수가 없었다.

"다른 특이점은 없었느냐?"

분타주의 물음에 옆에 있던 거지가 조심스럽게 말했다.

"저…… 제가 잘못 본 것인지는 모르겠으나……."

"답답하다. 빨리 말해라."

"네! 구룡방의 광룡대를 보았습니다. 저 장원에서 나오는 것을 보았습니다."

"뭐?"

수하의 말에 갈상이 바람 소리가 날 정도로 고개를 돌리며 다시 물었다.

"그, 그게 사실이냐! 정확해야 한다!"

"그, 그게 저도 너무 놀라서…… 놓치고 말았습니다."

수하의 말에 갈상이 고민에 빠졌다.

"정말이라면 심각하다. 이곳이 평범한 장원이 아니라…… 구룡방의 분타일 수도 있다."

"네에? 그럴 리가 없습니다. 이곳은 화산의 영역인 데다가 무림맹과도 멀지 않습니다. 그런 곳에 분타라니요. 미치지 않고서야……."

"그러니 더욱 이곳에 분타를 지어야지. 등잔 밑이 어두운 법이다. 너희도 이곳을 확인하기 전까지는 긴가민가하지 않았더냐. 아니. 지금도 믿지 않고 있지 않으냐."

갈상의 말에 수하들이 운가장을 바라보며 침을 꿀꺽 삼켰다.

"일단은 이곳은 천급으로 격상한다. 본방에 연락해서 특급 정보원들을 보내라고 요청해라."

"알겠습니다."

갈상은 운가장을 바라보며 불안한 눈빛을 보였다.

'제발, 우리 아이들이 잘못 본 것이기를…….'

북경으로 갈 채비하고 있던 조천생에게 다급한 소식이 날아왔다.

"뭐라? 황후께서 앓아누우셨다고?"

"네! 그렇습니다! 하여 오시는 길에 천공의선을 모시고 오라 하셨습니다!"

"천공의선을? 아니…… 궁내의 어의들은 어찌하고?"

"그것이…… 그 누구도 병명을 알아내지 못하고 있다 하옵니다!"

"허허허…… 천하에서 제일간다는 의원들도 못 알아내는 것을 그자가 알겠는가?"

"그의 의술은 하늘에 닿았다 하여 천공의선이라 불리는 줄 아옵니다! 그리하여 황상께서 직접 모시고 오라고 황명을 내리셨습니다!"

"황명이니 내 따르기는 하겠다만…… 그런 의원들은 목에 칼이 들어온다 해도 쉬이 움직이지 않을 터인데……."

조천생이 난감한 표정을 지으며 자리에 앉았다.

"그자의 성격은 어떠하다고 하더냐?"

"네! 불의와는 절대로 타협하지 않으며, 소신대로 움직이는 것으로 유명합니다!"

"거참…… 그래. 그자가 있는 동네가 어디였지?"

"현재 태원에서 천의문의 문주를 역임하고 있는 것으로 알려져 있습니다!"

"태원이라……."

수염을 이리저리 꼬며 생각에 잠긴 조천생이었다.

"황후마마의 병세는 어떠한 현상이더냐?"

"소인은 그것까진 잘 모르옵니다!"

"그런가? 하아, 일단 그 부분을 알아 오너라. 그래야 설득을 하든, 강제로 끌고 가든 할 것이 아니더냐?"

"알겠습니다!"

자신에게 소식을 전하러 온 사신이 나가자 심란해진 조천생은 몸을 일으켰다.

그러고는 자연스럽게 천룡이 기거하는 곳으로 향했다.

"어머! 조 가주님! 오셨어요?"

"주모님! 그렇습니다! 주군께선 안에 계십니까?"

"네! 제가 안내해 드릴게요."

유가연은 조천생을 보자마자 반기며, 천룡에게 안내했다.

천룡은 자신의 제자들과 수하들을 모아 놓고 한창 술자리 열고 있었다.

"오, 조 가주님! 오셨습니까?"

"주군! 소신이 늦었습니다!"

"하하, 아닙니다! 저희도 막 시작하는 참이었습니다! 어서 앉으세요."

"허허허, 그렇습니까? 그럼 소신도 참석하겠습니다."

"아, 마침 잘되었습니다! 인사 나누세요. 저기는 새로이 한 식구가 된 백금만이라는 사람입니다."

천룡의 말에 자리에서 벌떡 일어나 자신을 소개하는 백금만이었다.

"안녕하십니까! 만보상회를 운영하는 백금만이라고 합니다! 앞으로 잘 부탁드리겠습니다!"

"허허허! 나야말로 잘 부탁드립니다. 나는 이부상서라는 관직에 있는 조천생이라고 하오."

"이, 이부상서요? 그, 그것이 저, 정말입니까?"

"뭘 그리 놀라시오?"

"아, 아니 그렇게 높은 관직에 계신 분이 저희 주군과⋯⋯."

"그만큼 주군께서 대단하신게지요. 허허허, 앞으로 주군 앞길에 돈 걱정 없게 잘해 주시오."

"여부가 있겠습니까! 신 백금만! 주군 앞에 황금 길을 깔아 드릴 것입니다!"

그러면서 자신의 가슴을 탕탕 치는 백금만이었다.

그런 모습에 다들 크게 웃으며 술잔을 들었다.

그렇게 분위기가 고조되어 술잔이 두어 번 왔다 갔다 하였다.

"그런데 조 가주님! 안색이 왜 그렇습니까? 근심이 가득한 것 같습니다."

"아? 이런 죄송합니다. 저도 모르게 앞으로 일이 걱정되어 그만⋯⋯."

"앞으로 일요? 무슨 일이 있습니까?"

천룡의 물음에 조천생이 머뭇거리자, 무광이 나서서 물었다.

"여기 다 같은 식구인데, 뭘 그리 어려워하십니까? 말씀해 보세요."

"하아, 그럼 염치 불고하고 말하겠습니다. 사실 주군의 도움이 필요할지도 모르겠습니다."

"제 도움요? 조 가주님이 필요하다면 언제든지 도와야죠! 하하하!"

고민도 없이 대답하는 천룡을 보며 조천생은 그저 감동했다.

"말해 보세요."

"예……. 주군! 실은 황후께서 급작스럽게 쓰러지셨다 합니다. 그런데 아무도 그 병명을 모르고 있다고 합니다."

"허…… 그게 정말입니까?"

"그렇습니다! 하여 그 천공의선이라는 자를 찾아 데려오라는 황명이 있었습니다."

"천공의선을요?"

"네! 천하에 의술로 그를 따를 자가 없다 합니다. 하지만…… 소신의 생각으로는 주군이야말로 하늘이 내리신 분이 아닐까 생각되옵니다."

"제가요? 하하, 저는 의술을 모릅니다."

"아니, 어찌 그런 말씀을 하십니까? 소신의 딸을 치료해 주신 은혜를 아직도 잊지 않고 있습니다."

"그건……."

"비록 제가 충성을 바치는 분이 아니시라고는 하나, 이 나라의 국모이시옵니다. 주군! 부디 한 번만 그분을 만나 주시옵소서!"

그러면서 엎드려 간청하는 조천생이었다.

요즘 들어 자꾸 난감해지는 일들이 자주 일어나는 천룡이었다.

"일단 알겠으니 일어나세요. 제가 큰 힘이 못 되겠지만, 도울 수 있다면 도울 테니 걱정 마시고요. 수하가 곤경에 처했는데 그냥 지나치는 못된 사람은 되지 말아야죠."

"크흐흑! 주군의 크나크신 은혜는 소신이 백골이 되어서라도 잊지 않겠습니다!"

바닥에 엎드려 감동에 울먹이는 조천생을 억지로 일으키며 말했다.

"뭐 일단은 가면서 생각해 보자고요."

"알겠습니다! 주군! 신이 또 한 가지 주군께 불편을 드려야 할 것 같습니다."

"뭔데요?"

"천공의선을 모시고 가야 하니…… 태원을 거쳐 올라가셔야 할 것 같습니다……. 또한 그자를 설득하는 데, 시간이 얼마나 걸릴지 예상이 되지 않는 터라……."

조천생이 염려하는 것은 그것이었다.

일단 자신의 주군을 다시 먼 곳으로 가게 하는 것과 그곳에서 또 천공의선이란 자를 설득하기 위해 허송세월 보내야 하는 것.

주군에게는 해서는 안 될 불충이라 생각했다.

그렇기에 이렇게 면목 없는 얼굴로 고개를 숙인 채 말을 더듬거리는 것이었다.

하지만 천룡은 대수롭지 않은 표정으로 말했다.

"에이, 난 또 뭐라고. 장천!"

"네! 주군!"

천룡의 말에 장천이 벌떡 일어나며 대답했다.

"관천에게 출발 준비해서 우리가 가는 길목으로 오라고 해."

"네! 바로 그리 전달하겠습니다!"

말이 끝남과 동시에 재빠르게 전달하러 나가는 장천이었다.

그 모습에 조천생이 이게 지금 무슨 일인가? 하는 표정으로 천룡을 쳐다보았다.

"응, 왜요? 또 뭐 더 필요한 거라도?"

천룡의 말에 조천생이 고개를 좌우로 흔들며 물었다.

"바, 방금 무엇을 하신 것인지…… 소신이 여쭤봐도…….."

조천생의 말에 장천이 나간 문을 바라보며 말했다.

"아! 관천이…… 그러니까 천공의선의 본명이 관천이거든요. 아까 나간 애가 걔랑 친구라서 연락하라고 한 건데?"

"네? 그, 그게 무슨? 말씀이십니까?"

천룡의 말에 화들짝 놀라며 눈을 동그랗게 뜨는 조천생이었다.

그것에 대한 설명은 무광이 했다.

"관천이라는 사람이 천의문주고 천공의선입니다. 그리고 방금 나간 놈이 세상에서 명왕이라고 불리는 놈인데, 그놈 친구고요."

"그, 그런데 어찌 주군께서는 그리 친근하게 부르시는 지……."

"아…… 친구의 핏줄? 손자? 암튼 뭐 그런 거죠."

천룡의 답변이 전혀 이해되지 않는 조천생이었다.

"제가 보기보다 나이가 좀 많아요……."

"그것은 알고 있었습니다. 주군."

"음, 조 가주님이 대충 짐작한 나이보다 더 많이…… 많아요."

"……어느 정도나 많으신 건지……."

"일단 대충 삼백 년은 넘은 거 같은데……. 확실한 나이는 나도 잘 몰라요. 암튼 그렇게 알아요."

그 말에 천룡과 관련된 일에는 다시는 놀랄 일이 없을 것으로 생각한 조천생은 그 생각을 수정해야 했다.

정말 대단하신 주군이었다.

"저 좀 충격이셨나요?"

대답이 없이 고개를 숙이고 몸을 들썩이는 조천생을 보며 천룡은 괜히 말했나 싶은 마음이 들었다.

하지만 그것은 큰 착각이었다.

조천생은 눈물을 흘리며 고개를 들었다.

"주, 주군! 역시 주군은 대단하십니다! 신이 아니신지 감히 짐작조차 못 하겠사옵니다! 거기에 소신이 그토록 골치 아파했던 천공의선의 건을 이렇게 간단히 해결하시다니요! 주군! 소신은 그저 주군만 바라보며 일생을 살겠습니다!"

감동이 너무 지나쳐서 우는 것이었다.

이자도 제정신은 아닌 듯했다.

"하하…… 그, 그래……요."

날이 갈수록 충성심이 과해져 광신도가 되는 천룡의 수하들이었다.

조천생이 준비를 하겠다며 물러가고, 천룡은 남은 제자들과 이야기를 했다.

"하아, 어찌 하루가 멀다 하고 일이 생기지?"

천룡이 술잔을 비우며 말하자, 태성이 말했다.

"헤헤, 사부. 그동안 세상에서 경험 못 해 본 것들을 한꺼번에 몰아서 하시네요?"

태성의 말에 천명이 몸을 앞으로 내밀며 말했다.

"그래도 뭔가 이상합니다. 멀쩡하던 황후가 갑자기 쓰러지다니요. 무언가 수상합니다. 사부님! 황궁은 엄청 위험한 곳입니다. 지금이라도 무르시는 게 어떠신지요."

천명의 말에 무광이 콧소리를 내며 말했다.

"흥, 위험하긴! 아버지에게 손 하나라도 까닥하기만 해 봐!

그날부로 황궁은 세상에서 사라지는 날이니까!"

"맞습니다! 사부! 저희가 아주 박살을 내 버릴 거예요!"

둘이 의기투합해서 황궁을 부수느니 마느니 하고 있으니 천명이 황당한 표정을 지으며 말렸다.

"빈말이라도 황궁에 가서 그런 말 하면 큰일이 납니다! 사제도! 자중하시게!"

"천명 사형은 뭐가 그렇게 두렵습니까?"

"두려운 게 아니네! 우리 몇 사람 분풀이하자고 온 세상을 혼란 속으로 빠뜨릴 셈인가? 우리가 막말로 황궁을 다 때려 부수면? 그래서 황제고 뭐고 다 죽이면? 그때는 온 세상에서 서로 황궁의 빈자리를 차지하겠다고 난리가 날 걸세!"

천명의 말에 태성이 아차 하는 표정으로 고개를 숙였다.

"황궁에 일이 생기면 세상에 큰 혼란이 온다고 했습니다. 사부님, 아무래도 무언가 심상치 않습니다."

천명의 말에 천룡도 그제야 심각한 표정이 되었다.

"안 갈 순 없다. 그만큼 위험이 도사리고 있다면, 조 가주역시 위험하다는 소리다! 그러니 더욱더 가야 한다. 내 사람이 위험하다는데 안 가면 어찌 되느냐!"

천룡의 말에 천명이 감동적이었는지 고개를 숙이며 말했다.

"사부님…… 역시 사부님이십니다!"

"그런데 사부, 정말로 음모면 어찌합니까?"

태성의 말에 천룡 역시 딱히 해 줄 말이 없었다.

이런 경험이 있어야 뭔 말을 할 것이 아닌가.

"역시…… 머리 쓰는 사람이 필요해……."

조용히 있다가 무광이 한마디 했다.

"전부터 느끼는 거지만, 머리 쓰는 사람이 현 상황에서 가장 필요한 것 같습니다. 무력은 뭐…… 넘치다 못해 과할 정도로 있는데, 정작 머리 쓸 일이 생기면 혼란에 빠지는 게 저희 단점인 것 같습니다."

"맞아요! 사부! 전에 관이랑 얽혔을 때 사실 운이 좋아서 넘어갔지 하마터면 큰일 날 뻔했지요. 무광 사형의 말이 맞습니다!"

무광과 태성의 말에 천룡이 물었다.

"어디서 찾아? 뜬금없이 그런 사람을?"

천룡의 반문에 다들 꿀 먹은 벙어리가 되었다.

자신들은 그런 일을 해 보지 않았기 때문이었다.

다 알아서 찾아오거나, 아니면 아랫사람들이 찾아왔기 때문이었다.

태성이 잠시 생각을 하다가 말했다.

"우리 애들한테 물어볼까요? 추천 좀 해 달라고?"

"추천?"

"네! 끼리끼리 논다고 머리 쓰는 놈들은 머리 쓰는 놈들을 알지 않겠어요?"

"오, 네 말도 일리가 있다."

"그럼 한번 물어볼까요?"

"응! 지금 당장! 빨리! 전서구를 날려! 아니! 비응 날려! 비응!"

'이번엔 제발 순탄하게…… 나타나라. 제발…….'

천룡의 바람대로 운가장을 운영할 머리가 과연 순탄하고, 무사히 합류할 것인지는 지켜봐야 할 일이었다.

유유히 흐르는 장강 하류에 있는 거대한 선착장.

그곳에 무당일검 현진이 슬픈 눈을 하며 강을 바라보고 있었다.

그런 현진을 무당검수들이 뒤에서 지켜보고 있었다.

"저…… 사숙. 이제 이동을 해야 합니다……."

무당검수의 부수장을 맡은 진곤이 나서서 말했다.

현진이 현자 배에서 가장 막내라면, 진곤은 진자배에서 제일 첫째였다.

차기 무당검수의 수장이기도 하다.

그런 그가 조심스럽게 눈치를 보며 현진에게 말을 걸고 있었다.

"……진곤아……."

"네, 사숙!"

여전히 강물을 바라보며 말하는 현진이었다.

"나는 괴롭구나……. 그래…… 항상 생각했지……. 무언가를 선택해야 하는 날이 온다면…… 나는 과연 옳은 선택을 할 수 있을지……."

"……."

"얼마 전 나는 그런 선택을 해야 했다……. 그것이 과연 옳은 결정이었을까?"

"그 당시에는 그 선택이 최선이었습니다."

그리 말하는 진곤을 천천히 고개를 돌려 바라보는 현진이었다.

그런 그의 눈은 한없이 슬퍼 보였다.

"……최선이라……. 진곤아…… 세상에 그런 것은 없단다."

"사숙……."

"내 잘못인 것이지. 나에게 힘이 있었다면…… 나에게 무황이나…… 검황 같은 무공이 있었다면…… 저들이 과연 그렇게 나왔을까?"

그렇게 말하며 자신의 검을 으스러지라 움켜쥐는 현진이었다.

"이러고서 모든 중생을 구하겠다니…… 한심하구나……."

"사숙! 정신 차리십시오! 어찌 그런 생각을 하십니까. 사숙의 결정으로 목숨을 구한 수백의 사람들을 생각하십시오!"

현진은 지금 처음으로 겪는 좌절에 몸부림치고 있었다.

"진곤아…… 그것은 구한 것이 아니란다. 피한 것이지……. 그들은 내가 그런 결정을 하지 않았어도…… 그 사람들을 살려 보냈을 것이다."

"네? 그게 무슨……?"

"지금 생각해 보니…… 내가 아둔했구나. 장강에서 밥 벌어먹는 이들이…… 장강을 이용하는 민초들을 건드릴 리가 없거늘……. 그냥 내가 피한 것이지. 그런 것이야……."

생각해 보니 그랬다.

만약 장강수로채가 일반인들을 이유 없이 수장시켰다는 말이 돈다면, 그날 이후로 장강수로채는 온 중원의 공적이 된다.

그것뿐이 아니라 관에 표적이 될 것이다.

민심을 잡기 위해 군이 출동했을 것이다.

그들이 그러한 악수를 두지는 않았으리라는 것이 지금 현진의 생각이었다.

"그때…… 그때 깨달았어야 했는데……. 나의 잘못된 결정으로…… 죄 없는 이들이……."

"사숙! 정신 차리십시오!"

"그들은…… 나에게 고맙다고 했다……. 나에게…… 오히려 괜찮다고 했다……. 끄흐흐흐흑!"

기어이 눈물을 보이고 마는 현진이었다.

마지막에 자신을 바라본 그 따뜻한 눈빛이 자꾸 생각이 났기 때문이었다.

그것이 계속 마음에 남아 이렇게 현진을 힘들게 했다.

그 자리에 있는 모든 무당검수가 고개를 숙였다.

자신들도 그 자리에서 모두 보았기 때문이었다.

진곤 역시 바로 그 옆에서 모든 것을 들었기에 차마 말을 못 하고, 그냥 덤덤하게 울고 있는 현진을 바라볼 뿐이었다.

차라리 이렇게 실컷 울고 나면 괜찮아지길 바라면서 말이다.

그런 진곤의 마음이 들렸던 것일까?

울음을 멈춘 현진이 결연한 눈빛으로 일어섰다.

"안 되겠다! 생사라도 확인해야겠다! 그래서 시신이 있다면 내 친히 양지바른 곳에 묻어 주기라도 해야 마음이 풀리겠다."

그런 현진을 보며 진곤은 어쩔 수 없는 것을 깨달았는지 동의를 했다.

"그렇게 하십시오. 사숙. 저희는 따르겠습니다."

진곤의 말과 함께 무당검수 전체가 복창했다.

"따르겠습니다!"

그런 무당검수를 바라보며 처음으로 미소를 지어 보이는 현진이었다.

"고맙다……."

그리고 몸을 돌려 그 장소로 걸음을 옮겼다.

그 뒤를 무당검수들이 묵묵히 따라나섰다.

진곤은 따라나서며 현진의 등을 바라보며 속으로 말했다.

'정이 많으신 분…… 부디 잘 헤쳐 나가셔야 할 텐데…….
원시천존이시여, 부디 사숙을 돌봐 주시옵소서.'

지금은 그저 마음속으로 간절하게 빌 수밖에 없었다.

쿠당탕탕-!

의자가 넘어가는 소리가 들리며 장강수로채의 군사가 벌
떡 일어났다.

"뭐? 그분들이 벌써 이동을 하신다고?"

"네! 그렇습니다! 지금 장강으로 이동 중이시랍니다!"

"아니! 이렇게 빨리? 급하다! 최고급 선박을 준비하라!"

"네!"

천룡 일행의 정보를 받은 장강수로채는 한마디로 난리가
났다.

이제 장강수로채에게 있어서 천룡표국은 특급 손님이었
다.

"군사, 이렇게까지 해야 하나? 이건 좀 과한데……."

"과하다니요? 채주님! 채주님은 그 표국의 표사들조차 이기지 못하고 꼬꾸라지셨습니다! 그런데 과하다니요? 저희 장강수로채의 목줄은 그들에게 달려 있습니다!"

채주의 말에 군사가 목에 핏대까지 세우며 열변을 토해 냈다.

"아니…… 그때 딱히 우리를 신경 쓰지 않는다고 하지 않았나?"

"말이 그렇다는 거지요. 만약 저희가 소홀하게 해서 그분들이 서운하다며 쳐들어오면? 막으실 겁니까? 네? 표사뿐 아니라 그…… 괴물들…… 저는 그때 생각만 하면 아직도 오금을 지립니다……."

"정말로 그렇게 강해?"

채주는 미처 경험하지 못했기에 이렇게 묻는 것이었다.

"강하냐고요? 하…… 명왕이 수하입니다! 무려 그 명왕이요! 채주님께서 일방적으로 털린 그 명왕! 그런데 그 명왕도 꼼짝 못 하는 자가 무려 세 명이 더 있습니다! 그 세 명은 또 한 명에게 꼼짝을 못 하고요!"

"아씨! 내가 정상이 아닌 상태에서 붙어서 그런 거라고 했지! 다시 붙으면 내가 이겨! 그리고 그걸 누가 믿으라고……."

채주가 자꾸 믿지를 않으니 군사가 답답한지 가슴을 치며 말했다.

"화룡지체 아시죠? 전설의 화룡지체가 거기선 제일 약한 자였다고요!"

"……."

표정만 봐도 알겠다. 못 믿는 눈치였다.

'하아…… 그래. 말하는 나도 꿈이 아니었을까 생각하는
데…….'

고개를 절레절레 흔들며 설득을 포기하는 군사였다.

"암튼 중요한 분들인 것은 맞으니 일단 제가 시키는 대로
하십쇼!"

"으응……."

아직 요양 중이어서 무공을 쓰지 못하는 채주는 그저 군사
눈치만 볼 수밖에 없었다.

그렇게 다시 천룡이 있는 하류를 향해 배를 이끌고 출항하
는 군사였다.

장천이 배를 구하려고 여기저기 돌아다니는데 어디서 많
이 본 듯한 자가 헐레벌떡 다가오고 있었다.

자세히 보니 전에 보았던 수로채의 군사였다.

"헉헉! 여, 여기에 계셨습니까?"

"어? 네가 여기 웬일이야?"

"혹시? 배가 필요하지 않으십니까?"

"어? 그, 그렇지?"

"저기에 준비해 두었습니다! 부디 모실 수 있도록 허락해 주십시오!"

그러면서 군사가 고개를 숙였다.

"엥? 너네가? 왜? 혹시…… 복수하려고 준비했니?"

장천의 말에 화들짝 놀라 경기를 일으키며 말까지 더듬거리는 군사였다.

"네? 그, 그게 무, 무, 무슨 말씀……이, 이……시, 십니까? 저, 절대 그럴 일은 어, 없습니다!"

"아! 깜짝이야! 뭘 그리 놀라. 농이었는데."

농 두 번 했다가는 자신의 심장이 남아나질 않겠다고 생각하는 군사였다.

"암튼 잘됐네. 내가 모시고 올 테니 준비하고 있어라."

"네! 철저하게 모든 준비를 하고 기다리고 있겠습니다!"

그런 군사에게 손을 흔들어 주며 천룡이 있는 곳으로 이동하는 장천이었다.

잠시 후에 모습을 드러낸 천룡을 보고는 군사는 발에 불이 나도록 뛰어가서 부복했다.

"장강수로채 군사 방연(龐延)! 귀인을 다시 뵈옵니다!"

"어? 아! 네 이름이 방연이었어? 다시 보니 그래도 반갑네."

천룡이 손을 흔들며 반겨 주자 군사가 황송한 표정을 지으며 더욱 고개를 숙였다.

그런 방연을 일으켜 세워 주며 말했다.

"그래도 잊지 않고 마중 나와 줬네? 그냥 해 본 말이었는데."

"아닙니다! 저희가 약속해 드린 것은 꼭 지킬 것입니다!"

"고마워. 신세 좀 지자."

"네! 편히 모시겠습니다!"

그러고는 천룡 일행을 극진하게 배 안으로 모시는 방연이었다.

그러다가 처음 보는 사람이 눈에 들어오자 장천에게 살포시 물었다.

"저기 저분은 누구십니까? 처음 보는 분인데……."

자신이 전혀 느낄 수 없는 걸 보니 저 사람도 엄청난 고수가 분명했다.

하지만 장천의 입에서 나온 말은 다른 의미로 군사에게 경악을 안겨 줬다.

"아! 저분? 이부상서이시지."

"네?"

"이부상서. 몰라? 관직! 정이품."

"……그게 왜 거기서 나옵니까?"

"우리 주군의 주변은 저런 분만 계신다! 하하하하!"

"서, 설마? 아니죠? 하하, 이부상서시면 황제에게 충성을……."

"응? 누가 그래? 아닌데? 우리 주군께 충성하시는데?"

그렇게 말하며 방연의 등을 두드려 주고는 배 안으로 들어 갔다.

'아니, 미친! 무력으로도 부족해서 권력자까지 수하로 두셨 다고? 이게 무슨 일이야?'

그러고는 진지하게 고민을 하기 시작한 방연이었다.

자신의 고민을 현실로 만들기 위해선 채주를 설득해야 했 다.

무언가를 결심한 방연은 채주가 있는 곳으로 발걸음을 옮 겼다.

한편 배에 올라탄 조천생은 놀라움을 금치 못했다.

이왕야의 생일잔치가 끝나면서 많은 사람이 한꺼번에 빠 져나가 배편을 구하기 힘들었다.

그런데 무려 장강수로채에서 배를 보내온 것이다.

그것도 군사와 채주가 직접 배를 끌고, 말이다.

하는 행동을 보아하니 절대 적의를 가지고 온 것이 아니었 다.

세상 극진하기가 황제가 와도 저러진 않을 것 같았다.

'허허! 주군, 소신이 언제까지 주군의 능력에 놀라야 끝이 납니까? 허허허허.'

놀람도 잠시 그저 행복한 미소만을 보일 뿐이었다.

천룡 일행이 모두 타고 배가 강을 거슬러 올라가기 시작했다.

배가 움직이자 방연은 채주를 데리고 천룡이 있는 곳으로 이동했다.

그리고 천룡 앞에 소개했다.

"여기 이분이 바로 저희 장강수로채의 채주이십니다."

"이, 인사드리오! 세간에서 패천부왕(敗天斧王)이라고 부르는 울지랑(尉遲狼)이라고 하오!"

채주가 당당하게 가슴을 펴고 인사를 하자, 천룡이 사늘한 눈빛을 보이며 물었다.

"우리 가연이를 죽이라고 명한 게 너였구나?"

"크어어어억!"

쿵─!

단지 가볍게 쳐다보았을 뿐인데 채주는 피를 토하며 쓰러졌다.

그 모습에 오히려 천룡이 더 당황했다.

"뭐, 뭐야! 얘 왜 이래?"

화들짝 놀라며 자리에서 벌떡 일어난 천룡을 보며 무광이 말했다.

"아! 아버지! 내상 입은 사람한테 그렇게 기운을 쏘아 보내면 어떡해요!"

"어? 아니, 난 그냥 살짝……. 장천이도 이 정도는 버티길래……."

그 말에 태성까지 가담해서 말했다.

"아이 참! 사부한테나 살짝이지……. 이렇게 내상 입은 사람한테는 치명상이라고요!"

그리고 강제로 일으켜 세워 기를 불어넣는 무광이었다.

시무룩한 표정으로 자리에 앉은 천룡에게 천명이 가서 상세하게 설명해 주었다.

"사부님, 무인이라고 다 같은 무인이 아닙니다. 그것보다 요즘…… 조금 거칠어지신 것 같습니다."

"그, 그런가? 하아…… 가연이 일로 내가 좀 신경이 날카로워졌나 보다. 그나저나 심한가?"

그러더니 직접 가서 맥을 짚어 상태를 살폈다.

"헐…… 난리네……."

괜히 미안했다.

약한 애를 괴롭힌 것 같아서 말이다.

그리고 품 안에서 하얀색 환단을 꺼내었다.

"어? 사부 그건 또 뭐예요?"

"아…… 백령단이라고 소화제 대용으로 가져왔는데……. 세상 경험을 해 보니 이 정도면 영약으로 들어가더라고……. 그래서 먹여 보려고."

"뭐가 들어갔는데요?"

"백령초(白令草)하고 공청석유(空青石乳) 조금하고, 천년금과

(千年禁果)랑 이것저것?"

"……소화제요?"

"뭘 먹어야 그걸 소화제로 쓸까요?"

다들 그 안에 들어간 재료를 듣고 혼이 나간 표정으로 천룡을 바라봤다.

"뭐? 왜? 아, 내가 있던 곳에선 지천으로 널린 게 이런 거였어!"

"그곳에 꼭 가 보고 싶네요. 그러고 보니! 저희가 사부님을 못 찾은 이유도 바로 그 결계 때문이랬죠!"

"으드득! 우리의 원수야! 그 결계가!"

"맞아요! 그것만 아니었으면 벌써 사부 찾아서 진즉부터 이렇게 행복하게 지냈을 텐데!"

점점 대화가 산으로 가고 있었다.

이미 천룡의 손에 있는 영단은 기억에서 사라진 것 같다.

오로지 천룡을 못 찾게 했던 그 결계에 대해 분노를 토해 낼 뿐이었다.

제자들이 그러든지 말든지 천룡은 채주의 입으로 단약을 밀어 넣었다.

그리고 지금까지 했던 것처럼 자연기를 불어 넣어 약효가 잘 퍼지도록 도왔다.

순식간에 약효가 퍼지면서 그 효능이 발현되고 있었다.

공중으로 떠오른 채주의 몸 밖으로 금색의 기운이 넘실거리기 시작했고, 그의 몸 안에서 무언가 터지는 소리가 계속 들려왔다.

퍼퍽−! 퍽−!

퍼퍼퍽−! 퍽−!

"이, 이게 무슨 소리죠?"

"쯧쯧. 칠왕십제라는 놈이 뭐 저리 막힌 혈도가 많아? 저거 막힌 혈도 뚫리는 소리다."

어찌나 격하게 타통 되고 있는지 소리가 들릴 때마다 채주의 몸이 들썩거리고 있었다.

계속해서 울리던 소리가 잦아들자 이번에는 몸 밖에 있던 금빛 기운들이 채주의 콧속으로 빨려 들어갔다.

빨려 들어간 기운은 머리 위로 솟아 올라와 금색 연꽃의 모양을 하며 하늘로 솟구쳤다.

"저 자식 복 받았네? 아버지도 참…… 저렇게까지 해 줄 필요 없는데……."

"제대로 치료해서 몸을 튼튼하게 만든 뒤에 본격적으로 패려는 거 아닐까요?"

"오, 그거 말 된다! 하하하!"

무광과 태성의 옆에 있던 방연은 그들을 잠시 힐끗 보고는 경이로운 표정으로 천룡을 바라보고 있었다.

'저건 아무리 봐도…… 새로운 경지로 올라가는 것 같은데……. 왜 이들은 이렇게 태평하지? 그리고 저런 영약

을…… 아무렇지도 않게…… 먹이시다니…….'

방연의 마음속에선 지금 무언가가 피어나고 있었다.

천룡을 향한 무언가가 말이다.

잠시 후, 모든 기운을 흡수한 채주는 아주 편안한 얼굴을 한 채로 잠이 들어 있었다.

"끝났다. 가서 눕혀. 아마 저녁이나 내일 아침쯤에 깰 거야."

그 말에 방연은 이상한 표정을 지으며 힘겹게 말을 하며 채주를 안고 나갔다.

"네……. 내, 내일 다시 찾아뵙겠습니다. 부디 편안한 휴식을 취하시길 바랍니다."

그리고 나가는 방연을 보며 무광이 말했다.

"저거 표정이……."

천명이 이어 말했다.

"……장천이도 저랬는데……."

태성이 말했다.

"……조방이가 저랬는데……."

그리고 동시에 서로를 바라봤다.

"에이…… 설마…… 아니겠지……. 하하."

해가 져서 어두워진 선실 안.

정신을 차린 채주가 군사와 대화를 하고 있었다.

"여긴?"

"깨어나셨습니까?"

"으응……. 네가 정말로 몸이 약해지긴 했나 보다……. 기절까지 하고 말이야……."

"그래도 다행입니다. 축하드립니다."

군사 방연은 기절했다가 일어난 자신에게 축하의 말을 전하고 있었다.

"뭐 인마? 날…… 놀리는 거냐?"

"하하! 그럴 리가 있겠습니까? 아닙니다! 운기를 해 보십시오."

군사의 말에 채주는 살짝 운기를 해 보았다.

그리고 깜짝 놀라서 벌떡 일어났다.

"헉! 이, 이게 뭐야! 내 몸이 왜 이래!"

온몸에 힘이 넘쳐 나는 것은 둘째 치고, 막히는 곳이 없었다.

온몸의 혈이 전부 뚫려 있었다.

"그래서 제가 말씀드리지 않았습니까? 축하드린다고요."

"……."

큰 충격에 아무런 답변도 못 하고 자신의 몸만 바라보는 채주였다.

"기연이었습니다. 그분께서 채주님께 드린 그 영약……. 그런 엄청난 영약을 아무런 망설임 없이 입에 넣으시더군요."

"영약?"

"네! 듣기로는 뭐 대충 공청석유와 천년금과, 그리고 산신이 허락한 자에게만 나타난다는 백령초……. 그것으로 만든 영단을 채주께서 드셨습니다."

군사가 하는 말이 전혀 이해되지 않았다.

지금 뭐라고 하는 것인가?

군사의 입에서 나온 것들은 자신이 평생 구경조차 못 해 본 기물들이었다.

그런 기물들로 만든 영단이 자신의 몸속에 있다?

이 말을 어찌 믿는단 말인가.

그것도 아무런 망설임 없이 자신의 입에 넣었다 하지 않던가.

세상천지에 그런 사람이 있을 리가 없었다.

"그, 그럴 리가 없다…… 네, 네가 잘못 듣고 잘못 본 것이겠지……."

"채주님의 경지가 지금 어떠합니까? 운기를 제대로 해 보십시오."

군사의 말에 채주는 눈을 잠시 껌벅이다가 이내 고개를 끄덕이며 가부좌를 틀었다.

그리고 운기 삼매경에 빠졌다.

잠시 후, 눈을 뜬 채주는 아무런 말도 하지 않았다.

그저 하염없이 동공만 떨리고 있었다.

군사는 그런 채주를 가만히 지켜만 볼 뿐이었다.

"경지가 올랐군……. 내 평생의 소원이었던 것이…… 하하하하……. 이것을 위해 그토록 발버둥을 쳤는데……."

그런 채주를 보며 군사가 자기 생각을 전했다.

"채주님…… 제 생각을 잠시 들어 보시겠습니까?"

"무엇인가?"

"전 그분의 밑으로 들어갔으면 합니다."

"……."

군사의 말에 채주는 말이 없었다.

한참 동안 무언가를 고심하던 채주가 입을 열었다.

"그분께 가자. 그분을 만나 뵈어야겠다."

"……네!"

❧

천룡은 자신을 찾아온 채주를 보며 말했다.

"몸은 좀 괜찮은 거야?"

"어찌 그러셨소?"

천룡은 뜬금없는 물음에 고개를 갸웃거렸다.

"응?"

"어찌…… 그 귀한 영단을 제게 주셨소?"

그 말에 채주가 무슨 말을 하는지 깨달은 천룡이 별것도 아니라는 식으로 답했다.

천하무적
유가장

"아…… 난 또 뭐라고. 신경 쓰지 마. 별거 아니니까. 너 엄청 위험했었어. 그걸로 널 살렸으니 된 거지. 안 그래?"

"나, 나는…… 적이 아니었소? 나, 나는…… 그대를 해하려 했소! 그런데 어찌?"

점점 울먹이는 얼굴로 변하며 천룡에게 해답을 요구하는 채주였다.

천룡은 자세를 바로잡고 말했다.

"나는 말이지. 사람은 변할 수 있다고 생각해. 지금까지 경험하면서 느낀 거지만 바뀌더라고."

채주와 눈을 마주치며 계속 말했다.

"널 왜 구했냐고? 일단 내가 할 수 있는 일이니까. 그 후에 네가 어찌할지는 천명 아니겠어?"

"나도…… 바뀌겠소?"

채주의 말에 천룡이 웃으며 말했다.

"당연하지! 나는 믿어!"

그 말에 채주의 눈에서 폭포수 같은 눈물이 쏟아져 내렸다.

"끄흐흐흑!"

갑자기 우는 채주에 천룡이 또 당황했다.

'어라? 뭐지? 이거 어디서 많이 경험했는데?'

"주구운!"

'헉……!'

"이제부터 나 울지랑은 주군의 견마가 될 것이오! 주군이 뭐라고 해도 나는 따를 것이오!"

어찌나 우렁차게 말을 하는지 그 소리에 놀란 제자들이 들이닥쳤다.

"뭐, 뭐야! 아버지!"

"사부님!"

"깜짝이야! 사부! 이게 무슨 일이래요?"

그런 것에 아랑곳하지 않고 그 옆에 있던 군사 역시 부복을 하며 외쳤다.

"소신 역시 주군으로 모실 수 있도록 허락해 주십시오! 신 방연! 주군께 충성을 다하겠습니다!"

"주군이 나를 받아 주기 전까지 절대 나가지 않을 것이오! 주군!"

둘이 엎드려 한목소리로 외치고 있었다. 천룡은 다시 난감해진 얼굴로 자신의 제자들을 바라보았다.

그러자 무광이 웃으며 말했다.

"하하하! 난 또 뭐라고! 아버지 받아들이세요. 아버지가 안 받아 주면 이놈들 또 무슨 나쁜 짓을 하고 다닐지 어찌 압니까?"

"맞습니다! 사부님이 받아 주셔야 개과천선을 해서 착하게 살지요."

-사부! 그냥 시원하게 받아 주세요! 웃으면서!

마지막 태성의 전음에 천룡은 웃으며 받아 주었다.

"하하…… 그래……. 앞으로 잘 부탁한다."

"크하하하하! 역시 나의 주군! 화통하시오! 이 울지랑! 앞으로 주군에게 목숨을 맡기겠소!"

울지랑이 목청이 터져라. 웃으며 말했다.

"충! 신 방연, 역시 주군께 목숨을 바치옵니다!"

천룡의 말에 벌떡 일어나서 큰 소리로 외치는 방연이었다.

"이제 한 식구가 됐으니까, 장천이와 여월이가 데리고 가서 잘 좀 알려 줘."

"충!"

"충!"

"명왕! 언젠가 당신과 재대결을 하고 싶소!"

"에?"

"그때는 내가 몸 상태가 안 좋았기에 진 것이오! 이 울지랑에게 주군이 생긴 기쁜 날이니 오늘은 그냥 넘어가겠소!"

"알았으니 일단 나오시오……."

"주군! 나가서 주군에 대해 경청 또 경청하고 멧돼지 한 마리 잡아 오겠소! 크하하하하!"

수하들이 모두 나가고 머리를 짚으며 눈을 감는 천룡이었다.

"하아…… 저건 좀 감당 안 될 거 같은데?"

"아버지, 그냥 포기하세요. 이미 아버지에게 푹 빠져서 광신도나 다름없어요."

"맞아요. 그냥 맘 편하게 드시고 인정하세요."

"그런데 사부, 정말 엄청나시네요? 이건 뭐 수하로 들어오는 사람마다 대단한 인물들이니."

태성의 말에 다들 함박웃음을 지으며 떠들어 댔다.

"크하하하하! 당연하지! 우리 아버지가 좀 대단하시냐! 하하하하!"

천명이 무언가 떠오른 듯 잽싸게 문밖으로 나가면서 말했다.

"하하하! 이렇게 즐거운 날 술이 빠지면 섭섭하지요! 제가 후딱 가서 챙겨 오겠습니다!"

"사형! 저도 같이 가요! 하하하!"

아무래도 조용히 자기는 틀린 것 같다.

꽃

"저 배인가?"

"그렇습니다! 그때 그 배가 확실합니다!"

"나 혼자 다녀오겠다!"

"네?"

어두운 밤에 언덕 위에서 무당검수들이 장강 위를 거슬러 올라오는 수로채의 선박을 보며 대화를 하고 있었다.

"사숙! 그건 안 됩니다!"

"괜찮다. 혹시라도 나에게 무슨 일이 생기면 장문인께 잘 좀 전해다오."

"사숙!"

그러고는 미처 말리기도 전에 배를 향해 경공으로 날아가는 무당일검 현진이었다.

"제길!"

"같이 안 가도 되겠습니까?"

무당검수들이 걱정 가득한 표정으로 물었다.

"지금 일제히 들어가면 저들을 자극할 수가 있다! 그것은 최악의 수다! 일단 지켜본다. 사숙께서 그리 쉽게 당하실 분도 아니고……."

"그래도……!"

"조용! 다들 언제든지 저 배 안으로 뛰어들 준비를 해라! 작은 소란이라도 들린다면 들어갈 것이다!"

"네!"

무당검수들은 일제히 현진이 들어간 선박을 지켜보기 시작했다.

한편 배 안으로 들어온 현진은 조심스럽게 선실을 뒤지고 다녔다.

최대한 걸리지 않게 이리저리 몸을 숨기며 조사했다.

늦은 밤이다 보니 배 안은 고요했다.

그렇게 여기저기를 돌아다니다가 소리가 들리는 선실을 발견했다.

현진은 그쪽을 향해 조심스럽게 이동했다.

그리고 조용히 창으로 선실 안을 들여다보았다.

그 안에선 천룡과 제자들, 그리고 수하들이 술을 마시고 있었다.

다들 기분이 무척 좋아 보였다.

'어억! 저분은? 그때?'

그때 현진의 눈에 천룡이 들어왔다.

자신에게 고맙다고, 그리고 어서 가라고 했던…….

'다, 다행이다……. 살아계셨구나……. 그리고 보아하니 나름대로 대접도 잘 받고 계셨던 것 같군. 정말 다행이야.'

자신이 그토록 걱정했던 일은 일어나지 않았다는 사실에 감사해하는 현진이었다.

이제 저들을 구하는 일만 남았다.

현진은 사방에 기감을 펼치고 적이 있는지 살폈다.

그때 창문이 열리면서 누군가 머리를 내밀었다.

"뭐야? 너 뭔데 거기서 자꾸 신경 쓰이게 하냐?"

"헉!"

갑작스럽게 나타난 무광에 깜짝 놀란 현진이 뒷걸음질 쳤다.

그리고 주변을 두리번거리고 아무런 일도 일어나지 않은

것에 안도의 한숨을 쉬며 검지를 입술에 댔다.

"쉿! 조, 조용히 하시오. 나는 그대들을 구하러 왔소."

그러고는 재빨리 창문을 통해 방 안으로 들어가는 현진이었다.

모든 사람의 시선이 방금 들어온 현진에게 일제히 집중되었다.

그런 사람들에게 현진이 포권을 하며 말했다.

"너무 경계하지 마십시오! 소생은 무당일검이라는 허명으로 불리는 현진이라고 합니다! 여러분들을 구하기 위해 이렇게 왔습니다!"

"응?"

"구하러?"

"우릴?"

다들 이게 무슨 소린가 싶어 천룡을 바라봤다.

혹시 알고 있는 것이 있는지 눈으로 물어보고 있었다.

천룡 역시 이게 무슨 상황인가 하다가 무당일검이라는 소리에 손뼉을 치며 말했다.

"혹시…… 우리가 수로채에 잡혀간 줄 알고?"

천룡의 말에 현진이 포권을 풀고 갸웃거리며 되물었다.

"잡혀가신 게…… 아니었습니까?"

그 말에 무광이 손에 들고 있던 술잔을 내려놓았다.

"우릴? 잡아? 누가?"

"······여기 수로채가······ 아닙니까?"

쾅-!

그때 문이 열리며 수로채주 울지랑이 먹음직스러운 통돼지구이를 들고 들어왔다.

"크하하하하! 주군! 제가 아주 맛있게 구워 왔습니다! 드셔보······? 엥? 넌 누구냐?"

"그, 그러는 당신은?"

"나는 장강수로채주 울지랑이다! 너는 누구냐! 누구길래 허락도 없이 배에 탔느냐!"

그 와중에 통돼지 구이를 상에 살포시 올려놓으며 말하는 수로채주였다.

그리고 표정은 환한 미소를 지으며 말하고 있었다.

천룡이 자신을 바라보고 있었기 때문이었다.

전혀 상황과 맞지 않는 표정으로 저런 말을 하니 현진은 자신을 놀리는 것이라 착각을 했다.

"농이 지나치시오! 그리고 나는 이들을 구하러 왔소!"

그 말에 뒤돌아서서 현진을 바라보며 기세를 뿜어냈다.

갑자기 돌변한 기세에 현진이 화들짝 놀라며 검을 뽑았다.

'미친! 정말로 수로채주라고? 뭐지? 이게 지금 무슨 상황이지?'

너무 놀란 나머지 사고가 정지되어 버렸다.

현진을 향해 한창 기세를 올리는 수로채주를 가리키며 무광이 말했다.

"이런 허접쓰레기? 우리가 잡혔다고? 정말? 야! 네가 우리 잡았냐?"

무광의 질문에 기세를 거두고 최대한 공손하게 머리를 조아리는 채주였다.

장천에게 무광과 천명, 태성의 정체를 들은 채주였다.

그때 심장이 튀어나와서 정말로 저세상 가는 줄 알았다.

"아, 아닙니다! 제가 감히 어찌!"

"아니라는데? 뭐 잘못 알고 온 거 같은데……."

그 말에 현진이 멍한 얼굴로 천룡을 바라봤다.

"무광아, 우리를 구하러 온 협사님께 그 무슨 말이냐!"

"헤헤, 그냥 해 보는 말이죠."

"이리와 앉으세요. 오신 김에 술이나 드시고 가시지요."

현진은 앉아야 하나 말아야 하나 고민을 하다가, 결국 자리에 앉았다.

"일단 여기 일행을 대표해서 저희를 구하러 와 주신 대협께 감사 인사를 드립니다."

그리고는 현진을 향해 공손하게 포권을 하는 천룡이었다.

"아, 아니……. 아닙니다……."

천룡이 따라 주는 술을 받고 있을 때 군사가 술동이를 들고 들어왔다.

"주군! 술 가져왔습니다!"

군사를 본 현진은 벌떡 일어나며 말했다.

"어어? 저, 저 사람이…… 맞는데…… 그런데……. 주군?"

여전히 갈팡질팡하며 정신을 못 차리고 있었다.

'가만 장강수로채주가 따르는 주군이 따로 있었다고? 그게 저 사람이고? 뭐야? 나 지금…… 호랑이 소굴로 걸어 들어온 거야?'

자신이 큰 착각을 했던 것이 분명했다.

그 모습에 천룡이 웃으며 말했다.

"긴장하지 마세요. 저들이 저희에게 적의를 가지고 접근한 것이 맞으니까."

"네?"

"하지만 잘 해결돼서 지금 이렇게 같이 술을 마시고 있는 것이라고 설명을 하면 이해가……."

"……."

"안 되겠군요."

그때 무광이 나섰다.

"이보시게, 협사님! 우리가 좀 강해서 말이지. 아무튼, 여기까지 오셨으니 우리가 초대한 셈 칠 테니 술이나 드시다 가시게. 하하하하!"

지금까지 자신이 그렇게 걱정하고, 좌절했던 시간이 너무도 아깝게 느껴지는 순간이었다.

'하아…… 그래. 좋게, 좋게 생각하자. 딱히 나쁜 사람들

같지는 않으니…….'

그리고 현진이 자리하자, 장천이 일어나 현진에게 각자의 소개를 해 주기 시작했다.

"우리 협사님께 그래도 저희 소개를 해 드려야겠지요?"

"그래! 해 드려라! 하하하하!"

"일단 저는 장천이라고 합니다. 세상 사람들에게 명왕이라는 허명으로 불리고 있지요."

"네에에에?"

벌떡-!

"노, 농은 그, 그만하시오!"

현진이 정색을 하며 발끈하자 장천이 살짝 기세를 풀었다.

"헉! 저, 정말……이란 말입니까?"

장천이 고개를 끄덕이자 현진이 재빨리 포권을 하며 말했다.

"무, 무림 후배가 선배님께 인사드립니다!"

"허허! 배분상으로는 내가 선배가 아닐 건데? 암튼 반갑네!"

"네, 네!"

"그럼 계속해서 여기 이 사람은 여월이라고 하지. 자네 별호 말해 줘도 되나?"

장천의 물음에 여월이 웃으며 말했다.

"하하! 형님도 참. 그런 걸 묻고 그러십니까? 그냥 말씀하십시오.”

“하하, 자네가 하도 숨기고 살길래 말하면 안 되는 줄 알았지.”

“그거야 예전엔 그래야 했으니까요. 아시면서…….”

현진은 잔뜩 긴장을 한 채 침을 꿀꺽 삼키고 있었다.

“나는 암혼살왕이라고 하네. 아마 그렇게 불리고 있지?”

“네에에?”

“네에?”

“헉! 뭐, 뭐라고요?”

그 말에 채주와 군사, 그리고 현진이 동시에 놀랐다.

채주와 군사도 별호는 듣지 못했다.

“그, 그런…… 저, 저기…… 저 그냥 가면 안 되겠습니까? 시, 심장에 무리가 오는 것 같아서…….”

현진이 가슴을 부여잡으며 울상인 얼굴로 말하고 있었다.

‘진짜로 호굴이었어! 아이고, 현진아! 미친놈아! 여기가 어디라고 들어왔느냐!’

후회해도 늦었다.

그리고 정신을 차리고 생각해 보니 칠왕십제 중에 세 명이 다른 사람들에게 엄청 공손하게 대하고 있었다.

순간 현진의 머릿속에 세 사람이 생각났다.

천하의 칠왕십제가 고개를 조아릴 인물이 있긴 했다.

바로 세 사람.

절대로 여기에 있어서는 안 될 세 사람이 떠올랐다.

여기에 더 있다가는 정말로 기절할 것 같았다.

마치 혼자만 다른 세상에 온 기분이었다.

온몸에서 식은땀이 흘러내렸다.

"표정을 보니 우리가 누군지 대충 눈치챘나 본데? 그치?"

무광이 실실거리며 묻자, 현진이 벌떡 일어나서 부동자세로 답했다.

"아, 아닙니다! 절대 모릅니다!"

"저 봐! 저 봐! 알아챘네."

"정말 모릅니다!"

"그래? 그런데 왜 그렇게 긴장을 해?"

"그, 그건……."

"누군지 아니까 너보다 훨씬 어려 보이는 우리가 반말해도 당연하게 받아들이는 거 아냐?"

"그, 그……."

무광이 실실거리며 접근하자 현진이 뒷걸음질 치며 거리를 벌렸다.

"안 잡아먹어. 이리 와."

"아닙니다! 여, 여기가 편합니다!"

그러나 순식간에 현진의 옆에 서서 실실 웃는 무광이었다.

"편하긴 뭐가 편해? 땀을 줄줄 흘리고 있으면서……."

그리고 강제로 끌어다가 자리에 앉혔다.

‘미친! 언제 내 옆으로 이동한 거야? 방금 눈앞에 있었는데?’

저들의 정체를 듣지 말아야 한다.

왠지 그래야 여기서 살아 나갈 수 있을 것 같았다.

“아! 거참! 진짜! 안 잡아먹는다니까!”

“네넵!”

누가 봐도 매우 불편한 자세로 앉아 있는 현진이었다.

그런 현진에게 천룡이 웃으며 술을 따라 주었다.

“전에는 정말 감사했습니다. 아, 오늘도 감사드려야겠군요. 위험을 무릅쓰고 저희를 구해 주러 오시다니……. 감동했습니다.”

“네? 넵! 아, 아닙니다!”

‘이자…… 아니, 이분은 누구시지? 삼황 중에 한 분은 아니신데?’

그 생각이 끝나기가 무섭게 무광의 말에 현진이 술을 뱉었다.

“무당이 그래도 정의롭기는 최고로 꼽죠! 아버지, 무당에 한번 가 보실래요? 거기도 풍광이 아주 많이 죽여줍니다!”

푸우우욱!

갑자기 무당에 가겠다는 말에 놀라 입안에 들어간 술들이 역류했다.

공중에 분사된 술은 앞에 있는 천명을 향해 날아갔다.

안개처럼 뿜어진 술들이 천명의 앞에서 멈추더니 그대로 공중에 떠 있었다.

"에이, 아깝게 시리……."

현진이 뱉은 술은 그대로 뭉쳐져서 다시 술잔으로 들어갔다.

"야! 너는 검황이라는 애가 그런 고급 기술을 술 피하는 데 쓰고 그러냐."

"그럼? 그냥 맞고 젖어요? 더럽게시리……."

아…….

안 들으려고 했는데…….

자신의 짐작이 맞았다.

나머지 둘은 뭐 듣지 않아도 뻔했다.

"너는 갑자기 술을 뱉고 그래! 무당검왕이 그리하라고 하디? 안 되겠네. 가서 혼을 내 줘야지."

"헉! 아, 아닙니다! 제, 제가 잘못한 겁니다! 장문인은 아무 잘못이 없으십니다!"

당장 무광의 바짓가랑이라도 잡을 기세였다.

"크크크크. 그래도 지 사형이라고 감싸는구나. 농이다. 이 놈아. 나는 담무광이다. 저기 저놈은 용태성이고, 여기 이놈은 방금 들었으니 알지? 무천명."

정신을 차리기 전에 들려오는 속사포가 현진의 정신을 혼미하게 했다.

'원시…… 천존이시여. 저에게 어찌 이런 시련을 주시옵니까…….'

"어? 반응이 왜 그래? 우리 무시하는 거야?"

오히려 반응이 너무 좋으니 계속 놀리는 무광이었다.

"이제 그만해라. 어찌 보면 우리 은인이다."

"네! 아버지!"

'컥! 여, 역시 내가 잘못 들은 것이 아니었어! 그런데 아버지라고?'

"무당이라는 곳에 대해 궁금해졌다. 저렇게 멋진 분이 계시는 곳은 얼마나 좋은 분들이 계실까?"

"하하하, 사부님! 무당은 오래전부터 중원 무림의 중심이었습니다. 지금 비록 무광 사형의 무황성에 가려 빛을 못 보지만요. 아니지, 지금도 무당하면 알아줍니다!"

"맞습니다! 사부! 단점이 좀 꼬장꼬장하다는 건데. 그거야 뭐 제 기준이니까……."

'사, 사부? 사부님? 지, 지금 뭐라고 하는 거야?'

그만 놀라고 싶은데 끊임없이 폭탄이 터져 나왔다.

호기롭게 들어왔던 자신이 원망스러웠다.

'그, 그냥…… 애들 말 들을걸…….'

"저는 운가장의 장주 운천룡이라고 합니다! 무당일검이라고 하셨나요?"

천룡이 포권을 하며 말을 하자, 현진이 벌떡 일어나 머리가 땅에 닿을 정도로 고개를 숙이며 답했다.

"넵! 저는 무당검수를 이끄는 현진이라고 합니다!"

"자, 자! 앉으세요! 하하하! 이렇게 인연이 되는군요! 꼭 다시 만나 뵙고 싶었는데!"

"네? 네! 가, 감사합니다!"

자신이 무슨 말을 하는지도 모르는 현진이었다.

'가만…… 삼황의 사부가 눈앞에 이분이시고……. 삼황이 한곳에…… 거기다가…….'

천룡이 따라 준 술을 홀짝홀짝 마시면서 장천과 여월, 울지랑을 바라보았다.

'칠왕십제 중 세 명이…… 여기에 포함…… 아니지! 무황과 검황이시면…… 권왕과 일섬검제께서도 포함이잖아! 미친!'

갑자기 든 생각에 온몸이 떨려 왔다.

'자, 잠깐…… 미친! 이, 이분들을 상대하겠다고……. 무림맹을…… 마, 말려야 한다. 지금 무당검수들의 경험이 중요한 게 아니야! 당장 본산에 가서 장문인을 말려야 해!'

생각만 해도 아찔했다.

이런 괴물들이 바글거리는데 이들과 적이 된다?

그건 끔찍한 재앙이었다.

이들이 기분 상해서 나쁜 맘이라도 먹는 날에는?

끝이다.

종말이었다.

그 생각을 하니 온몸이 떨리기 시작했다.

"아니, 얘는 또 술 마시다가 왜 이래? 어디 아파?"

무광이 걱정스러운 얼굴로 물어오자, 현진이 공포에 젖은 얼굴로 무광을 쳐다봤다.

빠악!

"아오오오오! 아버지! 아파요!"

"너 이씨! 협박했지? 그러지 않고서야 지금 저 상태가 말이 된다고 생각해?"

'무황의 뒤통수를…… 때…….'

쿠당탕탕!

현진이 기절했다.

"어라? 뭐야? 그냥 몸이 약했나?"

"거봐요! 제 잘못이 아니라니까요! 우씨!"

"하하하…… 미, 미안하다…….'"

한편 현진이 어서 나오기만을 기다리던 무당검수들은 초조한 모습으로 선박을 쫓아가고 있었다.

"이렇게 오래 걸리실 리가 없는데…… 무슨 일이 생기신 것이 아닐까요?"

"아니다. 사숙의 기운이 전혀 느껴지지 않았다. 무슨 일이 있었다면 대번에 대응했을 테니…… 일단 쫓아가면서 상황을 엿보자."

"네!"

"헉헉! 아니야! 아니야! 안 돼!"

벌떡!

온몸이 땀으로 젖은 현진이 침상에서 사색이 된 채로 일어
났다.

"헉헉헉!"

그리고 주변을 살펴보고는 꿈이라는 것을 깨달았다.

"하아…… 요새 몸이 허해졌나 보군. 이런 악몽을 꾸다
니……."

그리고 옆에 있는 주전자를 들어 물을 벌컥벌컥 들이켜고
는 입술을 닦았다.

"크으으! 하하하, 나 참 그런 말도 안 되는 꿈이라니…….
삼황이 한 자리에 있고, 한 분의 사부님을 모신다……. 그리
고 그 수하들이 칠왕십제라……. 중원 여행을 오래 해서 그
런가? 나도 상상력이 많이 풍부해졌군……. 하긴 그런 조합
은 상상만으로 가능한 조합이지……."

그리고 자리에서 일어나 주변을 살폈다.

"그런데 여기는 어디지? 내가 이런 곳에 들어온 적이 있었
나?"

나가서 확인하려고 하는데 자신의 사질인 진곤이 문을 열
고 들어왔다.

"사숙! 정신이 드셨습니까? 하하하! 정말 다행입니다! 얼마나 걱정을 했는지⋯⋯."

눈물을 글썽이는 진곤을 보고 현진이 당황하며 물었다.

"왜, 왜 그러느냐? 나한테 무슨 일이라도 있었던 것이냐? 여기는 또 어디고?"

"서, 설마⋯⋯ 기억이 안 나시는 겁니까?"

"응? 무, 무슨 기억?"

그러자 더욱더 울상이 되는 진곤이었다.

"사, 사숙! 노, 놀리지 마시고요! 정말이십니까?"

"하아! 답답하구나! 뭐가?"

그때 현진의 귓가를 때리는 목소리.

"일어났네? 이제 정신이 좀 들어?"

꿈속에서 들었던 목소리가 현실에서 들리기 시작했다.

목을 기형적으로 꺾으며 소리가 난 방향으로 천천히 돌리는 현진이었다.

'아니야⋯⋯ 그건 꿈이야! 설마, 아직 꿈인가?'

그런 현진의 생각을 산산이 조각내는 진곤의 목소리가 들려왔다.

"오셨습니까! 무황 어르신!"

어찌나 우렁차게 소리를 치는지 정신이 번쩍 들었다.

"헉! 꿈이⋯⋯ 아니야?"

"아직 정신이 덜 들었네. 그게 그렇게 충격적인 일인가?

너는 어찌 생각하냐?"

진곤에게 묻자 진곤이 사시나무 떨듯이 떨면서 목청껏 대답했다.

"무조건 맞다고 생각합니다!"

"됐다……. 너한테 물은 내가 잘못이지…… 정신 차리고 나와라! 밥 먹자."

그러고는 등을 돌려서 나가는 무광이었다.

털썩!

무광이 나가고 진곤이 바닥에 주저앉았다.

현진도 주저앉았다.

"꿈이 아니었어……."

"사숙…… 저 여기 너무 무섭습니다……. 저희 무사히 나갈 수 있겠죠?"

"너, 너희는 어찌 된 거냐? 여길 어떻게?"

"사숙께서 하루가 지나도 나오시지 않아서 배 안으로 진입했습니다. 그리고 그 뒤로……."

자신들이 배 안으로 들어와서 있었던 일들은 상세하게 말해 주는 진곤이었다.

"……그래서 지금 여기에 이렇게 있는 겁니다. 하아……. 사숙, 하필 골라도……."

"……미안하다. 지금 그것보다…… 장문인께 무림맹을 탈퇴하시라고 전해야 한다! 무당……. 무당이 위험해!"

"맞습니다! 언감생심(焉敢生心)이었습니다! 예전의 영화를 다시 찾아요? 무림맹이라고요? 하하하하! 상대도 안 됩니다! 절대로! 보셨습니까? 삼황께서 경지가 어찌나 올라갔는지 어려졌습니다! 반로환동에 환골탈태까지 한 모양입니다!"

"맞다! 가뜩이나 전에도 너무 강해서 감히 덤빌 엄두도 못 냈는데……. 거기서 더더욱 강해졌으니……. 거기다가…… 세 분이 한편이라니……."

"그 세 분이 문제가 아닙니다! 그 세 분께서 모시는 분! 그 분이야말로 고금 제일인이십니다! 절대! 절대로! 적이 되어선 안 됩니다!"

열변을 토하는 진곤이었다.

지금 그가 태어난 이래 이렇게 열정적으로 누구를 설득하려고 한 적이 없었다.

그저 시키면 시키는 대로, 물 흐르듯이 사는 것이 정답이라고 생각하는 그였다.

하지만 이제는 아니다.

피를 토하는 한이 있더라도 장문인을 설득해야 했다.

자신이 사랑하는 무당을 지킬 수 있는 방법은 그것뿐이었다.

"지금이라도 정신을 바짝 차려야 한다! 이제 우리의 임무는 다른 게 아니야! 이 사실을 꼭 본산에 전해야 한다!"

현진의 말에 진곤 역시 입술을 꽉 깨물며 고개를 끄덕였다.

"다른 아이들은 괜찮은 게냐?"

"네! 다들 잘 대접 받고 있습니다."

"그나마 다행이구나."

누가 들으면 강제로 잡아다가 가둬 놓은 줄로 오해할 대화가 오가고 있었다.

"네?"

현진은 자신이 잘못들은 줄 알고 되물었다.

"아니, 몇 번을 되묻는 거야? 진짜!"

"저, 정말입니까?"

"그래! 가라고! 언제까지 따라올래?"

"저…… 가도 되는 거였습니까?"

"그럼? 우리가 니들 강제로 잡았니? 니들이 여기 들어온 거잖아!"

"저희는 무림맹 소속인데요? 가서 알리면 어찌합니까?"

"그게 뭐?"

"……일단은 정의를 표방하지만…… 삼세를 견제하겠다고 나섰는데……. 세 분이 모이셨다고 가서 말을 하면…….'

"아하, 그거? 견제해야지! 그리고 발전해야지! 그래야 우리 애들도 긴장하고 더 강해지지! 안 그러냐?"

생각 자체가 달랐다.

자신들은 저들을 이기기 위해 뭉쳤는데, 저들은 그것을 자신들의 해이함을 경고하는 수단으로 쓰고 있었다.

현진은 눈을 감았다.

'그릇이 다르다……. 무림맹에 모인 사람들하고…… 그릇 자체가 달라. 욕심이구나, 욕심……. 허무하게 사라질 욕심이었어…….'

순간의 깨달음.

모든 것을 버리자 현진의 몸에서 빛이 나오기 시작했다.

"나 참나……. 이건 뭐 시도 때도 없이 사방에서 각성이네."

그렇게 툴툴거리며 경계를 서 주는 무광이었다.

"야! 너네 사숙 지금 각성 중이다. 그러니 이 근처에는 오지 마라."

"네?"

"쉿! 조용! 이 새끼가? 분위기 파악 못 하고?"

"헙!"

다음 권으로 이어집니다

천하무적
윤가장